Contemporánea

J. M. Coetzee nació en 1940 en Ciudad del Cabo y se crió en Sudáfrica y en Estados Unidos. Ha sido profesor de literatura en diversas universidades de prestigio, traductor, lingüista, crítico literario y, sin duda, uno de los escritores más importantes que ha dado estos últimos años Sudáfrica, y se cuenta entre los más galardonados. Premio Nobel de Literatura en 2003, en 1974 publicó su primera novela, *Tierras de poniente*. Le siguieron *En medio de ninguna parte* (1977), con la que ganó el CNA, el primer premio literario de las letras sudafricanas; *Esperando a los bárbaros* (1980), también premiada con el CNA; *Vida y época de Michael K.* (1983), que le reportó su primer Booker Prize, el premio más prestigioso de la literatura en lengua inglesa, y el Prix Femina Étranger; *Foe* (1986); *La edad de hierro* (1990); *El maestro de Petersburgo* (1994); *Desgracia* (1999), que le valió un segundo Booker Prize; *Infancia* (1998), *Juventud* (2002), *Elizabeth Costello* (2003), *Hombre lento* (2005), *Diario de un mal año* (2007) y *Verano* (2009). También ha publicado varios libros de ensayo, entre ellos *Contra la censura* (1996), *Las vidas de los animales* (1999), *Costas extrañas* (2002) y *Mecanismos internos* (2007). Asimismo, le han sido concedidos el Jerusalem Prize y The Irish Times International Fiction Prize. En España ha sido galardonado con el Premi Llibreter 2003 y el Premio Reino de Redonda creado por el escritor Javier Marías.

J. M. Coetzee

La infancia de Jesús

Traducción de
Miguel Temprano García

DEBOLS!LLO

El papel utilizado para la impresión de este libro ha sido fabricado a partir de madera procedente de bosques y plantaciones gestionados con los más altos estándares ambientales, garantizando una explotación de los recursos sostenible con el medio ambiente y beneficiosa para las personas.

Por este motivo, Greenpeace acredita que este libro cumple los requisitos ambientales y sociales necesarios para ser considerado un libro «amigo de los bosques». El proyecto Libros Amigos de los Bosques promueve la conservación y el uso sostenible de los bosques, en especial de los bosques primarios, los últimos bosques vírgenes del planeta.

Título original: *The Childhood of Jesus*

Primera edición en Debolsillo: septiembre, 2014

© 2013, J. M. Coetzee
Publicado por acuerdo con Peter Lampack Agency, Inc.,
350 Fifth Avenue, Suite 5300, New York, NY 10176-0187,
EE.UU.
© 2013, de la presente edición en castellano para todo el mundo:
Penguin Random House Grupo Editorial, S. A. U.
Travessera de Gràcia, 47-49. 08021 Barcelona
© 2013, Miguel Temprano García, por la traducción

Printed in Spain – Impreso en España

ISBN: 978-84-9062-236-0
Depósito legal: B-14144-2014

Compuesto en La Nueva Edimac, S. L.

Impreso en Liberdúplex
Sant Llorenç d'Hortons (Barcelona)

P 622360

Para D. K. C.

1

El hombre de la puerta les indica un edificio bajo y achaparrado que hay no muy lejos.

—Si se dan prisa —dice—, podrán registrarse antes de que cierren.

Se apresuran. «*Centro de Reubicación Novilla*»,* dice el letrero. «*Reubicación*», ¿qué significará eso? No es una de las palabras que ha aprendido.

La oficina es amplia y sobria. También calurosa, incluso más que afuera. Al fondo, un mostrador de madera cruza la sala, dividido por paneles separadores de cristal esmerilado. Apoyada en la pared hay una hilera de ficheros de madera barnizada.

Suspendido de uno de los paneles hay un letrero, «*Recién llegados*», con las palabras impresas en negro en un rectángulo de cartón. La empleada de detrás del mostrador, una mujer joven, le saluda con una sonrisa.

—Buenos días —dice él—. Acabamos de llegar. —Pronuncia las palabras despacio, en el español que tanto le ha costado dominar—. Estoy buscando trabajo y un sitio donde vivir. —Sujeta al niño por las axilas y lo levanta para que pueda verlo—. Tengo un niño conmigo.

La joven se inclina para darle la mano al niño.

—¡Hola, muchachito! —dice—. ¿Es su nieto?

—Ni mi nieto, ni mi hijo, pero soy responsable de él.

* Todas las palabras en cursiva aparecen en español en el original. *(N. del T.)*

—Un sitio donde vivir. —Hojea los documentos—. Tenemos una habitación libre, aquí en el Centro, que puede usted usar mientras busca algo mejor. No será lujosa, pero tal vez no le importe. En cuanto al trabajo, ya buscaremos algo por la mañana… parece usted cansado. Seguro que quiere descansar. ¿Vienen de lejos?

—Llevamos toda la semana en la carretera. Hemos venido de Belstar, del campamento. ¿Conoce Belstar?

—Sí, lo conozco bien. Yo misma vine por Belstar. ¿Aprendió español allí?

—Hemos asistido seis semanas a clases diarias.

—¿Seis semanas? Tiene suerte. Yo pasé tres meses en Belstar. Casi me muero de aburrimiento. Lo único que me animó a seguir fueron las clases de español. ¿No tendría por casualidad de profesora a la señora Piñera?

—No, nuestro profesor era un hombre. —Duda—. ¿Puedo cambiar de tema? Mi niño —mira al crío— no está bien. En parte es porque está disgustado, confuso y disgustado, y no ha comido como es debido. La comida del campamento le parecía rara, no le gustaba. ¿Hay algún sitio donde podamos comer como es debido?

—¿Cuántos años tiene?

—Cinco. Es la edad que le han asignado.

—Y dice usted que no es su nieto.

—Ni mi nieto, ni mi hijo. No somos familia. Tome.

Saca las cartillas del bolsillo y se las entrega.

Ella comprueba las cartillas.

—¿Se emitieron en Belstar?

—Sí. Ahí fue donde nos pusieron nuestros nombres españoles.

La joven se inclina sobre el mostrador.

—David… es un nombre muy bonito —dice—. ¿Te gusta tu nombre, muchachito?

El niño la mira a su misma altura, pero no responde. ¿Qué es lo que ella ve? Un niño pálido y delgado con un abrigo de lana abotonado hasta el cuello, pantalones cortos grises hasta las rodillas, botas negras de cordones sobre unos calcetines de lana y una gorra de tela ladeada.

—¿No tienes calor con tanta ropa? ¿Quieres quitarte el abrigo?

El niño mueve la cabeza.

Él interviene.

—La ropa es de Belstar. La escogió él mismo, entre lo que tenían. Le tiene mucho apego.

—Entiendo. Lo preguntaba porque me parecía demasiado abrigado para un día como hoy. A propósito: tenemos un almacén en el Centro donde la gente dona la ropa que se le ha quedado pequeña a sus hijos. Está abierto todas las mañanas los días laborables. Puede servirse usted mismo. Encontrará más variedad que en Belstar.

—Gracias.

—Además, una vez haya cumplimentado los formularios necesarios, podrá sacar dinero con la cartilla. Dispone de una prestación por traslado de cuatrocientos reales. El niño también. Cuatrocientos cada uno.

—Gracias.

—Y ahora, permita que le lleve a su habitación.

Se inclina y le susurra a la mujer del mostrador de al lado, que lleva el letrero «*Trabajos*». La mujer abre un cajón, rebusca en él y mueve la cabeza.

—Un pequeño contratiempo —dice la joven—. Parece que no tenemos la llave de su habitación. La tendrá la conserje del edificio. Es la señora Weiss. Vaya al Edificio C. Le dibujaré un plano. Cuando la encuentre, pídale que le dé la llave de la C-55. Dígale que le envía Ana, de la oficina principal.

—¿No sería más fácil darnos otra habitación?

—Por desgracia, la C-55 es la única que está libre.

—¿Y la comida?

—¿La comida?

—Sí. ¿Hay algún sitio donde podamos comer?

—Pregunte también a la señora Weiss. Ella podrá ayudarles.

—Gracias. Una última pregunta: ¿hay alguna organización especializada en reunir a la gente?

—¿Reunir a la gente?

—Sí. Debe de haber mucha gente buscando a miembros de su familia. ¿Hay alguna organización que ayude a reunir a las familias… familias, amigos, amantes?

—No, no he oído hablar de ninguna organización así.

En parte porque está cansado y desorientado, en parte porque el plano que le ha dibujado la joven no es muy claro y en parte porque no hay letreros, tarda un buen rato en encontrar el Edificio C y la oficina de la señora Weiss. La puerta está cerrada. Llama. No hay respuesta. Para a una mujer diminuta con la cara puntiaguda y ratonil que pasa por allí y que lleva el uniforme de color chocolate del Centro.

—Busco a la señora Weiss.

—Ha salido —dice la joven, y cuando ve que no le entiende añade—: Se ha tomado el día libre. Vuelva por la mañana.

—En ese caso, tal vez pueda usted ayudarnos. Estamos buscando la llave de la habitación C-55.

La joven mueve la cabeza.

—Lo siento, no me ocupo de las llaves.

Vuelven al «Centro de Reubicación». La puerta está cerrada. Golpea el cristal. No hay indicios de que haya nadie dentro. Vuelve a golpear el cristal.

—Tengo sed —se queja el niño.

—Espera un poco —dice él—. Buscaré un grifo.

La chica, Ana, aparece en la esquina del edificio.

—¿Llamaba? —dice.

Una vez más, le sorprenden la juventud, la salud y la lozanía que irradia la joven.

—Por lo visto, la señora Weiss se ha ido a su casa. ¿No podría hacer usted algo? ¿No tiene una… cómo se dice, *llave universal* para abrir la habitación?

—*Llave maestra*. No hay una *llave universal*. Si tuviéramos una, se habrían acabado nuestros problemas. No, la señora Weiss es la única que tiene una *llave maestra* del Edificio C. ¿No tiene ningún amigo que pueda alojarles esta noche? Luego puede volver por la mañana para hablar con la señora Weiss.

—¿Un amigo que pueda alojarnos? Hace seis semanas que llegamos a la costa, desde entonces hemos estado viviendo en una tienda de campaña en un campamento en el desierto. ¿Cómo cree que vamos a tener amigos que puedan alojarnos?

Ana frunce el ceño.

—Vaya a la puerta principal —le ordena—. Espéreme fuera. Veré lo que puedo hacer.

Pasan la puerta, cruzan la calle y se sientan a la sombra de un árbol. El niño apoya la cabeza en su hombro.

—Tengo sed —se queja—. ¿Cuándo vas a encontrar un grifo?

—¡Chsss…! —dice él—. Escucha a los pájaros.

Escuchan el extraño canto de los pájaros, notan el viento extraño sobre la piel.

Ana sale. Él se levanta y saluda con la mano. El niño también se pone en pie, con los brazos rígidos en los costados y los pulgares metidos en el puño cerrado.

—He traído un poco de agua para su hijo —dice—. Toma, David, bebe. —El niño bebe y le devuelve el vaso, ella lo guarda en el bolso—. ¿Estaba buena? —pregunta.

—Sí.

—Bien. Y ahora, sígame. Hay una buena caminata, pero puede tomárselo como un modo de hacer ejercicio.

Echa a andar ágilmente por el sendero que cruza el parque. No se puede negar que es una joven atractiva, aunque la ropa que lleva no le favorece: una falda oscura y sin forma, una blusa blanca cerrada en el cuello y zapatos sin tacón.

Podría seguirle el paso si fuera solo, pero, con el niño en brazos, no. Grita:

—¡No tan deprisa… por favor!

Ella no le hace caso. La sigue cada vez más de lejos a través del parque, de una calle y de una segunda calle.

La joven se detiene ante una casa estrecha de aspecto corriente y les espera.

—Es mi casa —dice. Abre la puerta principal—. Adelante.

Les conduce por un pasillo oscuro, pasan una puerta trasera y bajan por una escalera destartalada de madera hasta un jardín pequeño cubierto de hierbajos y cercado por dos lados por una valla de madera, y por el tercero por una tela metálica.

—Siéntese —dice señalando una silla de hierro oxidado medio cubierta de hierba—. Les traeré algo de comer.

No le apetece sentarse. El niño y él esperan junto a la puerta.

La chica vuelve a salir con un plato y una jarra. La jarra está llena de agua. En el plato hay cuatro rebanadas de pan untadas de margarina. Exactamente lo mismo que les dieron para desayunar en el centro benéfico.

—Al ser un recién llegado, tiene la obligación legal de residir en un alojamiento autorizado o en el Centro —explica—. Pero no hay problema en que pase aquí la primera noche. Como trabajo en el Centro, podemos decir que mi casa es un alojamiento autorizado.

—Es muy amable y generoso por su parte —responde él.

—En ese rincón hay material de construcción sobrante —señala la joven—. Puede construirse un cobertizo, si quiere. ¿Puedo dejarles solos?

Él la mira perplejo.

—No estoy seguro de entenderla —dice—. ¿Dónde exactamente vamos a pasar la noche?

—Aquí. —Señala hacia el jardín—. Volveré dentro de un rato a ver qué tal les va.

Los materiales de construcción son media docena de planchas de hierro galvanizado, oxidado en algunos sitios —sin duda debían de formar parte de algún tejado— y varios trozos de madera. ¿Los estará poniendo a prueba? ¿De verdad pretende que el niño y él duerman al aire libre? Espera a que regrese, tal como ha prometido, pero no llega. Prueba a abrir la puerta trasera: está cerrada. Llama, pero no hay respuesta.

¿Qué está pasando? ¿Estará detrás de las cortinas, observando sus reacciones?

No son prisioneros. Sería fácil saltar la valla de tela metálica y escapar. ¿Debería hacerlo, o conviene más esperar y ver lo que ocurre?

Espera. Cuando la joven regresa, ya está oscureciendo.

—No ha hecho gran cosa —dice con el ceño fruncido—. Tome.

—Le da una botella de agua, una toalla de mano y un rollo de papel higiénico; y, cuando él la mira con aire interrogante, añade—: No le verá nadie.

—He cambiado de opinión —dice él—. Volveremos al Centro. Debe de haber alguna habitación pública donde podamos pasar la noche.

—Imposible. Las puertas del Centro están cerradas. Cierran a las seis.

Exasperado, se dirige al montón de material de construcción, saca dos planchas y las apoya en ángulo contra la valla de madera. Hace lo mismo con una tercera y una cuarta plancha para fabricar un tosco cobertizo.

—¿Es esto en lo que había pensado? —pregunta, volviéndose hacia ella. Pero la joven ha desaparecido—. Esta noche dormiremos aquí —le dice al niño—. Será una aventura.

—Tengo hambre —responde el niño.

—No te has comido el pan.

—No me gusta.

—Pues tendrás que hacerte a la idea, porque es lo único que hay. Mañana buscaremos algo mejor.

Con desconfianza, el niño coge una rebanada y la mordisquea. Él repara en que tiene las uñas negras de suciedad.

Mientras acaba de menguar la luz del día, se instalan en su cobertizo, él sobre un lecho de hierba, el niño en el hueco de su brazo. Pronto, el niño se duerme, con el dedo pulgar en la boca. En su caso, el sueño tarda en llegar. No tiene abrigo; al cabo de poco, el frío se le cuela en los huesos; empieza a temblar.

«No es grave —se dice—, solo un poco de frío, no te matará. La noche pasará, saldrá el sol y llegará el día. Pero que no haya insectos de esos que se arrastran. Si los hubiera, sería demasiado.»

Se queda dormido.

De madrugada, despierta rígido y dolorido de frío. La rabia le domina. ¿A qué viene esta absurda penuria? Sale arrastrándose del cobertizo, se abre paso a tientas hasta la puerta trasera y llama, primero discretamente, luego cada vez con más fuerza.

Arriba se abre una ventana; a la luz de la luna, apenas distingue los rasgos del rostro de la chica.

—¿Sí? —pregunta ella—. ¿Pasa algo?

—Sí, claro que pasa —responde—. Aquí hace frío. Por favor, déjenos entrar.

Se produce un largo silencio. Luego la joven dice:

—Espere.

Espera. Luego oye la voz de la joven:

—Tome.

Un objeto cae a sus pies: una manta, no muy grande, doblada en cuatro, está hecha de algún material áspero y huele a naftalina.

—¡¿Por qué nos trata usted así —grita—, como si fuésemos basura?!

La ventana se cierra con un ruido sordo.

Se arrastra hasta el cobertizo, se envuelve en la manta y tapa también al niño con ella.

Le despierta el clamor de los pájaros. El niño, aún profundamente dormido, está tumbado hacia el otro lado, con la gorra bajo la mejilla. Su propia ropa está húmeda de rocío. Vuelve a quedarse adormilado. Cuando abre otra vez los ojos, la chica lo está mirando.

—Buenos días —dice—. He traído el desayuno. Tengo que irme pronto. Cuando estén listos les dejaré salir.

—¿Nos dejará salir?

—A través de la casa. Por favor, dese prisa. No olvide traer la manta y la toalla.

Él despierta al niño.

—Vamos —dice—, hora de levantarse. Y de desayunar.

Mean uno al lado del otro en un rincón del jardín.

El desayuno vuelve a ser pan y agua. El niño arruga la nariz; él tampoco tiene hambre. Deja la bandeja en las escaleras sin tocarla.

—Estamos listos —grita.

La chica les conduce a través de la casa hasta la calle vacía.

—Adiós —dice—. Si les hace falta, puede volver esta noche.

—¿Y qué hay de la habitación que nos prometió en el Centro?

—Si no pueden encontrar la llave, o alguien ha ocupado la habitación, pueden dormir aquí otra vez. Adiós.

—Un momento. ¿Podría ayudarnos con un poco de dinero?

Hasta entonces no había tenido que mendigar, pero no tiene a quien acudir.

—Dije que le ayudaría, no que le daría dinero. Para eso tendrá que ir a las oficinas de la Asistencia Social. Puede coger el autobús para ir al centro. Asegúrese de llevar la cartilla, y su certificado de residencia. Luego podrá cobrar la prestación por traslado. O si no, puede buscar trabajo y pedir un anticipo. Esta mañana no estaré en el Centro, tengo reuniones, pero si va usted allí y les dice que está buscando trabajo y que quiere un *vale*, sabrán lo que necesita. Un *vale*. Y ahora lo siento, pero tengo mucha prisa.

El sendero que siguen el niño y él por el parque resulta ser uno equivocado; cuando llegan al Centro, el sol ya está alto en el cielo. Detrás del mostrador de «*Trabajos*» hay una mujer de edad mediana y rostro serio, con el cabello peinado muy tenso hacia atrás y recogido en una coleta.

—Buenos días —dice—. Nos registramos ayer. Somos recién llegados y estoy buscando trabajo. Tengo entendido que puede usted darme un *vale*.

—Un *vale de trabajo* —dice la mujer—. Déjeme ver su cartilla.

Le da la cartilla. Ella la inspecciona y se la devuelve.

—Le extenderé un *vale*, pero es usted quien tiene que decidir lo que quiere hacer.

—¿Tiene alguna sugerencia para empezar? No conozco este sitio.

—Pruebe en los muelles —dice la mujer—. Normalmente, buscan trabajadores. Coja el autobús número 29. Sale de la puerta principal cada media hora.

—No tengo dinero para el autobús. No tengo ni un céntimo.

—El autobús es gratis. Todos lo son.

—¿Y un sitio donde quedarnos? ¿Puedo preguntar si hay un sitio donde quedarnos? La joven que estaba aquí ayer, una tal Ana, nos reservó una habitación, pero no hemos podido entrar.

—No quedan habitaciones libres.

—Ayer quedaba una, la habitación C-55, pero no sabían dónde estaba la llave. La encargada era la señora Weiss.

—No sé nada de eso. Vuelva usted esta tarde.

—¿Puedo hablar con la señora Weiss?

—Esta mañana hay una reunión del personal de más antigüedad. La señora Weiss está en la reunión. Volverá esta tarde.

2

En el autobús 29 examina el *vale de trabajo* que le han dado. No es más que una hoja de papel arrancada de un cuaderno, en la que han escrito: «El portador es un recién llegado. Por favor, sírvanse considerar sus solicitudes de empleo». Ni sello oficial, ni firma, solo las iniciales P. X. Todo parece muy informal. ¿Será suficiente para conseguir un trabajo?

Son los últimos pasajeros en apearse. Teniendo en cuenta su extensión —los embarcaderos se extienden río arriba hasta donde alcanza la vista—, los muelles están extrañamente desolados. Solo en uno de ellos parece haber actividad: están estibando o desestibando un carguero, los hombres bajan y suben a bordo por una pasarela.

Se acerca a un hombre alto con un mono de faena que da la impresión de estar supervisando las operaciones.

—Buenos días —dice—. Estoy buscando trabajo. Los del Centro de Reubicación me han dicho que podía venir. ¿Es usted la persona con quien debo hablar? Tengo un *vale*.

—Puede hablar conmigo —responde el hombre—. Pero ¿no es un poco viejo para ser *estibador*?

—¿*Estibador*? —Debe de parecer desconcertado, porque el hombre (¿el capataz?) imita el gesto de echarse una carga a la espalda y trastabillar bajo el peso—. ¡Ah, *estibador*! —exclama—. Lo siento, mi español no es muy bueno. No, qué voy a ser demasiado viejo.

¿Es cierto lo que acaba de decir? ¿De verdad no es demasiado viejo para un trabajo tan cansado? No se siente viejo, igual que no se siente joven. No se siente de ninguna edad en concreto. Se siente eterno, si es que eso es posible.

—Póngame a prueba —sugiere—. Si decide que no doy la talla, me iré enseguida, sin resentimientos.

—Bien —dice el capataz. Hace una bola de papel con el *vale* y lo lanza al agua—. Puede empezar enseguida. ¿El jovencito va con usted? Puede esperar aquí conmigo, si usted quiere. Yo cuidaré de él. En cuanto a su español, no se preocupe, persevere. Un día dejará de parecerle un idioma, se convertirá en algo natural.

Se vuelve hacia el niño.

—¿Te quedarás con este señor mientras ayudo a cargar esos bultos?

El niño asiente. Se ha vuelto a meter el pulgar en la boca.

En la pasarela solo hay sitio para una persona. Espera mientras un estibador, que lleva un abultado saco a la espalda, desciende. Luego sube a cubierta y baja a la bodega por una sólida escalera de madera. Sus ojos tardan un rato en acostumbrarse a la penumbra. La bodega está llena de sacos abultados idénticos, cientos, tal vez miles.

—¿Qué hay dentro de los sacos? —le pregunta al hombre que tiene al lado.

El hombre le mira con extrañeza.

—*Granos* —dice.

Quiere preguntar cuánto pesan los sacos, pero no hay tiempo. Ha llegado su turno.

En lo alto de la pila hay un individuo grande de antebrazos fornidos y una amplia sonrisa cuyo trabajo evidentemente consiste en poner un saco sobre los hombros del estibador cuando llega su turno. Él se vuelve, se tambalea cuando el saco desciende, y luego lo sujeta por las esquinas como ha visto hacer a los demás, da un primer paso, un segundo. ¿De verdad va a poder subir las escaleras con esa carga tan pesada, como hacen los demás? ¿Será capaz?

—Despacio, *viejo* —dice una voz a su espalda—. Tómese su tiempo.

Pone el pie izquierdo sobre el primer escalón. Es una cuestión de equilibrio, se dice, de seguir recto, de no dejar que el saco se deslice o se desplace su contenido. Una vez empiece a deslizarse o a desplazarse, la has fastidiado. Pasas de ser un estibador a convertirte otra vez en un mendigo que tiembla de frío en el cobertizo de hierro del jardín de una desconocida.

Adelanta el pie derecho. Está empezando a aprender una cosa de la escalera: si apoyas el pecho en ella, el peso del saco, en lugar de desequilibrarte, te estabiliza. Su pie izquierdo encuentra el segundo escalón. Abajo se oye una leve oleada de aplausos. Aprieta los dientes. Faltan dieciocho escalones (los ha contado). No fracasará.

Lentamente, un paso tras otro, descansando en cada escalón, escuchando los latidos acelerados de su corazón (¿y si sufre un ataque cardiaco?, ¡qué vergüenza!), sube. Al llegar arriba, se tambalea, luego se inclina hacia delante para soltar el saco en cubierta.

Vuelve a ponerse en pie y señala hacia el saco.

—¿Alguien puede echarme una mano? —dice, esforzándose en controlar sus jadeos y tratando de afectar indiferencia.

Manos amigas le echan el saco a la espalda.

La pasarela presenta sus propias dificultades: se balancea levemente de un lado al otro con el movimiento del barco y no ofrece el apoyo de la escalera. Se esfuerza todo lo posible por mantenerse erguido mientras desciende, aunque eso signifique que no pueda ver dónde pone los pies. Fija la vista en el niño, que está como petrificado al lado del capataz, observando. «¡Que no le avergüence!», se dice.

Sin un solo tropezón, llega al embarcadero.

—¡Gire a la izquierda! —grita el capataz.

Se gira laboriosamente. Un carro se está aproximando, es un carro no muy alto de fondo plano tirado por dos caballos enormes con las cernejas peludas. ¿Percherones? Nunca ha visto un percherón de carne y hueso. Le envuelve su rancio olor a orina.

Se vuelve y deja el saco de grano en la caja del carro. Un joven con un sombrero abollado sube de un salto y tira del saco hacia delante. Uno de los caballos suelta un montón de estiércol humeante.

—¡Quita de en medio! —grita una voz a sus espaldas. Es el siguiente estibador, el siguiente de sus compañeros, con el siguiente saco.

Desanda lo andado para volver a la bodega, regresa con un segundo saco y luego con un tercero. Es más lento que sus compañeros (a veces tienen que esperarle), pero no mucho; mejorará cuando se acostumbre al trabajo y su cuerpo se endurezca. No es tan viejo, después de todo.

Aunque está retrasándoles, no percibe animosidad en los demás. Al contrario, le dedican una o dos palabras de ánimo y le dan una amistosa palmada en la espalda. Si estibar consiste en eso, no es tan mal trabajo. Al menos, uno hace algo. Ayuda a trasladar grano, grano que se convertirá en pan, el sostén de la vida.

Suena un silbato.

—La hora del descanso —le explica el hombre que tiene al lado—. Si quieres… ya sabes.

Los dos orinan detrás de un cobertizo, se lavan las manos en un grifo.

—¿Hay algún sitio donde tomar una taza de té? —pregunta—. ¿Y tal vez comer alguna cosa?

—¿Té? —dice el hombre. Parece que lo encuentra gracioso—. No que yo sepa. Si tienes sed puedes usar mi taza; pero mañana tráete la tuya. —Llena la taza y se la devuelve—. Tráete también una barra de pan, o media. El día se hace largo con el estómago vacío.

El descanso dura solo diez minutos, luego reemprenden el trabajo de descarga. Cuando el capataz hace sonar el silbato al final de la jornada, ha bajado al muelle treinta y un sacos de la bodega. En una jornada completa tal vez pueda cargar cincuenta. Cincuenta sacos al día: más o menos, dos toneladas. No es tanto. Una grúa podría transportarlas de una sola vez. ¿Por qué no usarán una?

—Su hijo es un jovencito muy bueno —dice el capataz—. No me ha dado nada de guerra.

Sin duda le ha llamado «jovencito» para que se sienta orgulloso. Un jovencito muy bueno que cuando crezca también será estibador.

—Si trajesen una grúa —observa—, podrían descargar en la décima parte de tiempo. Incluso con una grúa pequeña.

—Sí —coincide el capataz—. Pero ¿para qué? ¿De qué serviría hacer las cosas en la décima parte de tiempo? No estamos ante una emergencia, como si, por ejemplo, escaseara la comida.

¿De qué serviría? Suena como una pregunta sincera, no como una bofetada en la cara.

—Podríamos dedicar nuestras energías a ocupaciones mejores —sugiere.

—¿Mejores que qué? ¿Mejores que proporcionar pan a nuestros semejantes?

Se encoge de hombros. Tendría que haber tenido la boca cerrada. Ciertamente, no va a decir: «Mejor que arrastrar pesados sacos como si fuéramos bestias de carga».

—El crío y yo tenemos prisa —dice—. Debemos estar de vuelta en el Centro antes de las seis, de lo contrario tendremos que dormir al aire libre. ¿Vuelvo mañana por la mañana?

—Claro, claro. Lo ha hecho muy bien.

—¿Y puedo pedir un anticipo?

—Me temo que es imposible. El pagador no hace la ronda hasta el viernes. Pero, si anda mal de dinero… —se hurga el bolsillo y saca un puñado de monedas—, tome, coja lo que necesite.

—No sé con seguridad qué es lo que necesito. Esto es nuevo para mí. No tengo ni idea de los precios.

—Cójalo todo. Ya me lo devolverá el viernes.

—Gracias. Es muy amable.

Es cierto. Que cuide de tu *jovencito* mientras trabajas y luego te preste dinero no es lo que uno espera de un capataz.

—No tiene importancia. Usted haría lo mismo. Adiós, jovencito —dice, volviéndose hacia el niño—. Hasta mañana a primera hora.

Llegan a la oficina justo cuando la mujer de rostro arisco está a punto de cerrar. No hay ni rastro de Ana.

—¿Se sabe algo de nuestra habitación? —pregunta—. ¿Han encontrado la llave?

La mujer frunce el ceño.

—Siga el camino, gire por la primera a la derecha, busque un edificio bajo y alargado, llamado Edificio C. Pregunte por la señora Weiss. Ella les llevará a su habitación. Y pregúntele si pueden usar el cuarto de la lavandería para lavarse la ropa.

Él capta la indirecta y se ruboriza. Después de una semana sin bañarse, el niño ha empezado a oler mal; sin duda, él debe de oler aún peor.

Le muestra el dinero.

—¿Podría decirme cuánto es esto?

—¿No sabe contar?

—Me refiero a qué puedo comprar. ¿Me basta para comprar comida?

—El Centro no sirve comidas, solo desayunos. Pero hable con la señora Weiss. Explíquele su situación. Tal vez pueda ayudarle.

El C-41, el despacho de la señora Weiss, está cerrado con llave como siempre. Pero en el sótano, en un rincón debajo de las escaleras iluminado por una única bombilla, se encuentra con un joven que lee una revista repantingado en una silla. Además del uniforme de color chocolate del centro, el tipo lleva un sombrerito redondo con una correa por debajo de la barbilla, igual que un mono de circo.

—Buenas tardes —dice—. Estoy buscando a la esquiva señora Weiss. ¿Tiene usted idea de dónde se ha metido? Nos han asignado una habitación en el edificio y ella tiene la llave, o al menos la llave maestra.

El joven se pone de pie, carraspea y responde. Su respuesta es educada, pero al final no le sirve de ayuda. Si la oficina de la señora Weiss está cerrada, lo más probable es que se haya ido a su casa. En cuanto a la llave maestra, en caso de que haya una, casi seguro estará en el despacho cerrado. Igual que la llave de la lavandería.

—¿Podría indicarme al menos dónde está la habitación C-55? —pregunta—. Es la que nos han asignado.

Sin decir palabra, el joven les lleva por un largo pasillo, pasan la C-49, la C-50…, la C-54. Llegan a la C-55. Comprueba la puerta. No está cerrada.

—Se han acabado sus problemas —observa con una sonrisa, y se retira.

La C-55 es pequeña, no tiene ventanas y está amueblada con excesiva sencillez: una cama individual, una cajonera y un lavabo. Encima de la cajonera hay una bandeja con un plato y dos terrones y medio de azúcar. Le da el azúcar al niño.

—¿Tenemos que quedarnos aquí? —pregunta el niño.

—Sí, tenemos que quedarnos. Solo por un tiempo, mientras buscamos algo mejor.

Al fondo del pasillo encuentra el cubículo de una ducha. No hay jabón. Desviste al niño, se desviste él. Juntos se ponen debajo de un fino chorro de agua tibia y hacen cuanto pueden por lavarse. Luego, mientras el niño espera, pone la ropa interior bajo el mismo chorro de agua (que pronto se vuelve frío y luego helado) y la retuerce. Desafiantemente desnudo, con el niño a su lado, recorre el austero pasillo de vuelta a su cuarto y cierra el pestillo de la puerta. Con la única toalla que tienen, seca al niño.

—Y ahora, a la cama —dice.

—Tengo hambre —se queja el niño.

—Ten paciencia. Por la mañana comeremos un buen desayuno, te lo prometo. Piensa en eso.

Lo arropa y le da un beso de buenas noches.

Pero el niño no tiene sueño.

—¿Qué hacemos aquí, Simón? —pregunta en voz baja.

—Ya te lo he dicho: nos quedaremos una noche o dos, hasta que encontremos un sitio mejor donde quedarnos.

—No, quiero decir que por qué estamos aquí.

Su gesto abarca la habitación, el Centro, la ciudad de Novilla, todo.

—Estás aquí para encontrar a tu madre. Y yo estoy aquí para ayudarte.

—Pero, cuando la hayamos encontrado, ¿qué haremos aquí?

—No sé qué decir. Estamos aquí por la misma razón que todo el mundo. Nos han dado la oportunidad de vivir y la hemos aceptado. Vivir es una gran cosa. Es lo más grande.

—Pero ¿tenemos que vivir aquí?

—¿Aquí en vez de dónde? No hay más sitio que este. Cierra los ojos. Es hora de dormir.

3

Despierta de buen humor, rebosante de energía. Tienen un sitio donde alojarse, él tiene un trabajo. Es hora de emprender la tarea principal: encontrar a la madre del niño.

Deja al niño dormido, sale sin hacer ruido de la habitación. La oficina principal acaba de abrir. Ana, detrás del mostrador, le saluda con una sonrisa.

—¿Ha pasado buena noche? —pregunta—. ¿Ya se han instalado?

—Gracias, ya nos hemos instalado. Pero ahora tengo que pedirle otro favor. Tal vez recuerde que le pregunté por lo de buscar a los miembros de la familia. Necesito encontrar a la madre de David. La dificultad está en que no sé por dónde empezar. ¿Guardan registros de las llegadas a Novilla? Y, en caso contrario, ¿hay algún archivo central que pueda consultar?

—Llevamos un registro de todos los que pasan por el Centro. Pero los archivos no sirven si no sabe lo que está buscando. La madre de David tendrá un nombre nuevo. Vida nueva, nombre nuevo. ¿Le está esperando?

—Nunca ha oído hablar de mí, por lo que no tiene motivos para esperarme. Pero en cuanto el niño la vea la reconocerá, estoy seguro.

—¿Cuánto tiempo han estado separados?

—Es una historia complicada, no la aburriré con ella. Deje que le diga tan solo que le prometí a David que encontraría a su madre. Le di mi palabra. Entonces ¿puedo consultar sus archivos?

—Pero sin un nombre, ¿de qué le servirá?

—Ustedes guardan copias de las cartillas. El niño la reconocerá en una fotografía. O lo haré yo. Cuando la vea la reconoceré.

—¿No la ha visto nunca y aun así la reconocerá?

—Sí, juntos o por separado, el niño y yo la reconoceremos. Estoy seguro.

—¿Y qué hay de esa madre anónima? ¿Está usted seguro de que quiere reunirse con su hijo? Le sonará despiadado, pero la mayor parte de la gente, cuando llega aquí, ha perdido interés por sus antiguos afectos.

—Este caso es distinto, de verdad. No puedo explicarle por qué. Bueno, ¿puedo consultar sus archivos?

Ella mueve la cabeza.

—No, no puedo permitírselo. Si tuviese el nombre de la madre, sería distinto. Pero no puedo dejar que rebusque a su capricho en los archivos. No solo va contra las normas, sino que es absurdo. Tenemos miles de registros, cientos de miles, más de los que pueda contar. Además, ¿cómo sabe que pasó por el centro de Novilla? Hay un centro de recepción en todas las ciudades.

—Lo admito, no tiene sentido. Aun así, se lo ruego. El niño no tiene madre. Está perdido. Seguro que ha notado lo perdido que está. Está en el limbo.

—En el limbo. No sé lo que significa eso. La respuesta es no. No voy a cambiar de opinión, así que no me presione. Lo siento por el crío, pero no es la manera correcta de proceder.

Se produce un largo silencio entre los dos.

—Puedo hacerlo de noche –dice–. Nadie lo sabrá. Seré discreto y silencioso.

Pero ella no le presta atención.

—¡Hola! –dice, mirando por encima de su hombro–. ¿Acabas de levantarte?

Él se vuelve. En la puerta, con el pelo revuelto, descalzo, en ropa interior, con el pulgar en la boca, todavía medio dormido, está el niño.

—¡Vamos! —dice él—. Dile hola a Ana. Ana va a ayudarnos en nuestra búsqueda.

El niño se acerca despacio.

—Les ayudaré —dice Ana—, pero no como me pide. Aquí la gente está limpia de sus antiguos recuerdos. Debería hacer lo mismo: limpiarse de recuerdos, no intentar conservarlos. —Alarga la mano, le revuelve el pelo al niño—. ¡Hola, dormilón! —dice—. ¿Aún no estás limpio? Dile a tu papá que sí.

El niño la mira primero a ella, luego a él y luego otra vez a ella.

—Estoy limpio —murmura.

—¡Ahí tiene! —dice Ana—. ¿No se lo había dicho?

Están en el autobús, camino de los muelles. Después de un sustancioso desayuno, el niño está claramente más animado que ayer.

—¿Vamos a volver a ver a Álvaro? —pregunta—. Le caigo bien. Me deja usar su silbato.

—Qué bien. ¿Te ha dicho él que puedes llamarle Álvaro?

—Sí, se llama así. Álvaro Avocado.

—¿Álvaro Avocado? Bueno, recuerda: Álvaro es un hombre ocupado. Tiene muchas cosas que hacer además de cuidar de un niño. Debes tener cuidado de no molestarle.

—No está ocupado —dice el niño—. Solo mira.

—A ti te parecerá que no hace más que mirar, pero lo cierto es que nos está supervisando, se asegura de que los barcos se desestiben a tiempo y de que todo el mundo haga lo que debe hacer. Es un trabajo importante.

—Dice que me va a enseñar a jugar al ajedrez.

—Eso está bien. Te gustará.

—¿Me voy a quedar siempre con Álvaro?

—No, pronto encontrarás otros niños con los que jugar.

—No quiero jugar con otros niños. Quiero estar contigo y con Álvaro.

—Pero no todo el tiempo. No es bueno que estés siempre con adultos.

—No quiero que te caigas al mar. No quiero que te ahogues.

—No te preocupes, tendré mucho cuidado de no ahogarme, te lo prometo. Puedes apartar esas ideas tan sombrías. Déjalas volar como pájaros. ¿Lo harás?

El niño no responde.

—¿Cuándo vamos a volver? —pregunta.

—¿Al otro lado del mar? No vamos a volver. Estamos aquí. Aquí es donde vivimos.

—¿Para siempre?

—Para siempre. Pronto empezaremos a buscar a tu madre. Ana nos ayudará. Cuando la hayamos encontrado, dejarás de pensar en regresar.

—¿Está aquí mi madre?

—Está cerca, en alguna parte, esperándote. Lleva mucho tiempo esperándote. Todo se aclarará en cuanto la veas. La recordarás y ella también a ti. Crees que estás limpio de recuerdos, pero no es así. Todavía los tienes, solo los has enterrado por un tiempo. Ahora tenemos que apearnos. Esta es nuestra parada.

El niño se ha hecho amigo de uno de los caballos que tiran de los carros, al que ha bautizado «El Rey». Aunque es muy pequeño comparado con El Rey, no tiene miedo. De puntillas, le da puñados de paja, que la enorme bestia acepta inclinándose perezosamente.

Álvaro hace un agujero en uno de los sacos que han descargado y deja que salga un poco de grano.

—Toma, dale esto a El Rey y a su amigo —le dice al niño—, pero ten cuidado de no darles demasiada comida, o se les hinchará la barriga como un globo y tendremos que pinchársela con un alfiler.

El Rey y su amigo son en realidad yeguas, pero él repara en que Álvaro no corrige al niño.

Sus compañeros estibadores se muestran amistosos, pero extrañamente carentes de curiosidad. Ninguno le pregunta de dónde son o dónde se alojan. Imagina que le toman por el padre del niño, o tal vez, como Ana en el Centro, por su abuelo. *El viejo*. Nadie pregunta dónde está la madre del niño o por qué el crío tiene que pasar el día en los muelles.

En el embarcadero hay un pequeño cobertizo de madera que los hombres usan para cambiarse de ropa. La puerta no tiene cerrojo, pero no parece preocuparles dejar allí sus botas y sus monos de trabajo. Pregunta a uno de los hombres dónde puede comprar un mono y unas botas. El hombre escribe una dirección en un trozo de papel.

—¿Cuánto puede costar un par de botas? —pregunta.

—Dos o tres reales —responde el hombre.

—Muy poco me parece. A propósito, me llamo Simón.

—Eugenio.

—¿Puedo preguntarte si estás casado, Eugenio? ¿Tienes hijos? —Eugenio mueve la cabeza—. Bueno, aún eres joven.

—Sí —dice el hombre sin comprometerse.

Espera a que le pregunte por el niño, el niño que parece su hijo o su nieto pero en realidad no lo es. Espera a que le pregunte cómo se llama, qué edad tiene, por qué no está en la escuela. Espera en vano.

—David, el niño de quien cuido, aún es demasiado pequeño para ir a la escuela —dice—. ¿Sabes algo de los colegios de los alrededores? ¿Hay —busca el término— *un jardín para los niños*?

—¿Quieres decir un parque infantil?

—No, un colegio para los niños más pequeños. Una escuela antes de la verdadera escuela.

—Lo siento, no puedo ayudarte. —Eugenio se levanta—. Es hora de volver al trabajo.

Al día siguiente, justo cuando suena el silbato para el descanso del almuerzo, llega un desconocido en bicicleta. Con su sombrero, su traje negro y su corbata parece fuera de lugar en el muelle. Desmonta y saluda a Álvaro con familiaridad.

Lleva los bajos del pantalón recogidos con unas pinzas, que no se molesta en quitarse.

—Es el pagador —dice una voz a su lado. Ha sido Eugenio.

El pagador afloja las correas de la cesta de la bicicleta y aparta una tela encerada, dejando a la vista una caja metálica pintada de verde que coloca sobre un bidón puesto del revés. Álvaro llama a los hombres por señas. Uno por uno, se adelantan, dicen su nombre y reciben su paga. Se pone en la cola, espera su turno.

—Me llamo Simón —le dice al pagador—. Soy nuevo, es posible que todavía no figure en su lista.

—Sí, aquí tiene —responde el pagador, y tacha su nombre.

Cuenta el dinero en monedas, tantas que le pesan en los bolsillos.

—Gracias —dice.

—No hay de qué. Se lo ha ganado.

Álvaro echa a rodar el bidón. El pagador vuelve a ajustar las correas sobre la caja en la bicicleta, le estrecha la mano a Álvaro, se pone el sombrero y se aleja pedaleando por el muelle.

—¿Qué planes tiene para esta tarde? —pregunta Álvaro.

—No tengo planes. Puede que lleve al niño a pasear; o, si hay un zoo, a lo mejor lo llevo a ver los animales.

Es sábado a mediodía, el último día de trabajo de la semana.

—¿Le gustaría venir al fútbol? —pregunta—. ¿Le gusta el fútbol a su jovencito?

—Aún es un poco pequeño para el fútbol.

—Alguna vez tiene que empezar. El partido empieza a las tres. Podemos quedar en la puerta, digamos, a las dos cuarenta y cinco.

—De acuerdo, pero ¿en qué puerta, y dónde?

—En la puerta del campo de fútbol. Solo hay una.

—¿Y dónde está el campo de fútbol?

—Siga el sendero a lo largo del río, no tiene pérdida. Está a unos veinte minutos de aquí, diría yo. O si no le apetece caminar puede coger el autobús número 7.

El campo de fútbol está más lejos de lo que dijo Álvaro; el niño se cansa y anda muy despacio; llegan tarde. Álvaro está en la puerta, esperándoles.

—Deprisa —dice—. Están a punto de empezar.

Entran al campo por la puerta.

—¿No hay que comprar las entradas? —pregunta.

Álvaro lo mira con un gesto de extrañeza.

—Es fútbol —dice—. Un juego. No hay que pagar por ver un juego.

El campo es más modesto de lo que esperaba. El terreno de juego está indicado con una cuerda; la tribuna acoge como mucho a mil espectadores. Encuentran asientos sin problemas. Los jugadores ya están en la cancha, dando toques al balón, calentando.

—¿Quién juega? —pregunta.

—Los de azul son los Docklands y los de rojo los North Hills. Es un partido de liga. Los partidos se juegan los domingos por la mañana. Si oye sonar las bocinas un domingo por la mañana, es que se está jugando un partido de liga.

—¿Con qué equipo va?

—Con los Docklands, claro, ¿con quién voy a ir?

Álvaro parece de buen humor, animado, incluso entusiasmado. Él se alegra, también está agradecido de que le haya escogido para acompañarle. Álvaro le parece una buena persona. De hecho, todos sus compañeros estibadores se lo parecen: laboriosos, amables y serviciales.

En el primer minuto de juego el equipo de rojo comete un simple error defensivo y marcan los Docklands. Álvaro alza los brazos y suelta un grito de triunfo, luego se vuelve hacia el niño.

—¿Has visto eso, jovencito?

El jovencito no lo ha visto. Desconoce el fútbol y no entiende que haya que prestar más atención a los hombres que corren de un lado a otro del campo que al mar de desconocidos que les rodea.

Sube al niño a sus rodillas.

—Mira —dice señalando—, lo que intentan hacer es meter la pelota en la red. Y el hombre de allí, el que lleva los guantes, es el portero. Tiene que parar la pelota. Hay un portero a cada lado. Cuando meten la pelota en la red, se llama gol. El equipo de azul acaba de marcar un gol.

El niño asiente, pero su atención parece estar en otra parte. Él baja la voz:

—¿Quieres ir al baño?

—Tengo hambre —responde el niño con otro susurro.

—Lo sé. Yo también. Tenemos que acostumbrarnos. Intentaré conseguir unas patatas fritas en el descanso, o unos cacahuetes. ¿Te apetecen unos cacahuetes?

El niño vuelve a asentir.

—¿Cuándo es el descanso? —pregunta.

—Pronto. Antes, los futbolistas tienen que jugar un rato más e intentar marcar más goles. Mira.

4

Al llegar a su cuarto esa tarde, encuentra una nota que le han deslizado por debajo de la puerta. Es de Ana: «¿Querría venir con David a una merienda para recién llegados? La cita es mañana a mediodía, en el parque, al lado de la fuente? A».

Están en la fuente a mediodía. Ya hace calor, hasta los pájaros parecen aletargados. Lejos del ruido del tráfico, se acomodan debajo de un árbol de ramas anchas. Al cabo de un rato, llega Ana con una cesta.

—Lo siento —dice—, he tenido un contratiempo.

—¿A cuántos esperamos? —pregunta.

—No lo sé. Tal vez a media docena. Esperemos a ver.

Esperan. No llega nadie.

—Parece que solo estamos nosotros —dice por fin Ana—. ¿Empezamos?

La cesta resulta contener solo un paquete de galletas saladas, un bote de insulsa pasta de judías y una botella de agua. No obstante, el niño engulle su parte sin protestar.

Ana bosteza, se tumba en la hierba, cierra los ojos.

—¿A qué se refería el otro día cuando utilizó la palabra «limpiar»? —le pregunta—. Dijo que David y yo deberíamos limpiarnos de antiguos recuerdos.

Ana mueve perezosamente la cabeza.

—En otro momento —dice—. Ahora no.

Él percibe una invitación en su tono y en la mirada furtiva que le dedica. La media docena de invitados que no han aparecido… ¿serán inventados? Si no estuviese el niño, se tumbaría a su lado en la hierba y luego tal vez pondría suavemente la mano sobre la suya.

—No —murmura ella como si le leyera el pensamiento. Frunce levemente el ceño—. Eso no.

«Eso no.» ¿Cómo entender a esa joven que tan pronto es fría como afectuosa? ¿Hay algo en la etiqueta de los sexos o las generaciones en esa nueva tierra que no acierta a comprender?

El niño le da un codazo y señala el paquete de galletas casi vacío. Él unta de pasta una galleta y se la da.

—Tiene mucho apetito —dice la chica sin abrir los ojos.

—Siempre tiene hambre.

—No se preocupe, se adaptará. Los niños se adaptan deprisa.

—¿Adaptarse a tener hambre? ¿Por qué iba a adaptarse a tener hambre si no escasea la comida?

—Me refiero a que se adaptará a una dieta moderada. El hambre es como tener un perro en la barriga: cuanto más le das de comer, más pide. —Se sienta de pronto y se dirige al niño—: He oído que estás buscando a tu mamá —dice—. ¿La echas de menos?

El niño asiente.

—¿Y cómo se llama tu mamá?

El niño lo mira con gesto interrogante.

—No lo sabe —responde él—. Llevaba consigo una carta cuando subió al barco, pero la perdió.

—Se rompió el cordel —dice el niño.

—La carta iba en una cartera que llevaba sujeta del cuello con un cordel —explica él—. El cordel se rompió y la carta se perdió. La buscaron por todo el barco. Así fue como David y yo nos conocimos. Pero la carta no apareció.

—Se cayó al mar —dice el niño—. Se la comieron los peces.

Ana frunce el ceño.

—Si no recuerdas como se llama tu mamá, ¿puedes decirnos cómo es? ¿Podrías dibujarla?

El niño mueve la cabeza.

—Así que tu mamá se ha perdido y no sabes dónde buscarla. —Ana hace una pausa para reflexionar—. ¿Qué te parecería entonces que tu *padrino* empezase a buscarte otra mamá que te quisiera y cuidase de ti?

—¿Qué es un *padrino*? —pregunta el niño.

—No hace usted más que asignarme papeles —le interrumpe—. No soy el padre de David y tampoco su *padrino*. Solo le estoy ayudando a reunirse con su madre.

Ella hace caso omiso del reproche.

—Si encontrara usted esposa —dice—, podría ser una madre para él.

Él estalla en carcajadas.

—¿Qué mujer querría casarse con un hombre como yo, un desconocido que ni siquiera tiene una muda de ropa a su nombre? —Espera a que la chica le contradiga, pero no lo hace—. Además, aunque la encontrara, ¿quién dice que querría, ya me entiende, un niño adoptivo? ¿O que nuestro joven amigo la aceptaría?

—Nunca se sabe. Los niños se adaptan.

—No hace más que decir eso. —Se enciende de rabia. ¿Qué sabe de niños esa joven engreída? ¿Y qué derecho tiene a sermonearle? De pronto las piezas del cuadro parecen encajar. La ropa poco favorecedora, la desconcertante severidad, la conversación sobre los padrinos...—. Ana, ¿por casualidad no será usted monja? —pregunta.

Ella sonríe.

—¿Por qué lo dice?

—¿Es usted una de esas monjas que han dejado el convento para vivir en el mundo? ¿Para hacer los trabajos que nadie quiere… en las cárceles, los orfanatos y los sanatorios? ¿En los centros de recepción de refugiados?

—Menuda ridiculez. Claro que no. El Centro no es una cárcel. Ni una organización benéfica. Es parte de la Asistencia Social.

—Aun así, ¿cómo va a soportar nadie un torrente inagotable de personas como nosotros, impotentes, ignorantes y necesitados, sin una fe que le dé fuerzas?

—¿Fe? La fe no tiene nada que ver. La fe significa creer en lo que haces aunque no dé frutos visibles. El Centro no es así. La gente llega necesitada de ayuda, y nosotros se la proporcionamos. Les ayudamos y su vida mejora. Nada de eso es invisible. Ni tampoco requiere una fe ciega. Hacemos nuestro trabajo y todo acaba bien. Así de sencillo.

—¿Nada es invisible?

—Nada. Hace dos semanas usted estaba en Belstar. La semana pasada encontró trabajo en los muelles. Hoy está merendando en el parque. ¿Qué tiene eso de invisible? Es progreso, un progreso visible. En cualquier caso, por volver a su pregunta, no, no soy monja.

—Entonces ¿a qué viene el ascetismo que predica? Nos dice que acallemos el hambre, que no alimentemos al perro que llevamos dentro. ¿Por qué? ¿Qué tiene de malo el hambre? ¿Para qué sirven nuestros apetitos si no para decirnos lo que necesitamos? Si no tuviésemos apetitos ni deseos, ¿cómo podríamos vivir?

Le parece una buena pregunta, una pregunta seria, capaz de poner en un brete a una monja joven por bien aleccionada que esté.

Su respuesta llega con facilidad, con tanta facilidad y en voz tan baja, como si no quisiera que el niño la oyera, que, por un instante, él la malinterpreta.

—Y ¿adónde, en su caso, le conducen sus deseos?

—¿Mis deseos? ¿Puedo ser franco?

—Sí.

—Sin ánimo de faltarle al respeto a usted o a su hospitalidad, me conducen a algo más que a unas galletas saladas y un poco de pasta de judías. Me llevan, por ejemplo, a un filete de ternera con puré de patatas y salsa. Y estoy seguro de que este jovencito —alarga la mano y coge al niño del brazo— opina igual que yo, ¿verdad? —El niño asiente vigorosamente—. Un filete de ternera bien jugoso —continúa—. ¿Sabe lo que más me sorprende de este país? —Su voz empieza a adquirir un tono más osado; sería más inteligente callar, pero no lo hace—.

Que sea tan insulso. Todos los que he conocido son honrados, amables y bienintencionados. Nadie dice palabrotas ni se enfada. Nadie se emborracha. Nadie levanta siquiera la voz. Viven a base de agua, pan y pasta de judías y dicen estar satisfechos. ¿Cómo es posible, desde un punto de vista humano? ¿Acaso se están mintiendo incluso a ustedes mismos? —La chica se abraza las rodillas y lo mira fijamente sin decir nada, esperando a que termine su discurso—. Este niño y yo tenemos hambre. —Acerca al niño con fuerza—. Usted me dice que es un hambre foránea que hemos traído con nosotros, que aquí no hay sitio para ella y que debemos someterla. Dice que cuando hayamos conseguido aniquilarla habremos demostrado que podemos adaptarnos y podremos ser felices. ¡Pero no quiero dejar sin comida al perro del hambre! ¡Quiero darle de comer! ¿No estás de acuerdo? —Zarandea al niño. El crío se acurruca en el hueco de su brazo, sonriendo y asintiendo—. ¿No estás de acuerdo, chaval?

Se hace un silencio.

—Sí que está usted enfadado —dice Ana.

—¡No estoy enfadado, sino hambriento! Dígame: ¿qué tiene de malo satisfacer un apetito normal y corriente? ¿Por qué debemos dominar nuestros apetitos y deseos?

—¿Está seguro de querer seguir con esta conversación delante del niño?

—No me avergüenzo de lo que estoy diciendo. No tengo por qué ocultarle nada. Un niño capaz de dormir en el suelo a la intemperie seguro que puede oír una conversación cruda entre adultos

—Muy bien, le contestaré de forma cruda. Lo que usted quiere de mí es algo que no hago.

Él la mira perplejo.

—¿Lo que quiero de usted?

—Sí. Usted quiere que le deje abrazarme. Los dos sabemos lo que significa «abrazar». Y no se lo permito.

—No he dicho nada de abrazarla. ¿Y qué tiene de malo abrazarse, si no es usted monja?

–Rechazar los deseos no tiene nada que ver con que sea o no monja. Sencillamente, no lo hago. No lo permito. No me gusta. Y no siento ese apetito. No lo tengo y no quiero ver lo que causa en las personas. Ni lo que le hace a un hombre.

–¿A qué se refiere con lo de «lo que le hace a un hombre»?

Ella mira fijamente al niño.

–¿Está seguro de que quiere que siga?

–Continúe. Nunca es demasiado pronto para aprender cosas sobre la vida.

–Muy bien. Usted me encuentra atractiva. Lo noto. Tal vez incluso le parezca guapa. Y como le parezco guapa, su apetito, su impulso, es abrazarme. ¿He interpretado bien las señales, los indicios que me ha dado? Sin embargo, si no me encontrase usted guapa, no sentiría ese impulso. –Él guarda silencio–. Cuanto más guapa le parezco, más acuciante se vuelve su apetito. Así funcionan esos apetitos por los que usted se guía y que sigue ciegamente. Ahora reflexione. Dígame: ¿qué tiene que ver la belleza con ese abrazo al que quiere que me preste? ¿Qué relación hay entre una cosa y la otra? Explíquemelo. –Él guarda silencio, más aún: se ha quedado mudo–. Adelante. Ha dicho usted que no le importaba que su ahijado lo oyera. Ha dicho que quería que aprendiera cosas sobre la vida.

–Entre un hombre y una mujer –dice por fin– a veces surge una atracción natural, imprevista e impremeditada. Los dos se encuentran atractivos o incluso, por utilizar la otra palabra, guapos. Por lo general, la mujer más que el hombre. Por qué una cosa sigue a la otra, la belleza y la atracción y el deseo de abrazarse, es un misterio que no puedo explicarle salvo para decir que sentirme atraído por una mujer es el único tributo que yo, en cuanto a mi ser físico, puedo pagar a la belleza de una mujer. Lo llamo tributo porque me parece una ofrenda, no un insulto.

Hace una pausa.

–Continúe –dice ella.

—Es todo lo que quería decir.

—Es todo. Y como tributo a mí, como ofrenda y no como insulto, quiere abrazarme y empujar parte de su cuerpo dentro de mí. Como tributo, dice usted. Estoy atónita. Todo me parece absurdo… me parece absurdo que quiera usted hacerlo, y que yo pudiera permitírselo.

—Solo parece absurdo planteado así. En sí mismo no lo es. No puede serlo, puesto que se trata de un deseo natural del cuerpo. Es la naturaleza que habla en nosotros. Así son las cosas. El modo de ser de las cosas no puede ser absurdo.

—¿De verdad? Pero ¿y si le dijera que a mí no solo me parece absurdo, sino repugnante?

Él mueve la cabeza con incredulidad.

—No creo que lo diga en serio. Tal vez yo le parezca viejo y poco atractivo… Yo y mis deseos. Pero no creo que opine que la naturaleza es repugnante.

—Sí. La naturaleza puede ser bella, pero también fea. Esas partes del cuerpo que usted modestamente no quiere mencionar en presencia de su ahijado: ¿le parecen hermosas?

—¿En sí mismas? No, en sí mismas no lo son. Lo que es hermoso es el conjunto, no las partes.

—Y esas partes que no son hermosas… ¡usted pretende empujarlas dentro de mí! ¿Qué debería pensar?

—No lo sé. Dígame qué es lo que piensa.

—Que toda su palabrería sobre pagar un tributo a la belleza es *una tontería*. Si me considerase usted una encarnación del bien, no querría hacerme eso. ¿Por qué va a querer hacerlo si soy una encarnación de la belleza? ¿Es que la belleza es inferior al bien? Explíquese.

—*Una tontería*: ¿qué significa?

—Una bobada. Una majadería.

Él se pone en pie.

—No voy a seguir disculpándome, Ana. No creo que esta discusión conduzca a ninguna parte. Ni que sepa usted de lo que habla.

—¿De verdad? ¿Cree que soy una niña ignorante?

—Puede que no sea una niña, pero sí, creo que desconoce la vida. Vamos —le dice al niño, cogiéndole de la mano—. Ya hemos merendado, ahora tenemos que darle las gracias a esta señora e ir a buscar algo de comer.

Ana se inclina, estira las piernas, cruza las manos sobre su regazo y le sonríe burlona.

—Las verdades duelen ¿eh? —dice.

Bajo un sol abrasador se aleja a grandes pasos por el parque vacío, el niño corre para mantenerse a su altura.

—¿Qué es un *padrino*? —pregunta.

—Un *padrino* es alguien que hace como si fuese tu padre cuando por alguna razón tu padre no está.

—¿Tú eres mi *padrino*?

—No. Nadie me ha pedido que sea tu *padrino*. Solo soy tu amigo.

—Yo puedo pedirte que seas mi *padrino*.

—No, chico. No puedes escoger un *padrino*, igual que no puedes escoger un padre. No hay una palabra exacta que defina lo que soy para ti, igual que no la hay para definir lo que tú eres para mí. De todos modos, si quieres, puedes llamarme «tío». Cuando la gente te pregunte quién soy puedes responder: «Es mi tío. Es mi tío y me quiere mucho». Y yo diré: «Es mi chico».

—Pero ¿esa señora va a ser mi madre?

—¿Ana? No. No está interesada en ser madre.

—¿Te vas a casar con ella?

—Pues claro que no. No estoy aquí para buscar una esposa, sino para ayudarte a encontrar a tu madre, tu verdadera madre.

Está tratando de hablar en un tono normal, con naturalidad; pero lo cierto es que el ataque de la joven le ha alterado.

—Estabas enfadado con ella —dice el niño—. ¿Por qué estabas enfadado?

Él se detiene, coge al niño en brazos y le besa en la frente.

—Siento haberme enfadado. No estaba enfadado contigo.

—Pero estabas enfadado con la señora, y ella también.

—Me he enfadado con ella porque nos trata mal y no entiendo por qué. Ella y yo hemos tenido una discusión. Una discusión acalorada. Pero ya está. No tiene importancia.

—Ha dicho que querías empujar algo dentro de ella. —Él guarda silencio—. ¿Qué quería decir? ¿De verdad quieres empujar algo dentro de ella?

—Solo era una forma de hablar. Se refería a que estaba intentando imponerle mis ideas. Y tenía razón. No hay que intentar imponer nuestras ideas a la gente.

—¿Yo te impongo mis ideas?

—No, claro que no. Busquemos algo de comer.

Recorren las calles al este del parque en busca de algún sitio donde comer. Es un barrio de casas modestas y algún que otro edificio bajo de apartamentos. Solo dan con una tienda. «NARANJAS», dice el cartel con grandes letras. La persiana metálica está echada, así que no puede ver si de verdad venden naranjas o si Naranjas no es más que un nombre.

Para a un transeúnte, un anciano que pasea a un perro atado con una correa.

—Disculpe —dice—, mi chico y yo estamos buscando un café o un restaurante donde comer algo, o si no una tienda de comestibles.

—¿Un domingo por la tarde? —dice el hombre. El perro le olisquea los zapatos al niño y luego la entrepierna—. No sé qué decirle, a no ser que esté usted dispuesto a ir a la ciudad.

—¿Hay algún autobús?

—El 42, pero los domingos no pasa.

—Así que no podemos ir a la ciudad. No hay ningún sitio cerca donde podamos ir. Y todas las tiendas están cerradas. ¿Qué sugiere que hagamos?

Los rasgos del hombre se endurecen. Tira de la correa del perro.

—Vamos, Bruno —dice.

Malhumorado, vuelve a dirigirse hacia el Centro. Avanzan despacio porque el niño vacila y se entretiene dando saltos para evitar las grietas de la acera.

—Vamos, date prisa —le dice irritado—. Deja el juego para otro día.

—No. No quiero caer en una grieta.

—Qué tontería. ¿Cómo va a caer un niño tan grande como tú en una grieta tan pequeña?

—En esa, no. En otra.

—¿En cuál? Enséñamela.

—¡No sé! No sé en cuál. Nadie lo sabe.

—Nadie lo sabe porque nadie puede caer en una grieta en la acera. Vamos, date prisa.

—¡Yo puedo! ¡Y tú también! ¡No tienes ni idea!

5

Al día siguiente durante la pausa de mediodía en el trabajo lleva a Álvaro a un aparte.

—Disculpe que le hable de un asunto personal —dice—, pero estoy empezando a preocuparme por la salud del crío, sobre todo por su alimentación, que como ve consiste en pan, pan y más pan. —De hecho, ven al crío sentado entre los estibadores a resguardo del cobertizo, masticando tristemente su media barra de pan mojada en agua—. Me parece a mí —continúa— que un niño en edad de crecer necesita más variedad, más alimento. No solo de pan vive el hombre. No es una comida universal. No sabrá dónde puedo comprar carne sin ir al centro de la ciudad, ¿verdad?

Álvaro se rasca la cabeza.

—Por aquí, cerca de los muelles, no. He oído decir que hay quien caza ratas. Ratas no faltan. Pero para eso necesitaría una trampa, y así de pronto no sé dónde podría encontrar una buena ratonera. Probablemente tendría que fabricársela usted. Podría utilizar alambre y algún mecanismo de resorte.

—¿Ratas?

—Sí. ¿No las ha visto? Donde hay un barco hay ratas.

—Pero ¿quién come ratas? ¿Usted?

—No, ni se me pasaría por la cabeza. Pero me ha preguntado dónde conseguir carne, y es lo único que se me ocurre.

Mira fijamente a Álvaro a los ojos. No ve ningún indicio de que esté bromeando. Y, si lo está, se trata de una broma muy seria.

Después del trabajo el niño y él vuelven a la enigmática Naranjas. Llegan cuando el dueño está a punto de cerrar. Naranjas resulta ser una tienda, y en ella se venden naranjas, además de otras frutas y verduras. Mientras el dueño espera impaciente, él elige todo lo que pueden llevar: una bolsa pequeña de naranjas, media docena de manzanas, varios pepinos y zanahorias.

De vuelta en su cuarto del Centro, corta una manzana para el niño y pela una naranja. Mientras las come corta una zanahoria y un pepino en rodajitas y las coloca en un plato.

—¡Toma! —dice.

El niño pincha con suspicacia el pepino y lo olisquea.

—No me gusta —dice—. Huele mal.

—Tonterías. Los pepinos no huelen. Lo verde es solo la piel. Pruébalo. Es sano. Así crecerás más.

Él se come medio pepino, una zanahoria y una naranja.

A la mañana siguiente vuelve a ir a Naranjas y compra más fruta: plátanos, peras y albaricoques que lleva a su habitación. Ahora tienen provisiones de sobra.

Llega tarde al trabajo, pero Álvaro no le dice nada.

A pesar de las bienvenidas adiciones a su dieta, no le abandona la sensación de agotamiento. Más que aumentar sus fuerzas, la tarea diaria de cargar y acarrear sacos parece estar consumiéndolo. Empieza a sentirse casi como un espíritu; teme desmayarse delante de sus compañeros y ponerse en ridículo.

Vuelve a ver a Álvaro.

—No me encuentro bien —dice—. Hace un tiempo que no estoy muy allá. ¿Puede recomendarme algún médico?

—Hay un consultorio en el Muelle Siete que abre por las tardes. Vaya enseguida. Dígales que trabaja aquí; así no le cobrarán.

Sigue las indicaciones hasta llegar al Muelle Siete, donde efectivamente hay un pequeño consultorio, llamado sencillamente «*Clínica*». La puerta está abierta, detrás del mostrador no hay nadie. Llama al timbre, pero no funciona.

—¡Hola! —grita—. ¿Hay alguien ahí?

Silencio.

Pasa detrás del mostrador y llama a una puerta cerrada donde dice «*Cirugía*».

—¡Hola! —repite.

La puerta se abre y se topa con un hombre corpulento de rostro rubicundo con una bata blanca de laboratorio que tiene el cuello manchado de algo parecido al chocolate. El hombre está sudando profusamente.

—Buenas tardes —dice—. ¿Es usted el médico?

—Adelante —responde el hombre—. Siéntese. —Le indica una silla, se quita las gafas, limpia con cuidado las lentes con un pañuelo—. ¿Trabaja usted en los muelles?

—En el Muelle Dos.

—¡Ah, el Muelle Dos! ¿Y qué puedo hacer por usted?

—Hace una o dos semanas que no me encuentro muy bien. No tengo ningún síntoma concreto, pero me canso con facilidad y me mareo de vez en cuando. Creo que probablemente se deba a la dieta, a la falta de alimento en mi dieta.

—¿Cuándo le dan esos mareos? ¿En algún momento del día en particular?

—No. Solo cuando estoy cansado. Como le he dicho, trabajo de estibador, cargando y descargando sacos. No estoy acostumbrado a hacer ese trabajo. A lo largo del día tengo que pasar varias veces por una pasarela. A veces miro el hueco entre el muelle y el barco, veo las olas que chocan contra el muelle y me mareo. Tengo la sensación de ir a resbalar y tal vez golpearme la cabeza y ahogarme.

—No parece un caso de desnutrición.

—Tal vez no. Pero si estuviese mejor alimentado podría resistir mejor los mareos.

—¿Ha tenido esos temores antes, miedo a caerse y ahogarse?

—No es una cuestión psicológica, doctor. Soy un trabajador. Hago un trabajo muy cansado. Acarreo cargas pesadas una hora tras otra. El corazón me late a toda velocidad. Estoy siempre al límite de mis fuerzas. Es normal que el cuerpo a veces esté a punto de fallarme.

—Pues claro que es normal. Pero si lo es, ¿por qué ha venido a la clínica? ¿Qué quiere de mí?

—¿No cree que debería auscultarme el corazón? ¿Hacerme pruebas de anemia? ¿No deberíamos hablar de las posibles deficiencias de mi dieta?

—Le auscultaré el corazón como sugiere, pero no puedo hacerle pruebas de anemia. Esto no es un laboratorio médico, no es más que una clínica, una clínica de primeros auxilios para los trabajadores del muelle. Quítese la camisa.

Se quita la camisa. El médico le pone el estetoscopio en el pecho, mira al techo, escucha. El aliento le huele a ajo.

—A su corazón no le pasa nada —dice por fin—. Está muy bien. Le durará muchos años. Puede volver al trabajo.

Se levanta.

—¿Cómo puede decir eso? Estoy agotado. No parezco yo. Mi estado general se deteriora día tras día. Esto no es lo que esperaba cuando llegué. Enfermedades, agotamiento, desdicha... no esperaba nada de esto. Tengo el presentimiento, no un mero presentimiento intelectual, sino un presentimiento corporal, de estar a punto de sufrir un colapso. El cuerpo me está avisando, de todos los modos posibles, de que está a punto de fallar. ¿Cómo puede decir que no me pasa nada?

Se produce un silencio. El médico guarda con cuidado el estetoscopio en su bolsa negra y la guarda en un cajón. Pone los codos sobre la mesa, cruza las manos, apoya en ellas la barbilla y dice:

—Mire, señor, estoy seguro de que no ha venido a esta pequeña clínica esperando un milagro. De lo contrario, habría ido a un hospital de verdad con un laboratorio de verdad. Lo único que puedo ofrecerle es un consejo. Es muy sencillo: no mire hacia abajo. Padece esos ataques de vértigo por mirar hacia abajo. El vértigo es una cuestión psicológica, no médica. Lo que desencadena el ataque es el mirar hacia abajo.

—¿Es todo lo que me sugiere, que no mire hacia abajo?

—Sí, a no ser que tenga otros síntomas de naturaleza objetiva que quiera usted contarme.

—No, no tengo esos síntomas. Ni uno solo.

—¿Qué tal le ha ido? —pregunta Álvaro a su regreso—. ¿Ha encontrado la clínica?

—La he encontrado y he hablado con el médico. Dice que debería mirar hacia arriba. Mientras mire hacia arriba no me pasará nada. En cambio, si miro hacia abajo, puedo caerme.

—Parece un consejo muy sensato —dice Álvaro—. No es descabellado. ¿Por qué no se toma el día libre y descansa un poco?

A pesar de la fruta fresca de Naranjas, a pesar de las garantías del médico de que su corazón está bien y de que no hay razón para que no viva muchos años, sigue sintiéndose agotado. Y tampoco se le pasan los mareos. Pese a que sigue el consejo del médico de no mirar abajo mientras cruza por la pasarela, no puede dejar de oír el sonido amenazante de las olas cuando golpean contra el muelle aceitoso.

—Solo es vértigo —le tranquiliza Álvaro, dándole una palmadita en la espalda—. Mucha gente lo padece. Por suerte, está solo en la imaginación. No es real. No haga usted caso y enseguida se le pasará. —No está muy convencido. No cree que lo que le oprime se vaya a pasar—. Además —dice Álvaro—, si por casualidad resbalara y cayera, no se ahogará. Alguien le salvará. Yo le salvaré. ¿Para qué están si no los compañeros?

—¿Saltará al agua para salvarme?

—Si no hay otro remedio. O le lanzaría un cabo.

—Sí, lanzarme un cabo sería más eficaz.

Álvaro pasa por alto la ironía de su observación, o tal vez no la haya captado.

—Más práctico —dice.

—¿Siempre descargamos lo mismo, trigo? —le pregunta a Álvaro en otra ocasión.

—Trigo y centeno —responde Álvaro.

—Pero ¿es eso lo único que importamos a través de los muelles, grano?

–Depende a lo que se refiera con lo de «importamos». El Muelle Dos es el de los cargamentos de grano. Si trabajase en el Muelle Siete estaría descargando cargamentos variados. Si trabajara en el Muelle Nueve desestibaría cemento y acero. ¿No ha dado una vuelta por los muelles? ¿No los ha inspeccionado?

–Sí. Pero los demás muelles están siempre vacíos. Como ahora.

–Es lógico, ¿no? Uno no necesita una bicicleta nueva todos los días. Ni zapatos nuevos todos los días, ni ropa nueva. En cambio, hay que comer a diario. Así que necesitamos mucho grano.

–Entonces, si me transfirieran al Muelle Siete o al Muelle Nueve, sería más fácil. Podría pasar semanas sin trabajar.

–Correcto. Si trabajase en el Siete o el Nueve sería más fácil. Pero no tendría un trabajo de jornada completa. Así que, en conjunto, está mejor en el Dos.

–Ya veo. Así que, después de todo, es una suerte que esté aquí en este muelle, en este puerto, en esta ciudad y en este país. Nada puede ir mejor en el mejor de los mundos posibles.

Álvaro frunce el ceño.

–Este no es un mundo posible –dice–. Es el único. Si eso lo convierte en el mejor o no, no debemos decidirlo ni usted ni yo.

Se le ocurren varias respuestas, pero se contiene. Tal vez, en este mundo que es el único mundo sea más prudente dejarse de ironías.

6

Tal como prometió, Álvaro ha estado enseñando al niño a jugar al ajedrez. Cuando el trabajo flojea, se les ve inclinados a la sombra sobre un tablero de bolsillo, absortos en una partida.

—Me acaba de ganar —le informa Álvaro—. Lleva solo dos semanas y ya es mejor que yo.

Eugenio, el más instruido de los estibadores, desafía al niño.

—Una partida relámpago —dice—. Los dos tendremos cinco segundos para mover las fichas. Uno, dos, tres, cuatro y cinco.

Rodeados de espectadores, juegan la partida relámpago. En cuestión de minutos el niño tiene a Eugenio acorralado. Eugenio da un golpecito al rey y lo tumba de lado.

—Me lo pensaré antes de jugar otra vez contigo —dice—. Llevas el demonio en el cuerpo.

Esa tarde, en el autobús, intenta comentar la partida y la extraña observación de Eugenio, pero el niño se muestra reacio.

—¿Quieres que te compre un ajedrez? —se ofrece—. Así podrías practicar en casa.

El niño mueve la cabeza.

—No quiero practicar. No me gusta el ajedrez.

—Pero si se te da muy bien. —El niño se encoge de hombros—. Si uno tiene talento para algo, su deber es no ocultarlo —le presiona obstinado.

—¿Por qué?

—¿Que por qué? Pues porque supongo que el mundo es un lugar mejor si todo el mundo destaca en alguna cosa. —El niño mira enfurruñado por la ventanilla—. ¿Estás enfadado por lo que ha dicho Eugenio? No deberías. No lo ha dicho con mala intención.

—No estoy enfadado. Es solo que no me gusta el ajedrez.

—Bueno, Álvaro se va a llevar una decepción.

Al día siguiente, hace su aparición en los muelles un desconocido. Es pequeño y nervudo, tiene la piel atezada de color castaño oscuro y la nariz aguileña como el pico de un halcón. Lleva unos tejanos gastados manchados de aceite de maquinaria y botas de cuero muy rozadas.

Saca un papel del bolsillo de la pechera, se lo entrega a Álvaro y mira a lo lejos sin decir palabra.

—Muy bien —dice Álvaro—. Vamos a estar desestibando todo el día y la mayor parte de mañana. Cuando esté preparado póngase a la cola.

El desconocido saca del mismo bolsillo un paquete de cigarrillos. Sin ofrecerle a nadie, enciende uno y da una profunda calada.

—Recuerde —dice Álvaro—. No se puede fumar en la bodega.

El hombre no parece darse por enterado. Mira impertérrito a su alrededor. El humo del cigarrillo se alza en el aire inmóvil.

Álvaro les dice que se llama Daga. Nadie le llama de otra manera, ni «el nuevo», ni «el tipo nuevo».

A pesar de su escasa estatura, Daga es fuerte. No vacila ni un milímetro cuando le echan sobre los hombros el primer saco; sube con agilidad la escalera; baja por la pasarela y carga, aparentemente sin esfuerzo, el saco en la carreta. Pero luego se aparta a la sombra del cobertizo, se sienta sobre los talones y enciende otro cigarrillo.

Álvaro se le acerca.

—No se puede parar, Daga —dice—. Siga con el trabajo.

—¿Cuál es la cuota? —pregunta Daga.

—No hay cuota. Nos pagan por días.

—Cincuenta sacos al día —dice Daga.

—Descargamos más.

—¿Cuántos?

—Más de cincuenta. No hay cuota. Cada cual carga lo que puede.

—Cincuenta. Ni uno más.

—Manos a la obra. Y, si tiene que fumar, espere al descanso.

La cosa se tuerce a mediodía de ese viernes, a la hora de recibir la paga. Cuando Daga se acerca al tablero de madera que usan a modo de mesa, Álvaro se agacha y le susurra algo al oído al pagador. El pagador asiente con un gesto. Coloca el dinero de Daga delante de él en la mesa.

—¿Qué es esto? —pregunta Daga.

—La paga por los días que has trabajado —dice Álvaro.

Daga coge las monedas y con un movimiento rápido y desdeñoso se las tira a la cara al pagador.

—¿A qué viene eso?

—Es un salario de ratas.

—Es el salario. Es lo que has ganado. Es lo que ganamos todos. ¿Insinúas que somos ratas?

Los hombres se arremolinan en torno a ellos. Con discreción, el pagador amontona sus papeles y cierra la tapa de la caja.

Él, Simón, nota que el niño se le abraza a la pierna.

—¿Qué hacen? —gimotea. Está pálido y angustiado—. ¿Es que van a pelearse?

—No, claro que no.

—Dile a Álvaro que no se pelee. ¡Díselo!

El niño le tira una y otra vez de los dedos.

—Ven, vámonos de aquí —dice. Lleva al niño hacia el rompeolas—. ¡Mira! ¿Ves las focas? La más grande con el hocico en el aire es el macho. Y las otras, las más pequeñas, son las hembras.

Se oye un chillido procedente de la multitud. Se produce un momento de agitación.

—¡Se están peleando! —lloriquea el niño—. ¡No quiero que se peleen!

Se ha formado un semicírculo de personas en torno a Daga, que está agazapado, con una leve sonrisa en los labios y un brazo extendido. En su mano brilla la hoja de una navaja.

–Vamos –dice, y hace un gesto con la navaja–. ¿Quién es el siguiente? –Álvaro está sentado encorvado en el suelo. Parece agarrarse el pecho. Hay un hilo de sangre en su camisa–. ¿Quién es el siguiente? –repite Daga. Nadie se mueve. Se incorpora, cierra la navaja y la guarda en el bolsillo del pantalón, levanta la caja del dinero, la vuelca sobre el tablero. Una lluvia de monedas cae por todas partes–. ¡Maricones! –dice. Cuenta lo que quiere, le da una patada desdeñosa al bidón–. Servíos vosotros mismos –dice, y les da la espalda a los hombres.

Sin inmutarse, sube a la bicicleta del pagador y se aleja pedaleando.

Álvaro se pone en pie. La sangre de la camisa mana de un tajo que tiene en la palma de la mano.

Él, Simón, es el más experimentado, o al menos el de más edad: debería tomar cartas en el asunto.

–Necesita usted un médico –le dice a Álvaro–. Vayamos. –Le hace un gesto al niño–. Ven… vamos a llevar a Álvaro al médico. –El niño se queda inmóvil–. ¿Qué te pasa? –Los labios del niño se mueven, pero no se oye lo que dice. Se acerca un poco más–. ¿Qué ocurre?

–¿Se va a morir Álvaro? –susurra el niño.

Tiene el cuerpo rígido. Está temblando.

–Pues claro que no. Solo tiene un corte en la mano. Necesita un vendaje para detener la hemorragia. Vamos. Lo llevaremos al médico y él le curará.

De hecho, Álvaro ya va para allá acompañado por otro de los hombres.

–Se ha peleado –dice el niño–. Se ha peleado y ahora el médico le cortará la mano.

–Tonterías. Los médicos no cortan manos. Le lavará el corte y le pondrá una venda, o puede que se lo cosa con hilo y aguja. Mañana Álvaro volverá al trabajo y todo estará olvidado. –El niño le echa una mirada penetrante–. No te estoy mintiendo –dice–. No te mentiría. La herida de Álvaro no es grave. Ese hombre, el señor Daga, o como se llame, no quería hacerle daño. Ha sido un accidente. Se le fue la mano con el cuchillo. Los cuchillos afilados son peligrosos. Apréndete la lección: los cuchillos no son para jugar. Si uno juega con cuchillos se puede hacer daño. Álvaro se ha hecho daño, pero por suerte no es grave. Y el señor Daga se ha ido, ha cogido su dinero y se ha ido. No volverá. Este sitio no es para él y lo sabe.

—Tú no te pelees —dice el niño.

—No, te lo prometo.

—No te pelees nunca.

—No tengo costumbre de pelearme. Y Álvaro no estaba peleando. Solo intentaba defenderse. Intentaba defenderse y se cortó.

Alarga el brazo para mostrarle cómo intentó defenderse Álvaro y cómo se hizo el corte.

—Álvaro se estaba peleando —dice el niño, pronunciando las palabras en tono solemne y tajante.

—Defenderse no es pelear. Es un instinto natural. Si alguien intentara pegarte, te defenderías. No lo pensarías dos veces. Mira.

En todo el tiempo que llevan juntos, jamás le ha puesto un dedo encima. Ahora, de pronto, alza la mano con gesto amenazador. El niño no parpadea. Hace amago de abofetearle la mejilla. El crío no se inmuta.

—Muy bien —dice—. Te creo. —Baja la mano—. Tienes razón y yo estaba equivocado. Álvaro no tendría que haber intentado defenderse. Debería haber sido como tú. ¿Quieres que vayamos dando un paseo a la clínica a ver cómo está?

Álvaro llega al trabajo al día siguiente con la mano herida en cabestrillo. Se niega a hablar del incidente. Los hombres se dan por enterados y no lo sacan a colación. Pero el niño no para de dar la lata.

—¿Va a devolver la bicicleta el señor Daga? —pregunta—. ¿Por qué se llama señor Daga?

—No, no volverá —replica—. No le somos simpáticos, no le gusta nuestro trabajo, no tiene motivos para volver. No sé si

Daga es su verdadero nombre. No tiene importancia. Los nombres no tienen importancia. Si quiere llamarse Daga, allá él.

—Pero ¿por qué robó el dinero?

—No lo robó. Y tampoco robó la bicicleta. Robar es llevarse algo que no es tuyo aprovechando que no te ve nadie. Todos lo vimos cuando se llevó el dinero. Podríamos habérselo impedido, pero no lo hicimos. Escogimos no pelear con él. Escogimos dejarle marchar. Seguro que estarás de acuerdo. Tú eres el que dice que no hay que pelearse.

—El hombre debería haberle dado más dinero.

—¿El pagador? ¿El pagador debería haberle dado lo que quisiera?

El niño asiente.

—No podía. Si el pagador pagase a todos lo que quisieran, se quedaría sin dinero.

—¿Por qué?

—¿Que por qué? Pues porque todos queremos más de lo que nos corresponde. Es la naturaleza humana. Queremos más de lo que nos merecemos.

—¿Qué es la naturaleza humana?

—Es la forma en que estamos hechas las personas, tú, yo, Álvaro, el señor Daga y todo el mundo. Es cómo somos cuando nacemos. Es lo que todos tenemos en común. A todos nos gusta creer que somos especiales. Pero, hablando estrictamente, eso es imposible. Si todos fuésemos especiales, no habría nadie especial. Y aun así continuamos creyendo en nosotros mismos. Bajamos a la bodega del barco, entre el polvo y el calor, nos echamos sacos a la espalda y los sacamos a la luz, vemos a nuestros amigos esforzarse como nosotros, hacer exactamente el mismo trabajo, no tiene nada de especial, y nos sentimos orgullosos de ellos y de nosotros, compañeros trabajando por un objetivo común; sin embargo, en un pequeño rincón de nuestro corazón, que no dejamos ver a nadie, cada cual susurra para sus adentros: «Aun así, aun así eres especial, ¡ya lo verás! Un día, cuando menos te lo esperes, sonará el silbato de Álvaro y nos pedirán que nos reunamos en el muelle, donde estará esperando una multitud y un hombre con un traje negro y sombrero de copa; y el hombre del traje negro pedirá que te adelantes y dirá "Contemplad a este obrero singular, con el que estamos tan satisfechos", y te estrechará la mano y te prenderá una medalla en la pechera: "Por Servicios Más Allá del Deber", dirá la medalla… y todos te aplaudirán y vitorearán». Tener sueños así es parte de la naturaleza humana, aunque lo más inteligente es acallarlos. Como todos nosotros, el señor Daga se creía especial; pero no se lo calló. Quería destacar. Quería nuestro reconocimiento. −Se interrumpe. En el rostro del niño no hay el menor indicio de que haya entendido una sola palabra. ¿Tiene uno de sus días tontos o solo está siendo obcecado?−. El señor Daga quería que lo alabaran y le diesen una medalla −continúa−. Cuando no le dimos la medalla con la que soñaba, cogió el dinero. Se llevó el dinero que creía merecer. Y ya está.

−¿Por qué no le dieron una medalla? −pregunta el niño.

−Porque, si a todos nos dieran una medalla, las medallas no valdrían nada. Las medallas hay que ganárselas. Como el dinero. No basta con querer una medalla para que te la den.

−Yo le daría una medalla al señor Daga.

−Bueno, tal vez deberíamos pedir que te nombrasen pagador. Así todos tendríamos medallas y todo el dinero que quisiéramos y a la semana siguiente no quedaría nada en la caja.

−Siempre hay dinero en la caja −dice el niño−. Por eso se llama así.

Él levanta las manos.

−Si te vas a poner tonto no seguiré discutiendo contigo.

7

Unas semanas después de que se presentaran por primera vez en el Centro, recibe una carta de la oficina del Ministerio de Reubicación en Novilla informándole de que a él y a su familia se les ha asignado un apartamento en el East Village, y de que deben ocuparlo como muy tarde a mediodía del lunes siguiente.

El East Village, conocido familiarmente como los Bloques Este, es un barrio al este del parque, un grupo de edificios de apartamentos separados por extensiones de césped. El niño y él ya los han inspeccionado, igual que su barrio gemelo, el West Village. Los bloques que forman el barrio son idénticos, con cuatro pisos de altura. En cada piso, seis apartamentos dan a un patio con las siguientes instalaciones comunitarias: un parque infantil, una piscina hinchable, un aparcamiento para bicicletas y varias cuerdas de tender la ropa. El East Village se considera por lo general más deseable que el West Village; pueden considerarse afortunados de que los envíen allí.

El traslado desde el Centro se lleva a cabo con facilidad, puesto que tienen pocas posesiones y no han hecho amigos. Sus vecinos han sido, a un lado, un anciano que renquea por ahí en batín hablando solo, y al otro, una pareja muy reservada que finge no entender el español que él habla.

El nuevo apartamento, en el segundo piso, es de tamaño modesto y está sobriamente amueblado: dos camas, una mesa y varias sillas, una cajonera, estantes de acero. Un pequeño anexo contiene un infiernillo eléctrico sobre un estante y un lavabo con agua corriente. Una puerta corredera oculta una ducha y un váter.

Para la primera cena en los Bloques le prepara al niño su comida preferida, tortitas con mantequilla y mermelada.

—Nos va a gustar esto, ¿verdad? —dice—. Será un nuevo capítulo en nuestra vida.

Desde que le dijo a Álvaro que no se encontraba bien, no tiene reparos en tomarse días libres en el trabajo. Está ganando más de lo que necesita para satisfacer sus necesidades, no hay mucho en lo que gastar el dinero y no ve motivos para fatigarse inútilmente. Además, siempre hay recién llegados buscando trabajo que pueden reemplazarle en los muelles. Así que algunas mañanas las pasa en cama, dormitando y despertándose, disfrutando de los cálidos rayos de sol que se cuelan por las ventanas de su nuevo hogar.

«Me estoy apretando los machos —se dice—. Me estoy apretando los machos para el siguiente capítulo de esta empresa.» Por el siguiente capítulo se refiere a la búsqueda de la madre del niño, la búsqueda que todavía no sabe por dónde empezar. «Estoy concentrando mis energías; estoy haciendo planes.»

Mientras él descansa, el niño juega fuera en la arena, o en los columpios, o vaga entre los tendederos, tarareando para sus adentros, envolviéndose como en un capullo con las sábanas colgadas a secar, y luego dando vueltas para desenredarse. Es un juego del que no parece cansarse nunca.

—No creo que a nuestros vecinos les guste que toques su colada limpia —dice—. ¿Por qué te atrae tanto?

—Me gusta como huele.

La siguiente ocasión que pasa por el patio, apoya discretamente la cara contra una sábana y aspira por la nariz. El olor es limpio, cálido y reconfortante.

Más tarde, ese mismo día, al asomarse a la ventana, ve al niño tumbado en el césped con otro niño mayor. Parecen estar conversando íntimamente.

—Veo que tienes un nuevo amigo —observa mientras comen—. ¿Quién es?

—Fidel. Sabe tocar el violín. Me ha enseñado el suyo. ¿Podemos comprar uno?

—¿Vive en los Bloques?

—Sí. ¿Podemos comprar un violín?

—Ya veremos. Los violines son muy caros, y necesitarás un profesor, no basta comprar un violín y ponerse a tocar.

—A Fidel le enseña su madre. Dice que puede enseñarme a mí también.

—Está bien que hayas hecho un nuevo amigo. Me alegro por ti. En cuanto a las clases de violín, tal vez debería hablar antes con la madre de Fidel.

—¿Podemos ir ahora?

—Iremos luego, después de la siesta.

El apartamento de Fidel está al otro extremo del patio. Antes de que tenga ocasión de llamar, la puerta se abre y aparece Fidel, fornido, con el cabello rizado, sonriente.

Pese a no ser más espacioso que el suyo y sí menos soleado, el apartamento parece más acogedor, tal vez por sus alegres cortinas con un motivo de flores de cerezo que se repite en las colchas.

La madre de Fidel sale a saludarle, una joven de rasgos angulosos, casi demacrada, con dientes prominentes y el cabello recogido detrás de las orejas. Por alguna oscura razón, se siente decepcionado al verla, aunque no tenga motivo alguno.

—Sí —confirma—, le he dicho a su hijo que puede venir con Fidelito a clase de música. Luego podemos replantearnos si tiene aptitudes y ganas de continuar.

—Es usted muy amable. En realidad, David no es hijo mío. No tengo hijos.

—¿Dónde están sus padres?

—Sus padres… Es una pregunta difícil. Ya se lo explicaré cuando tengamos más tiempo. En cuanto a las clases: ¿necesitará un violín propio?

—Con los principiantes casi siempre empiezo con la flauta dulce. Fidel. —Acerca a su hijo, él la abraza afectuoso— Fidel aprendió a tocar la flauta el primer año, antes de empezar con el violín.

Él se vuelve hacia David.

—¿Has oído? Primero se empieza con la flauta dulce, y después con el violín. ¿Entendido? —El niño hace una mueca, mira a su nuevo amigo, guarda silencio—. Llegar a ser violinista es un gran logro. No lo conseguirás si no lo intentas de todo corazón. —Se vuelve hacia la madre de Fidel—. ¿Puedo preguntarle cuánto cobra?

Ella lo mira sorprendida.

—Nada —dice—. Lo hago por la música.

Se llama Elena. Nunca lo habría adivinado. Él habría dicho que se llamaba Manuela, o incluso Lourdes.

Invita a Fidel y a su madre a ir en autobús al Bosque Nuevo, una excursión que le ha recomendado Álvaro («Antes era una plantación, pero ahora está muy descuidada... le gustará»). Al salir de la estación de autobús los dos niños echan a correr por la acera, mientras Elena y él les siguen paseando.

—¿Tiene usted muchos alumnos? —pregunta.

—¡Oh!, no soy una verdadera profesora de música. Son solo unos cuantos niños a los que enseño los principios básicos.

—¿Cómo se gana la vida, si no cobra?

—Me dedico a coser. Hago esto y aquello. Tengo una pequeña ayuda de la Asistencia. Con eso me basta. Hay cosas más importantes que el dinero.

—¿Como la música?

—Sí, la música, pero también cómo vive una. Cómo debe vivir una.

Una buena respuesta, seria y filosófica. Por un instante, le deja sin saber qué decir.

—¿Ve a mucha gente? —pregunta—. Me refiero —coge al toro por los cuernos— a si hay un hombre en su vida.

Ella frunce el ceño.

—Tengo amigos. Unos son hombres y otros mujeres. No hago distinciones.

El camino se estrecha. Ella pasa delante; él se queda atrás, observando el contoneo de sus caderas. Prefiere a las mujeres con más carne. No obstante, le gusta Elena.

—En mi caso, no es una distinción a la que pueda o quiera renunciar —dice.

Ella aminora el paso para dejar que él le dé alcance, le mira directamente a la cara.

—Nadie debería renunciar a lo que considera importante —dice.

Los dos niños regresan, jadeantes después de la carrera, irradiando salud.

—¿Hay algo de beber? —pregunta Fidel.

Hasta que no están de regreso en el autobús, no tiene ocasión de volver a hablar con Elena.

—No sé usted —dice—, pero yo no he olvidado del todo el pasado. Puede que los detalles se hayan vuelto un poco borrosos, pero la sensación de cómo era la vida antes sigue siendo bastante intensa. Los hombres y las mujeres, por ejemplo: dice que ha superado esa manera de pensar; yo no, sigo sintiéndome un hombre y notando que usted es una mujer.

—Estoy de acuerdo. Los hombres y las mujeres son distintos. Tienen que desempeñar papeles diferentes.

Los dos niños, en el asiento de delante, están susurrando y riéndose. Él toma la mano de Elena entre las suyas. Ella no intenta soltarse. No obstante, de ese modo inescrutable en que habla el cuerpo, su mano responde. Muere como un pez fuera del agua.

—¿Puedo preguntarle —dice— si es incapaz de sentir algo por un hombre?

—No es que no sienta nada —responde ella despacio y midiendo las palabras—. Al contrario, siento buena voluntad, mucha buena voluntad. Por usted y por su hijo. Afecto y buena voluntad.

—¿Por buena voluntad se refiere a que nos desea lo mejor? Estoy intentando entenderlo. ¿Siente benevolencia por nosotros?

—Sí, eso es.

—Debo decirle que esa benevolencia es lo que encontramos constantemente. Todo el mundo nos desea lo mejor y está dispuesto a ayudarnos. Nos vemos transportados literalmente por una nube de buena voluntad. Pero todo es un poco abstracto. ¿Puede la buena voluntad satisfacer por sí sola todas nuestras necesidades? ¿No es parte de nuestra naturaleza anhelar algo más tangible?

Lentamente, Elena aparta la mano de la suya.

—Tal vez quiera usted algo más que buena voluntad; pero ¿es mejor eso que la buena voluntad? He ahí lo que debería preguntarse. —Hace una pausa—. Siempre llama a David «el niño». ¿Por qué no le llama por su nombre?

—David es el nombre que le asignaron en el campamento. No le gusta. Dice que no es su verdadero nombre. Procuro no utilizarlo, a menos que no haya otro remedio.

—Es muy fácil cambiarse de nombre, ¿sabe? Solo hay que ir al registro y rellenar un formulario. Y ya está. Sin preguntas. —Se inclina hacia delante—. Y vosotros dos, ¿se puede saber de qué estáis cuchicheando? —pregunta a los niños.

Su hijo le devuelve la sonrisa y se lleva el dedo a los labios fingiendo que lo que les ocupa es un secreto.

El autobús les deja a la entrada de los Bloques.

—Me habría gustado invitarles a tomar una taza de té —dice Elena—, pero por desgracia es la hora del baño y la cena de Fidelito.

—Lo comprendo —responde—. Adiós, Fidel. Gracias por el paseo. Lo hemos pasado de maravilla.

—Fidel y tú parecéis llevaros muy bien —le dice al niño cuando están solos.

—Es mi mejor amigo.

—Así que te desea lo mejor, ¿verdad?

—Todo lo mejor.

—¿Y tú? ¿También le deseas lo mejor a él? —El niño asiente vigorosamente—. ¿Y algo más?

El niño le mira extrañado.

–No.

Ahí lo tiene, de boca de bebés y niños de teta. De la buena voluntad surge la amistad y la felicidad, las meriendas agradables en el parque o los paseos vespertinos y agradables por el bosque. Mientras que del amor, o al menos del anhelo de sus más urgentes manifestaciones, surgen la frustración, las dudas y la amargura. Así de sencillo.

Y, en cualquier caso, ¿qué es lo que pretende de Elena, una mujer a la que apenas conoce, la madre del nuevo amigo del niño? ¿Tiene la esperanza de seducirla, porque en unos recuerdos que no ha olvidado del todo los hombres y las mujeres se dedican a seducirse unos a otros? ¿Está insistiendo en la primacía de lo personal (el deseo, el amor) sobre lo universal (la buena voluntad, la benevolencia)? ¿Y por qué no deja de hacerse preguntas en lugar de vivir como todo el mundo? ¿Es parte de una transición demasiado tardía de lo viejo y cómodo (lo personal) a lo nuevo y desasosegante (lo universal)? ¿Es ese cuestionamiento solo una fase en el desarrollo de todos los recién llegados, una fase que la gente como Álvaro, Ana y Elena ya ha superado con éxito? Y, en ese caso, ¿cuánto falta para que emerja convertido en un hombre nuevo y perfeccionado?

8

—El otro día me hablaba usted de la buena voluntad como bálsamo para todos nuestros males —le dice a Elena—. Pero ¿no echa a veces de menos el simple contacto físico de antaño?

Están en el parque, al lado de un campo donde se están jugando desordenadamente media docena de partidos de fútbol. A Fidel y a David les han dejado participar en uno de los partidos, aunque son demasiado jóvenes. Muy responsables, corren de un lado a otro con los demás jugadores, aunque nunca les pasan la pelota.

—A nadie que esté cuidando un hijo le falta contacto físico —replica Elena.

—Por contacto físico me refiero a algo distinto. A amar y ser amado. A dormir con alguien todas las noches. ¿No lo echa de menos?

—¿Que si lo echo de menos? No soy de las que sufren por los recuerdos, Simón. Lo que dice me suena muy lejano. Y si por dormir con alguien se refiere al sexo… también me parece extraño. Una cosa extraña por la que no vale la pena preocuparse.

—Pero nada une tanto como el sexo. A nosotros dos el sexo nos uniría, por ejemplo.

Elena se da la vuelta.

—¡Fidelito! —grita al tiempo que hace un gesto con la mano—. ¡Vamos! ¡Tenemos que irnos!

¿Está confundido, o hay un leve rubor en sus mejillas?

Lo cierto es que solo encuentra medianamente atractiva a Elena. No le gusta que sea tan huesuda, su fuerte mandíbula ni sus dientes prominentes. Pero es un hombre, ella es una mujer y la amistad de los niños les está acercando cada vez más. Así que, a pesar de los sucesivos rechazos, él continúa permitiéndose pequeñas libertades, que parecen divertirla más que enfadarla. Le guste o no, empieza a dejarse llevar por ensoñaciones en las que un golpe de suerte empuja a Elena a sus brazos.

Dicho golpe de suerte, cuando llega, adopta la forma de un apagón. Los apagones no son infrecuentes en la ciudad. Normalmente se avisan con un día de antelación y afectan a las casas con número par o impar. En el caso de los Bloques, afectan a edificios enteros por orden rotatorio.

No obstante, la tarde en cuestión no hay ningún aviso, solo Fidel que llama a la puerta y pregunta si puede pasar a hacer los deberes, puesto que en su apartamento no hay luz.

—¿Has cenado ya? —le pregunta al crío.

Fidel mueve la cabeza.

—Vuelve corriendo a casa —dice—. Dile a tu madre que tú y ella estáis invitados a cenar.

La cena que les prepara no es más que pan y un poco de sopa (cebada y calabaza hervidas con una lata de judías; todavía tiene que encontrar una tienda donde vendan especias), pero es suficiente. Fidel termina pronto de hacer los deberes. Los niños se ponen a mirar un libro ilustrado; de pronto, como aturdido, Fidel se queda dormido.

—Ha sido así desde que era pequeño —dice Elena—. No hay quien le despierte. Me lo llevaré y lo meteré en la cama. Gracias por la cena.

—No puedes volver a ese apartamento oscuro. Quédate a pasar la noche. Fidel puede dormir con David. Yo dormiré en la silla. Estoy acostumbrado. —Es mentira, no está acostumbrado a dormir en sillas, y duda que dormir en la rígida silla de la cocina sea humanamente posible. Pero Elena no puede negarse—. Ya sabe dónde está el baño. Aquí tiene una toalla.

Cuando él mismo sale del baño ella ya está en la cama y los dos niños duermen uno al lado del otro. Se envuelve en la manta que sobra y apaga la luz.

Durante un rato reina el silencio. Luego, en medio de la oscuridad, ella dice:

—Si estás incómodo, y seguro que lo estás, puedo hacerte sitio.

Se mete con ella en la cama. Silenciosa y discretamente cumplen con el trámite del sexo sin olvidar que los niños duermen al lado.

No es como él había esperado. Enseguida nota que está distraída; y en cuanto a él, las reservas de deseo acumuladas con las que había contado resultan ser una ilusión.

—¿Ves lo que te decía? —susurra ella cuando terminan. Le acaricia los labios con un dedo—. No hemos avanzado mucho, ¿verdad?

¿Tiene razón? ¿Debería aprender de esa experiencia y despedirse del sexo como parece haber hecho Elena? Tal vez. Pero el mero hecho de tener a una mujer entre sus brazos, aunque no sea una belleza arrebatadora, mantiene a flote sus ánimos.

—No estoy de acuerdo —responde con un murmullo—. De hecho, creo que te equivocas por completo. —Hace una pausa—. ¿Nunca te has preguntado si el precio que pagamos por esta nueva vida, el precio del olvido, no será demasiado alto?

Ella no responde, se limita a arreglarse la ropa interior y a apartarse de su lado.

Aunque no vivan juntos, le gusta pensar que Elena y él, después de esa primera noche, son una pareja, o futura pareja, y que por tanto los dos niños son hermanos o hermanastros. Los cuatro adoptan poco a poco la costumbre de cenar juntos; los fines de semana van de compras, de merienda o de excursión al campo; y aunque no vuelven a pasar una noche entera juntos, de vez en cuando, cuando los niños no están, Elena deja que haga el amor con ella. Él empieza a acostumbrarse a su cuerpo, con sus caderas prominentes y sus pechos minúsculos. Está claro que apenas siente atracción sexual por él; pero le gusta pensar que hacer el amor con ella es un prolongado y paciente acto de resucitación, con el que volver a la vida un cuerpo femenino fallecido a todos los efectos prácticos.

Cuando ella le invita a hacer el amor, lo hace sin rastro de coquetería.

—Si quieres, podemos hacerlo ahora —dice, mientras cierra la puerta y se quita la ropa.

Esa actitud tan prosaica le habría desanimado en otro tiempo, igual que le habría humillado su falta de respuesta. Pero decide no humillarse ni desanimarse. Aceptará lo que le ofrezca tan dispuesto y agradecido como pueda.

A menudo ella se refiere al acto simplemente como «hacerlo», pero a veces, cuando quiere hacerle rabiar, utiliza la palabra *descongelar*: «Si quieres, puedes intentar descongelarme». «Descongelar» es la palabra que se le escapó a él en un momento de descuido: «¡Deja que te descongele!». A ella la idea de descongelarse para volver a la vida le pareció y aún le parece divertidísima.

Entre los dos se está desarrollando una creciente, si no intimidad, al menos amistad que él percibe sólida y fiable. No sabría decir si dicho vínculo habría surgido de todos modos, basado en la amistad de los niños y las muchas horas que pasan juntos, o si «hacerlo» ha contribuido en algo.

«¿Es así —se pregunta— como se forman las familias, en este nuevo mundo: basadas en la amistad más que en el amor?» Ser solo amigo de una mujer no es una situación con la que esté familiarizado. No obstante, aprecia sus ventajas. E incluso las disfruta con cautela.

—Háblame del padre de Fidel —le pide a Elena.

—No me acuerdo bien de él.

—Pero tendrá un padre.

—Claro.

—¿Se parecía en algo a mí?

—No sé. No sabría decirte.

—¿Considerarías hipotéticamente a alguien como yo como marido?

—¿Como tú? ¿En qué aspecto?

—¿Te casarías con alguien como yo?

—Si esa es tu manera de preguntar si quiero casarme contigo, la respuesta es sí. Sería bueno tanto para Fidel como para

David. ¿Cuándo quieres que vayamos? Porque la oficina del registro solo abre los días laborables. ¿Puedes pedir un día de permiso?

–Seguro que sí. Nuestro capataz es muy comprensivo.

Tras esa extraña oferta, y esa extraña aceptación (respecto a la cual no hace nada), empieza a notar cierta fatiga por parte de Elena y una tensión añadida a sus relaciones. No obstante, no se arrepiente de haberle preguntado. Está buscando su camino. Está empezando una nueva vida.

–¿Cómo te sentirías –pregunta otro día–, si me viese con otra mujer?

–¿Por «ver» te refieres a acostarte con ella?

–Tal vez.

–¿Y en quién estás pensando?

–En nadie en especial. Solo estoy explorando posibilidades.

–¿Explorando? ¿No crees que ya va siendo hora de sentar la cabeza? Ya no eres joven. –Él calla–. Preguntas cómo me sentiría. ¿Quieres una respuesta breve o una detallada?

–Detallada. Lo más detallada posible.

–Muy bien. Nuestra amistad ha sido buena para los niños, en eso estamos de acuerdo. Se han hecho amigos. Nos ven como presencias protectoras, e incluso como una sola presencia protectora. Así que no sería bueno que nuestra amistad llegara a su fin. Y no veo motivos para que eso ocurra, solo porque estés viendo a otra mujer hipotética.

»No obstante, sospecho que querrías poner en práctica con esa mujer el mismo experimento que conmigo, y que durante dicho experimento acabarías distanciándote de Fidel y de mí.

»Así que voy a poner en palabras algo que tenía la esperanza de que comprendieras por ti mismo. Quieres ver a otra mujer porque no te doy lo que necesitas, en concreto una pasión tormentosa. La amistad en sí misma no te basta. Sin ir acompañada de una pasión tormentosa te parece un poco deficiente.

»A mi entender es una manera de pensar anticuada. La gente antes siempre pensaba que le faltaba algo. El nombre que has escogido darle a eso que te falta es "pasión". Sin embargo, apostaría a que si mañana te ofreciese toda la pasión que necesitas, pasión a carretadas, no tardarías en echar en falta alguna otra cosa. Esta insatisfacción constante, ese anhelo de algo que echas en falta, es una forma de pensar de la que, en mi opinión, nos hemos librado. No nos falta nada. Lo que tú crees echar en falta es una ilusión. Vives por una ilusión.

»Ahí tienes, me has pedido una respuesta detallada y te la he dado. ¿Te basta o puedo hacer algo más por ti?

El día de la respuesta detallada hace calor. La radio suena a poco volumen; están tumbados en la cama del apartamento de ella, totalmente vestidos.

—Por mi parte… —empieza él; pero Elena le interrumpe:

—¡Chsss…! —dice—. Basta de charla, al menos por hoy.

—¿Por qué?

—Porque como nos descuidemos acabaremos discutiendo, y no me apetece.

Así que se callan y siguen tumbados el uno al lado del otro, escuchando ora los graznidos de las gaviotas mientras dan vueltas al patio, ora las risas de los niños mientras juegan, ora la música de la radio, cuyo incesante tono amable y melódico antes le relajaba y ese día solo le irrita.

Lo que quiere decir «por su parte» es que la vida allí es demasiado plácida para su gusto, demasiado carente de altibajos, de dramatismo y de tensión… de hecho, se parece demasiado a la música de la radio. *Anodina*: ¿es una palabra española?

Recuerda haberle preguntado una vez a Álvaro por qué nunca daban noticias por la radio.

—¿Noticias de qué? —le había preguntado Álvaro.

—De lo que pasa en el mundo —respondió él.

—¡Ah! —dijo Álvaro—. ¿Es que está pasando algo?

Como antes, sospechó que lo decía con ironía. Pero no, no había ni rastro de ella.

Álvaro no es irónico. Y tampoco Elena. Elena es una mujer inteligente, pero no aprecia la menor doblez en el mundo, ninguna diferencia entre lo que parecen ser las cosas y cómo son. Es una mujer inteligente y también admirable, que a partir de los materiales más exiguos —las labores, las clases de música, las tareas domésticas— ha organizado una vida nueva, una vida a la que, según afirma —¿con justicia?—, no le falta nada. Lo mismo les ocurre a Álvaro y los estibadores: no percibe en ellos ningún anhelo, ningún deseo de vivir una vida distinta. Solo él es la excepción, el insatisfecho, el que no acaba de encajar. ¿Qué le ocurre? ¿Es solo —como afirma Elena— una manera de pensar y de sentir anticuada que no acaba de morir en él y está dando sus últimos coletazos?

Allí las cosas no pesan lo que deberían: eso, a fin de cuentas, es lo que le gustaría decirle a Elena. La música que oímos no tiene peso. Cuando hacemos el amor le falta peso. La comida que comemos, esa insulsa dieta a base de pan, carece de sustancia: carece de la sustancialidad de la carne animal, con toda la gravedad del derramamiento de sangre y el sacrificio que hay detrás. A nuestras propias palabras les falta peso, esas palabras en español que no parecen sinceras.

La música alcanza un elegante final. Él se levanta.

—Tengo que irme —dice—. ¿Recuerdas que el otro día me dijiste que no eres de las que sufren por los recuerdos?

—¿Eso dije?

—Sí. Mientras veíamos el partido de fútbol en el parque. Pues bien, yo no soy así. Sufro por los recuerdos, o por la sombra de los recuerdos. Ya sé que se supone que después del viaje deberíamos estar limpios, y es cierto, no tengo un gran repertorio al que acudir. Pero las sombras perduran. Por eso sufro. Aunque no uso la palabra «sufrir». Me aferro a esas sombras.

—Muy bien —dice Elena—. En este mundo tiene que haber de todo.

Fidel y David entran corriendo en la habitación, acalorados, sudorosos, rebosantes de vida.

—¿Tenemos bizcochos? —pregunta Fidel.

—En el bote del armario —responde Elena. Los dos niños desaparecen en la cocina—. ¿Lo estáis pasando bien? —grita.

—¡Ajá! —dice Fidel.

—Estupendo —dice Elena.

9

—¿Qué tal van las clases de música? —le pregunta al niño—. ¿Te gustan?

—¡Ajá! ¿Sabes qué? Cuando Fidel sea mayor se va a comprar un violín muy, muy pequeño. —Le enseña cómo será el violín: apenas dos palmos—. Y se vestirá de payaso y tocará el violín en el circo. ¿Podemos ir al circo?

—La próxima vez que el circo venga a la ciudad, iremos todos. Invitaremos a Álvaro, y a lo mejor también a Eugenio.

El niño hace un mohín.

—No quiero que venga Eugenio. Dice cosas sobre mí.

—Solo ha dicho una cosa, que llevabas el demonio dentro, y no era más que una forma de hablar. Se refería a que tienes una chispa en tu interior que hace que se te dé bien el ajedrez. Un genio.

—No me cae bien.

—Bueno, pues no invitaremos a Eugenio. ¿Qué estás aprendiendo en las clases de música aparte de las escalas?

—A cantar. ¿Quieres oírme cantar?

—Me gustaría mucho. No sabía que Elena enseñara canto. Es una caja de sorpresas.

Están en el autobús, saliendo de la ciudad en dirección al campo. Aunque hay varios pasajeros más, al niño no le avergüenza cantar. Con voz clara y joven, canta:

Wer reitet so spät durch Dampf und Wind?
Er ist der Vater mit seinem Kind;

Er halt den Knaben in dem Arm,
Ert füttert ihn Zucker, er küsst ihm warm.

—Ya está. Es inglés. ¿Puedo aprender inglés? No quiero volver a hablar español. No me gusta.

—Hablas muy buen español. Y también cantas muy bien. A lo mejor de mayor llegas a ser cantante.

—No. Voy a ser mago en un circo. ¿Qué significa *Wer reitet so*?

—No lo sé. No hablo inglés.

—¿Puedo ir a la escuela?

—Tendrás que esperar un poco, hasta tu próximo cumpleaños. Luego podrás ir a la escuela con Fidel.

Se bajan en la parada que dice «*Terminal*», donde da la vuelta el autobús. El mapa que ha cogido en la estación indica los caminos y senderos que se internan en las montañas; su plan es seguir un sendero muy tortuoso hasta un lago que en el mapa aparece marcado con una estrella, para indicar que se trata de un lugar muy hermoso.

Son los últimos pasajeros en apearse y los únicos excursionistas que recorren el sendero. El campo está vacío. Aunque la tierra parece exuberante y fértil, no hay indicios de que esté poblada.

—¿Has visto lo tranquilo que es el campo? —le dice al niño, aunque la verdad es que le parece más desolado que tranquilo.

Preferiría que hubiese animales que enseñarle, vacas, ovejas, cerdos dedicados a lo que se dediquen los animales. Se contentaría incluso con unos pocos conejos.

De vez en cuando ven pájaros volando, pero están demasiado lejos y demasiado altos para estar seguros de lo que son.

—Estoy cansado —anuncia el niño.

Él comprueba el mapa. Calcula que están a mitad de camino.

—Te llevaré un rato a cuestas —dice—, hasta que recobres las fuerzas. —Sube al niño a hombros—. Avisa cuando veas un lago. De ahí viene el agua que bebemos. Avísame si lo ves. Avisa si ves agua. O si ves a alguien.

Siguen adelante. Pero o lo ha interpretado mal o el mapa está equivocado, pues tras subir por una empinada pendiente y descender no menos bruscamente, el camino termina sin previo aviso en un muro de ladrillo y una verja oxidada cubierta de hiedra. Al lado de la verja hay un cartel pintado y muy estropeado por la intemperie. Él aparta la hiedra. «*La Residencia*», lee.

—¿Qué es una *residencia*? —pregunta el niño.

—Una *residencia* es una casa, una casa muy grande. Pero esta *residencia* tal vez no sea más que una ruina.

—¿Podemos verla?

Prueban a abrir la verja, pero no se mueve. Justo cuando están a punto de volverse, llega, arrastrado por el viento, el débil sonido de unas risas. Siguen el sonido, abriéndose paso entre la maleza, y llegan a un sitio donde el muro de ladrillo se convierte en una alta valla metálica. Al otro lado de la valla hay una pista de tenis y tres jugadores, dos hombres y una mujer vestidos de blanco, los hombres con camisa y pantalones largos, la mujer con una falda y una blusa con el cuello levantado, y una gorra con una visera verde.

Los hombres son altos, anchos de hombros y de cadera fina; parecen hermanos, incluso gemelos. La mujer forma pareja con uno de ellos para jugar contra el otro. Enseguida se da cuenta de que son jugadores experimentados, diestros y ágiles. El hombre que juega solo es particularmente bueno y se defiende con facilidad.

—¿Qué hacen? —susurra el niño.

—Es un juego —explica él en voz baja—. Se llama tenis. Hay que intentar golpear la pelota para que falle tu oponente. Como al marcar un gol en el fútbol.

La pelota choca contra la valla metálica. Al ir a recogerla, la mujer les ve.

—Hola —dice, y dedica al niño una sonrisa.

Algo se conmueve en su interior. ¿Quién es esa mujer? Su sonrisa, su voz, su porte… hay algo en ella extrañamente familiar.

—Buenos días —responde con la garganta seca.

—¡Ven, Inés! —la llama su pareja—. ¡Pelota de juego!

No intercambian más palabras. De hecho, cuando el hombre se acerca un minuto después a recoger la pelota, les echa una mirada furiosa, como para darles a entender que no son bienvenidos, ni siquiera como espectadores.

—Tengo sed —susurra el niño. —Él le ofrece la cantimplora que ha llevado consigo—. ¿No hay otra cosa?

—¿Qué quieres… néctar? —le chista, y acto seguido lamenta su irritación. Saca una naranja de la mochila y agujerea la piel. El niño la chupa con voracidad—. ¿Mejor ahora?

El niño asiente.

—¿Vamos a ir a La Residencia?

—Esto debe de ser La Residencia. La pista de tenis debe de ser parte de ella.

—¿Podemos entrar?

—Podemos intentarlo.

Dejan atrás a los jugadores de tenis y se internan en la maleza siguiendo la tapia, hasta llegar a un camino de tierra que conduce a un par de verjas de hierro. Detrás de los barrotes, entre los árboles, vislumbran un imponente edificio de piedra oscura.

Aunque las puertas están cerradas, no han echado la llave. Se cuelan por ellas y recorren el camino de entrada cubierto de hojas muertas que les llegan hasta el tobillo. Un cartel con una flecha señala una entrada en forma de arco que da a un patio en cuyo centro hay una estatua de mármol, una impresionante figura femenina o tal vez un ángel con una túnica al viento que mira fijamente hacia el horizonte con una antorcha encendida en la mano.

—Buenas tardes, señor —dice una voz—. ¿Puedo ayudarle?

El que ha hablado es un anciano de rostro arrugado y espalda encorvada. Lleva un raído uniforme negro; ha salido de una garita en la caseta de la entrada.

—Sí. Acabamos de llegar de la ciudad. Quisiera saber si podemos hablar con una de las residentes, una señora que está jugando al tenis en la pista de atrás.

—¿Y sabe si la señora en cuestión desea hablar con usted, señor?

—Eso creo. Tengo que tratar con ella un asunto de importancia. Un asunto de familia. Aunque podemos esperar a que termine el partido.

—¿Cómo se llama la señora?

—No puedo decírselo, porque lo ignoro. Pero puedo describírsela. Diría que tiene unos treinta años, es de estatura mediana, tiene el cabello oscuro y lo lleva recogido a un lado de la cara. Está acompañada de dos jóvenes. Y va vestida de blanco.

—Hay muchas mujeres con ese aspecto en La Residencia, señor, y varias de ellas juegan al tenis. Es una distracción muy popular.

El niño le tira de la manga.

—Dile lo del perro —susurra.

—¿El perro?

El niño asiente.

—El perro que tenían.

—Mi joven amigo dice que tienen un perro —repite.

Él no recuerda que hubiese ningún perro.

—¡Ajá! —exclama el portero. Vuelve a su cubil y cierra tras él la puerta de cristal. En la tenue luz le ven rebuscar entre unos papeles. Luego descuelga un teléfono, marca un número, escucha, cuelga el auricular y regresa—. Lo siento, señor, no contestan.

—Ya le he dicho que está en la pista de tenis. ¿No podemos ir a las pistas?

—Lo siento, pero no está permitido. Los visitantes tienen prohibido el acceso a las instalaciones.

—¿Podemos esperar aquí a que termine de jugar?

—Sí.

—¿Y es posible pasear por el jardín mientras esperamos?

—Sí.

Deambulan por el descuidado jardín.

—¿Quién es esa señora? —pregunta el niño.

—¿No la has reconocido? —El niño mueve la cabeza—. ¿No has notado nada raro en el pecho cuando nos habló, cuando te dijo hola…, como si se te encogiera el corazón, igual que si la hubieses visto antes, en algún otro sitio? —Dubitativo, el niño mueve la cabeza—. Te lo pregunto porque esa señora podría ser la persona que estamos buscando. Al menos es la sensación que me ha dado.

—¿Va a ser mi madre?

—No estoy seguro. Tendremos que preguntarle.

Dan una vuelta entera al jardín. Al volver a pasar por la caseta del portero, da un golpecito en el cristal.

—¿Le importaría volver a llamar a la señora? —pregunta.

El portero marca un número. Esta vez obtiene respuesta. «Hay un señor en la puerta que desea verla —le oye decir—. Sí, sí…» Se vuelve hacia ellos.

—Dice usted que se trata de un asunto de familia, ¿no es así, señor?

—Sí, un asunto de familia.

—¿Y el nombre?

—El nombre no importa.

El portero cierra la puerta y continúa la conversación.

—La señora le recibirá, señor —dice—. No obstante, hay una pequeña dificultad. No se permite la entrada de niños en La Residencia. Me temo que el crío tendrá que esperar aquí.

—Qué raro. ¿Por qué no dejan entrar a los niños?

—Nada de niños en La Residencia, señor. Son las normas. Yo no hago las normas. Solo me encargo de su cumplimiento. Tendrá que quedarse mientras usted hace su visita familiar.

—¿Te quedarás con este señor? —le pregunta al niño—. Volveré en cuanto pueda.

—No quiero —dice—. Quiero ir contigo.

—Lo entiendo. Pero estoy seguro de que, en cuanto la señora sepa que estás esperando aquí, querrá venir a conocerte. Con que ¿harás un gran sacrificio y esperarás un rato con este señor?

—¿Volverás? ¿Lo prometes?

—Claro.

El niño no dice nada, no le mira a la cara.

—¿No puede hacer una excepción en este caso? —le pregunta al portero—. Será muy discreto, no molestará a nadie.

—Lo siento, señor, nada de excepciones. ¿Adónde iríamos a parar, si empezásemos a hacer excepciones? Todo el mundo querría ser una excepción y se acabaron las normas, ¿no cree?

—Puedes jugar en el jardín —le dice al niño. Añade dirigiéndose al portero—: Puede jugar en el jardín, ¿no?

—Por supuesto.

—Ve a trepar a algún árbol —le dice al niño—. Hay un montón de árboles a los que trepar. Volveré enseguida.

Siguiendo las instrucciones del portero, atraviesa el patio, pasa por un segundo arco, y llama a una puerta marcada con la palabra «*Una*». Nadie responde. Entra.

Se halla en una sala de espera. Las paredes están empapeladas de blanco, con un motivo de una lira y un lirio de color verde pálido. Unas lámparas ocultas arrojan discretamente luz hacia el techo. Hay un sofá blanco de imitación de cuero y dos sillones. Sobre una mesita junto a la puerta hay media docena de botellas y vasos de todo tipo.

Se sienta, espera. Pasan los minutos. Se pone en pie y se asoma al pasillo. No hay nadie. Por hacer algo, examina las botellas. Jerez dulce, jerez seco. Vermut. Contenido en alcohol: 4 por ciento en volumen. Oblivedo. ¿Dónde está Oblivedo?

De pronto aparece ella, todavía con ropa de tenis, más fornida de lo que había parecido en la pista, casi gruesa. Lleva una bandeja que coloca sobre la mesa. Sin saludarle, se sienta en el sofá, cruza las piernas bajo la larga falda.

—¿Quería usted verme? —dice.

—Sí. —El corazón le late a toda velocidad—. Gracias por venir. Me llamo Simón. Usted no me conoce, carezco de importancia. Vengo en nombre de otra persona, para hacerle una propuesta.

—¿No quiere sentarse? —dice ella—. ¿Desea comer algo? ¿Una copa de jerez?

Con mano temblorosa se sirve una copa de jerez y coge uno de los finos sándwiches triangulares. Pepino. Se sienta enfrente de ella, bebe el dulce licor. Se le sube directamente a la cabeza. La tensión desaparece y las palabras surgen a borbotones.

—He traído a alguien conmigo. De hecho, al niño que ha visto usted en la pista de tenis. Está fuera, esperando. El portero no le ha dejado entrar. Por ser un niño. ¿Quiere venir a conocerle?

—¿Ha traído un niño para que me conozca?

—Sí —Se levanta y se sirve otra copa del desinhibidor jerez—. Lo siento… debe de ser difícil hacerse cargo, unos desconocidos que llegan sin anunciarse. Pero no sabe lo importante que es. Hemos estado…

Sin previo aviso, la puerta se abre de par en par y el niño aparece ante ellos jadeante y sin aliento.

—Ven. —Le llama con un gesto—. ¿Reconoces ahora a la señora? —Se vuelve hacia ella. El rostro de la mujer parece atónito y alarmado—. ¿Le importa si le da la mano? —Añade, dirigiéndose al niño—: Ven, dale la mano a la señora.

El niño se queda muy quieto.

Entonces hace su aparición el portero, claramente disgustado.

—Lo siento, señor —dice—, pero, tal como le advertí, esto va contra las normas. Debo pedirle que se marche.

Se vuelve implorante hacia la mujer. Sin duda, ella no tiene que someterse a ese portero y sus normas. Sin embargo, ella no dice ni una palabra.

—Tenga corazón —le dice al portero—. Hemos recorrido un largo camino. ¿Por qué no vamos todos al jardín? ¿Contravendría eso las normas?

—No, señor. Pero recuerde que las puertas se cierran a las cinco en punto.

Se vuelve hacia la mujer.

—¿Podemos salir al jardín? ¡Por favor! Deme la oportunidad de explicárselo.

En silencio, con el niño de la mano, los tres cruzan el patio para ir al enmarañado jardín.

—Este sitio ha debido de ser magnífico —observa esforzándose por relajar los ánimos y parecer un adulto sensato—. Lástima que los jardines estén tan descuidados.

—Solo tenemos un jardinero a tiempo completo. Es demasiado para él.

—¿Y usted? ¿Hace mucho que reside aquí?

—Una temporada. Si seguimos por ese sendero, llegaremos a un estanque con peces de colores. Tal vez le guste a su hijo.

—En realidad no soy su padre. Cuido de él. Soy una especie de tutor. Por un tiempo.

—¿Dónde están sus padres?

—Sus padres… Ese es el motivo por el que estamos aquí hoy. El niño no tiene padres, no en el sentido habitual de la palabra. Hubo un contratiempo a bordo del barco en el viaje. Se perdió una carta que podría haberlo explicado todo. El resultado es que sus padres se han perdido, o, más exactamente, se ha perdido él. Su madre y él se han separado y estamos intentando encontrarla. Su padre es otro asunto. —Han llegado al estanque prometido, en el que ciertamente hay peces de colores, tanto grandes como pequeños. El niño se arrodilla en la orilla, y utiliza una hoja de junco para atraerlos—. Permita que sea más preciso —dice, hablando deprisa y en voz baja—. El niño no tiene madre. Hemos estado buscándola desde que desembarcamos. ¿Estaría dispuesta a aceptarlo?

—¿Aceptarlo?

—Sí, a ser una madre para él. Ser su madre. ¿Lo aceptará como hijo suyo?

—No entiendo. La verdad es que no entiendo nada. ¿Me está pidiendo que adopte a su niño?

—Que lo adopte, no. Que sea su madre, su madre de verdad. Madre no hay más que una. ¿Será usted esa única madre para él?

Hasta ese momento ella le ha escuchado con atención, pero ahora empieza a mirar a los lados como si esperara que alguien —el portero, uno de los jugadores de tenis o cualquier otro— fuese a acudir al rescate.

—¿Y qué hay de su madre verdadera? —pregunta—. ¿Dónde está? ¿Sigue viva?

Él había pensado que el niño estaba demasiado concentrado en los peces dorados como para oírles. Pero de pronto chilla:

—¡No está muerta!

—Entonces ¿dónde está?

El niño no dice nada. Por un instante, él también calla. Luego insiste:

—Por favor créame, tómeselo como un artículo de fe, no es tan sencillo. El niño no tiene madre. No puedo explicarle lo que eso significa porque yo mismo no acierto a explicármelo. Sin embargo, le prometo que, si se limita a decir que sí, sin meditarlo ni pensárselo dos veces, lo entenderá con toda claridad, al menos eso creo. ¿Aceptará al niño?

La mujer se mira la muñeca, aunque no lleva reloj.

—Se está haciendo tarde —dice—. Mis hermanos deben de estar esperándome.

Se da la vuelta y regresa hacia la residencia con paso elástico mientras la falda roza la hierba.

Él corre tras ella.

—¡Por favor! —exclama—. Permítame un momento. Mire. Deje que le escriba su nombre. Se llama David. Es el nombre que le asignaron en el campamento. Y aquí es donde vivimos, justo a las afueras de la ciudad, en el East Village. Por favor, piénselo.

Le pone el papel en la mano. Luego ella se marcha.

—¿No me quiere? —pregunta el niño.

—Pues claro que sí. Eres un niño muy guapo y listo, ¿cómo no iba a quererte? Pero antes tiene que hacerse a la idea. Hemos plantado la semilla en su imaginación; ahora debemos ser pacientes y dejar que crezca. Si os gustáis, seguro que crece y florece. Te ha gustado la señora, ¿no? Se nota que es amable y buena.

El niño no dice nada.

Cuando consiguen llegar a la terminal casi ha oscurecido. En el autobús, el niño se duerme entre sus brazos; tiene que llevarlo dormido desde la parada hasta el apartamento.

En plena noche despierta de un sueño profundo. Es el niño que está de pie a su lado, con lágrimas corriéndole por la cara.

—¡Tengo hambre! —lloriquea.

Se levanta, calienta un poco de leche, unta con mantequilla una rebanada de pan.

—¿Vamos a vivir allí? —pregunta el niño, con la boca llena.

—¿En La Residencia? No creo. No tendría nada que hacer. Me convertiría en una de esas abejas que no hace más que rondar la colmena esperando que llegue la hora de comer. Pero ya lo hablaremos por la mañana. Tenemos tiempo de sobra.

—No quiero vivir allí. Quiero vivir aquí, contigo.

—Nadie va a obligarte a vivir donde no quieras. Vayamos a la cama.

Se sienta al lado del niño y lo acaricia con ternura hasta que se duerme. «Quiero vivir contigo.» ¿Y si ese deseo se hace amarga realidad? ¿Podrá ser un padre y una madre para el niño y educarlo para que vaya por el buen camino al tiempo que trabaja en los muelles?

Se maldice para sus adentros. ¡Si se lo hubiese explicado con más calma, de forma más racional! Pero no, tenía que portarse como un loco, abordar a la pobre mujer con sus ruegos y peticiones. «¡Quédese con este niño! ¡Sea su única madre!» Habría sido mejor encontrar el modo de echar al niño en sus brazos, cuerpo con cuerpo, carne con carne. Así podría haber despertado unos recuerdos más profundos que cualquier otro pensamiento y todo habría ido bien. Pero, ay, el gran momento había llegado demasiado pronto para ella, igual que para él. Había estallado sobre él como una estrella, y él le había fallado.

10

Resulta, no obstante, que no todo está perdido. Justo a mediodía, el niño sube corriendo presa de un gran nerviosismo.

—¡Están aquí, están aquí! —grita.

—¿Quiénes?

—¡La señora de La Residencia! ¡La señora que va a ser mi
madre! Ha llegado en un coche.

La mujer, que llega a la puerta con un vestido bastante for-
mal de color azul marino, un curioso sombrero con un lla-
mativo alfiler de oro, y —apenas puede creer lo que ven sus
ojos— guantes blancos como si hubiese ido a ver a un aboga-
do, no ha ido sola. La acompaña el joven alto y delgado que
tan bien se defendía de dos adversarios en la pista de tenis.

—Mi hermano Diego —explica.

Diego le saluda con un movimiento de cabeza, pero no
pronuncia ni una palabra.

—Por favor, siéntense —les dice a sus invitados—. Espero que
no les importe sentarse en la cama… Aún no hemos comprado muebles. ¿Puedo ofrecerles un vaso de agua? ¿No?

La mujer de La Residencia se sienta con su hermano en
la cama; se quita nerviosa los guantes, carraspea.

—¿Le importaría repetirnos lo que me dijo ayer? —dice—.
Empiece por el principio, por el principio mismo.

—Si empezase por el principio mismo, nos pasaríamos
aquí todo el día —responde esforzándose por sonar sensato y
ante todo cuerdo—. Permítame decirlo así: David y yo vinimos,
igual que todo el mundo, en busca de una nueva vida, un nuevo comienzo. Lo que quiero para David, y lo que él mismo

desea, es una vida normal, como la de cualquier otro niño. Pero es evidente que para llevar una vida normal le hace falta una madre, una madre de la que haber nacido, por así decirlo. Es así, ¿no? –dice, volviéndose hacia el niño–. Es lo que quieres. Tener tu propia madre. –El niño asiente vigorosamente–. Siempre he estado convencido, no me pregunte por qué, de que reconocería a la madre de David en cuanto la viese; y, ahora que la he conocido a usted, sé que estaba en lo cierto. Es imposible que llegásemos a La Residencia por casualidad. Alguna mano debió de guiarnos hasta allí. –Repara en que Diego será un hueso más duro de roer: Diego, y no la mujer, cuyo nombre desconoce y no quiere preguntar. Ella no estaría allí si no estuviera dispuesta a dejarse convencer–. Alguna mano invisible –repite–. De verdad. –Diego le dedica una mirada escrutadora que dice: «¡Mentiroso!». Toma aliento profundamente–. Veo que duda usted. Se pregunta: «¿Cómo va a ser mío un niño al que no he visto en mi vida?». Se lo suplico: deje las dudas a un lado, escuche lo que le dice el corazón. Mírelo. Mire al niño. ¿Qué dice su corazón?

La joven no responde, no mira al niño, sino que se vuelve hacia su hermano como diciendo: «¿Lo ves? Justo lo que te había dicho. ¡Escucha qué propuesta tan increíble y descabellada! ¿Qué debo hacer?».

El hermano dice en voz baja:

–¿Hay algún sitio donde podamos hablar en privado?

–Por supuesto. Podemos ir afuera.

Lleva a Diego abajo, al otro extremo del patio y del césped, a un banco a la sombra de un árbol.

–Siéntese –dice. Diego pasa por alto la invitación. Él sí toma asiento–. ¿Cómo puedo ayudarle?

Diego apoya un pie en el banco y se inclina hacia él.

–En primer lugar, ¿quién es usted, y por qué va detrás de mi hermana?

–Quién sea yo da igual. No importa. Soy una especie de criado. Cuido del niño. Y no voy detrás de su hermana, sino de la madre del niño. Es diferente.

–¿Quién es ese niño? ¿De dónde lo ha sacado? ¿Es su nieto? ¿Dónde están sus padres?

–No es ni mi nieto ni mi hijo. No estamos emparentados. Nos conocimos por casualidad en el barco cuando extravió unos documentos que llevaba consigo. Pero ¿qué importancia tiene eso? Todos, usted, yo, su hermana, el niño, llegamos aquí limpios de recuerdos del pasado. El niño está a mi cuidado. Puede que no sea el destino que yo hubiera escogido, pero lo acepto. Con el tiempo ha llegado a depender de mí. Nos hemos tomado afecto. No obstante, no puedo serlo todo para él. No puedo ser su madre.

»Su hermana, lo siento, desconozco su nombre, es su madre, su madre natural. No sabría explicarle cómo, pero lo es, así de sencillo. Y en el fondo de su corazón ella lo sabe. ¿Por qué cree que ha venido si no? Exteriormente puede parecer tranquila, pero por debajo veo que este gran don, el don de un hijo, la emociona.

–En La Residencia no se permite el paso a los niños.

–Digan lo que digan las normas, nadie osaría separar a una madre de su hijo. Y su hermana no tiene por qué seguir viviendo en La Residencia. Podría quedarse este apartamento. Es suyo, se lo cedo. Ya encontraré otro sitio donde estar.

Inclinándose como para hacerle una confidencia, Diego le propina un brusco manotazo en la cabeza. Aturdido, mientras trata de cubrirse, recibe un segundo golpe. No son golpes fuertes, pero hacen que se tambalee.

–¡¿A qué viene esto?! –exclama, poniéndose en pie.

–No soy idiota –susurra Diego–. ¿Es que me ha tomado por un idiota?

Una vez más, alza una mano amenazadora.

–Ni muchísimo menos. –Tiene que aplacar a aquel joven, que debe de estar enfadado, ¿y quién no lo estaría?, por esa extraña intromisión en su vida–. Admito que es una historia muy rara. Pero piense por un instante en el niño. Lo primordial son sus necesidades. –Su súplica no surte efecto: Diego le mira tan airado y beligerante como antes. Juega su última carta—. Vamos, Diego —dice—, ¡mire en su corazón! ¡Si hay bondad en él, no querrá apartar a un niño de su madre!

—Usted no es quién para cuestionar mi bondad —replica Diego.

—¡Pues demuéstrelo! Vuelva conmigo y demuéstrele al niño de lo que es capaz su bondad. ¡Vamos!

Se levanta y coge a Diego del brazo.

Les aguarda un extraño espectáculo. La hermana de Diego está arrodillada en la cama, de espaldas a ellos, a horcajadas sobre el niño —que está tumbado de espaldas—, el vestido levantado deja entrever unos muslos firmes y más bien gruesos. «¿Dónde está la araña, dónde está la araña…?», canturrea con voz fina y aguda. Sus dedos se deslizan por su pecho hasta la hebilla del cinturón; le hace cosquillas y él se ríe con una risa convulsa e impotente.

—Ya estamos aquí —anuncia él en voz alta.

Ella baja ruborizada de la cama.

—Inés y yo estamos jugando a un juego —dice el niño.

¡Inés! ¡Con que así se llama! ¡Y en el nombre, la esencia!

—Inés —dice el hermano, y la llama con un gesto seco—. Alisándose el vestido, ella corre tras él. Desde el pasillo llegan susurros furiosos.

Inés vuelve seguida de su hermano.

—Queremos que vuelva a repetírnoslo —dice.

—¿Quiere que le repita mi propuesta?

—Sí.

—Muy bien. Le propongo que se convierta en la madre del niño. Renuncio a cualquier derecho sobre él (él los tiene sobre mí, pero eso es cuestión diferente). Firmaré lo que quiera para confirmarlo. Usted y él pueden vivir juntos como madre e hijo. Y en cuanto usted quiera.

Diego suelta un bufido exasperado.

—¡Es absurdo! —exclama—. No puedes ser la madre de este niño, ya tiene una, ¡la madre de la que nació! No puedes adoptarlo sin su consentimiento. ¡Escúchame!

Intercambia una mirada silenciosa con Inés.

—Lo quiero —dice, dirigiéndose no a él, sino a su hermano—. Lo quiero —repite—. Aunque no podemos quedarnos en La Residencia.

—Como le he dicho a su hermano, puede usted instalarse aquí. Hoy mismo, si quiere. Me iré enseguida. Este será su nuevo hogar.

—No quiero que te vayas —dice el niño.

—No iré muy lejos. Me mudaré con Elena y Fidel. Tu madre y tú podéis venir a visitarnos cuando queráis.

—Quiero que te quedes aquí —dice el niño.

—Eres muy bueno, pero no puedo interponerme entre tu madre y tú. A partir de ahora, ella y tú estaréis juntos. Seréis una familia. No puedo formar parte de ella. Pero seré un ayudante, un sirviente y un ayudante. Lo prometo. —Se vuelve hacia Inés—. ¿Estamos de acuerdo?

—Sí. —Ahora que se ha decidido, Inés se ha vuelto apremiante—. Volveremos mañana. Traeremos a nuestro perro. ¿se opondrán los vecinos a que tengamos un perro?

—No se atreverán.

Cuando Inés y su hermano vuelven a la mañana siguiente, él ha barrido el suelo, fregado las baldosas y cambiado las sábanas; sus pertenencias están empaquetadas y listas para llevárselas.

Diego, con una enorme maleta al hombro, encabeza la procesión de llegada. La deja sobre la cama. «Faltan más cosas», anuncia ominosamente. Y así es: un baúl, aún más grande, y un montón de ropa de cama que incluye un cobertor de plumón de ganso.

Él, Simón, no se entretiene despidiéndose.

—Sé bueno —le dice al niño—. No le gusta el pepino —le advierte a Inés—. Y deje una luz encendida cuando se vaya a la cama, le da miedo dormir a oscuras.

Ella no da muestras de haberle oído.

—Aquí hace frío —dice, frotándose las manos—. ¿Siempre hace tanto frío?

—Compraré una estufa eléctrica. La traeré dentro de un día o dos.

Le tiende la mano a Diego, que se la estrecha a regañadientes. Luego coge su hato y se marcha sin mirar atrás.

Había anunciado que se iría a vivir con Elena, pero en realidad esos no eran sus planes. Se dirige a los muelles, vacíos durante el fin de semana, y deja sus cosas en el pequeño cobertizo donde los hombres guardan el equipo. Luego vuelve a los Bloques y llama a la puerta de Elena.

—Hola —dice—, ¿podemos hablar un momento?

Mientras toman el té, le bosqueja la nueva situación.

—Estoy seguro de que, ahora que tiene una madre para cuidarle, David progresará mucho. No era bueno que le educara yo solo. Estaba bajo demasiada presión para hacerse un hombrecito. Un niño necesita tener infancia, ¿no crees?

—No puedo creer lo que oigo —replica Elena—. Un niño no es como un pollito que puedas meter bajo el ala de otra gallina para que lo críe. ¿Cómo has podido darle a David a alguien a quien jamás habías visto, una mujer que probablemente actúe por capricho, pierda el interés antes de una semana y quiera devolvértelo?

—Por favor, Elena, no juzgues a la tal Inés antes de conocerla. No actúa por capricho; al contrario, creo que lo hace movida por una fuerza superior a ella misma. Cuento con que nos ayudes y con que la ayudes. Se mueve en terreno desconocido. Carece de experiencia en la maternidad.

—No estoy juzgando a esa Inés tuya. Si me pide ayuda, se la daré. Pero no es la madre de tu niño y deberías dejar de llamarla así.

—Elena, es su madre. He llegado a estas tierras desprovisto de todo excepto de una convicción sólida como una roca: que reconocería a la madre del niño al verla. Y en cuanto vi a Inés supe que era ella.

—¿Seguiste tu intuición?

—Más que eso. Mi convicción.

—Una convicción, una intuición, una desilusión… ¿qué diferencia hay si no puede cuestionarse? ¿Te has parado a pensar que si todos nos dejáramos llevar por nuestras intuiciones el mundo se sumiría en el caos?

—No veo por qué. ¿Y qué tiene de malo un poco de caos de vez en cuando, si de ahí sale algo bueno?

Elena se encoge de hombros.

—No quiero discutir. Hoy tu hijo se ha saltado la lección. No es la primera vez. Si va a dejar de estudiar música, te agradecería que me lo dijeras.

—Ya no es decisión mía. Y te repito que no es mi hijo, no soy su padre.

—¿De verdad? No haces más que negarlo, pero a veces tengo mis dudas. No diré más. ¿Dónde vas a pasar la noche? ¿En el seno de tu recién encontrada familia?

—No.

—¿Quieres dormir aquí?

Él se pone en pie.

—Gracias, pero he hecho otros planes.

A pesar de que las palomas que anidan en el canalón no paran de zurear, rascarse y erizar las plumas, esa noche duerme bastante bien sobre la cama de sacos en su escondrijo. No desayuna, pero se las arregla para trabajar todo el día y al final se siente bien, un poco etéreo y fantasmal.

Álvaro pregunta por el niño, y tanto le conmueve su interés que por un momento considera la posibilidad de darle la buena noticia, la noticia de que ha encontrado a la madre del niño. Pero luego recuerda la reacción de Elena a esa misma noticia, se contiene y cuenta una mentira: su profesora se lo ha llevado a un gran evento musical.

Un evento musical, repite Álvaro poco convencido: ¿qué es eso y dónde se celebra?

Ni idea, responde y cambia de asunto.

En su opinión, sería una pena que el niño perdiera el contacto con Álvaro y no volviera a ver a su amigo El Rey, el caballo de tiro. Tiene la esperanza de que, una vez haya reforzado sus vínculos con él, Inés permita al niño visitar los muelles. El pasado está tan envuelto en nubes de olvido que no puede estar seguro de que sus recuerdos sean verdaderos o historias inventadas; pero sabe que de niño le habría encantado que le hubiesen permitido pasar una mañana en compañía de adultos y pasar el día ayudándoles a estibar y desestibar grandes barcos. Una dosis de realidad no puede hacer daño al niño, siempre que no sea demasiado brusca o demasiado grande.

Tenía pensado pasarse por Naranjas a por provisiones, pero ha salido demasiado tarde: cuando llega, la tienda está cerrada. Hambriento, y también solo, vuelve a llamar a la puerta de Elena. Abre la puerta Fidel, todavía en pijama.

—Hola, joven Fidel —dice—, ¿puedo pasar?

Elena está sentada a la mesa bordando. No le saluda ni aparta la vista de su labor.

—Hola —repite él—. ¿Ocurre algo malo? ¿Ha pasado algo?

Ella mueve la cabeza.

—David ya no puede venir —explica Fidel—. Lo ha dicho la nueva señora.

—La nueva señora —dice Elena— ha anunciado que tu hijo no puede jugar con Fidel.

—Pero ¿por qué? —Ella se encoge de hombros—. Dale tiempo a adaptarse —dice él—. Ser madre es nuevo para ella. Es lógico que al principio sea un poco errática.

—¿Errática?

—En sus juicios. Más cauta de lo necesario.

—¿Hasta el punto de prohibir a David jugar con sus amigos?

—No os conoce ni a Fidel ni a ti. Cuando os conozca, comprenderá que sois una buena influencia para él.

—¿Y cómo sugieres que nos conozca?

—Seguro que os encontraréis. Al fin y al cabo, sois vecinas.

—Ya veremos. ¿Has comido?

—No. Las tiendas estaban cerradas cuando llegué.

–Te refieres a Naranjas. Naranjas cierra los lunes, tendría que habértelo dicho. Puedo ofrecerte un plato de sopa, si no te importa comer las sobras de anoche. ¿Dónde estás viviendo?

–Tengo un cuarto cerca de los muelles. Es un poco precario, pero servirá de momento.

Elena calienta la cazuela de sopa y corta un poco de pan. Él intenta comer despacio, a pesar de que tiene un hambre canina.

–Me temo que no puedes quedarte esta noche –dice ella–. Ya sabes por qué.

–Claro. No te lo he pedido. Mi nuevo alojamiento es muy cómodo.

–Te han echado, ¿verdad? De tu propia casa. Es cierto, lo sé. Pobrecillo. Separado de tu niño, a quien tanto quieres.

Él se levanta.

–Así ha de ser –dice–. Es la naturaleza de las cosas. Gracias por la cena.

–Vuelve mañana. Te daré de comer. Es lo menos que puedo hacer. Darte de comer y consolarte. Aunque creo que has cometido un error.

Se marcha. Debería ir directo a su nuevo hogar en los muelles. Pero duda, luego atraviesa el patio, sube por las escaleras y llama suavemente a la puerta de su antiguo apartamento. Hay una rendija de luz debajo de la puerta: Inés debe de seguir levantada. Después de esperar un buen rato, vuelve a llamar.

–¿Inés? –susurra.

A un palmo de distancia al otro lado, la oye.

–¿Quién es?

–Soy Simón. ¿Puedo pasar?

–¿Qué quiere?

–¿Puedo verlo? Solo será un minuto.

–Está dormido.

–No le despertaré. Solo quiero verle.

Silencio. Prueba a abrir la puerta. Está cerrada con llave. Un instante después se apaga la luz.

11

Es probable que, al instalarse en los muelles, esté infringiendo alguna norma. No le preocupa. Sin embargo, no quiere que Álvaro se entere, pues por pura bondad se sentiría obligado a ofrecerle una casa. Así que, antes de salir del cobertizo de las herramientas cada mañana, oculta sus escasas pertenencias en las vigas, donde nadie pueda verlas.

Mantenerse limpio y pulcro es complicado. Visita el gimnasio de los Bloques Este para ducharse; lava la ropa a mano y la tiende en los tendederos de los Bloques Este. No tiene ningún escrúpulo —al fin y al cabo, está en la lista de residentes—, pero por prudencia, puesto que no desea encontrarse con Inés, va allí solo de noche.

Pasa una semana en la que consagra todas sus energías al trabajo. Luego, el viernes, con el bolsillo lleno de dinero, llama a la puerta de su antiguo apartamento.

Una sonriente Inés abre la puerta. Tuerce el gesto al verlo.

—Ah, es usted —dice—. Estábamos a punto de salir.

El niño aparece detrás de ella. Su aspecto es un poco raro. No es solo que lleve una camisa blanca nueva (de hecho, parece más una blusa que una camisa: tiene la pechera fruncida y asoma por encima de los pantalones): se aferra a la falda de Inés, no responde a su saludo y lo mira con los ojos muy abiertos.

¿Ha ocurrido algo? ¿Ha sido un error calamitoso entregárselo a esa mujer? ¿Y por qué el niño tolera esa blusa excéntrica y afeminada, él que estaba tan apegado a su ropa de hombrecito, su abrigo, su gorra y sus botas de cordones?, porque las botas también han desaparecido y han sido sustituidas por zapatos: zapatos azules con tiras en lugar de cordones y botones de latón a un lado.

—En ese caso, he tenido suerte de encontrarla en casa —dice, intentando afectar despreocupación—. Le he traído la estufa eléctrica que le prometí.

Inés mira con escepticismo la pequeña estufa de una sola barra que le ofrece.

—En La Residencia hay una chimenea en cada apartamento —dice—. Un hombre lleva un tronco todas las tardes y enciende el fuego. —Abstraída, hace una pausa—. Es muy agradable.

—Lo siento. Debe de ser una humillación tener que vivir en los Bloques. —Se vuelve hacia el niño—. Así que vas a pasar la tarde fuera. ¿Adónde vas a ir?

El niño no responde directamente, pero mira a su nueva madre como diciendo: «Díselo tú».

—Vamos a pasar el fin de semana en La Residencia —dice Inés.

Como para confirmar sus palabras, Diego, vestido con ropa blanca de tenis, llega a grandes zancadas por el pasillo.

—Qué bien —dice—. Pensaba que no se admitían niños en La Residencia. Tenía entendido que era una norma.

—Y lo es —responde Diego—. Pero el personal tiene el fin de semana libre. No hay nadie para comprobarlo.

—Nadie lo comprueba —repite la voz de Inés.

—Bueno, solo he pasado para saber si todo iba bien, y echarle tal vez una mano con la compra. Tome, he traído una pequeña contribución.

Inés acepta el dinero sin una palabra de agradecimiento.

—Todo va bien —dice. Aprieta al niño contra su costado—. Hemos comido mucho, luego hemos dormido la siesta y ahora íbamos a ir en coche a por Bolívar, por la mañana jugaremos al tenis e iremos a nadar.

—Suena muy emocionante —dice—. Y veo que también tenemos una camisa nueva.

El chico no responde. Tiene el pulgar en la boca, no ha dejado de mirarle con esos ojazos. Cada vez se convence más de que hay algo que no funciona.

—¿Quién es Bolívar? —pregunta.

Por primera vez, el niño habla:

—Bolívar es un asaciano.

—Un alsaciano —corrige Inés—. Nuestro perro.

—Sí, recuerdo a Bolivar —dice—. Estaba con usted en la pista de tenis, ¿no? No quiero ser alarmista, Inés, pero los alsacianos no tienen buena reputación con los niños. Espero que vaya usted con cuidado.

—Bolívar es el perro más bueno del mundo.

Sabe que no le es simpático. Hasta ese momento ha pensado que era porque se sentía en deuda con él. Pero no, su antipatía es más personal e inmediata, y por tanto más embarazosa. ¡Qué lástima! El niño aprenderá a verle como a un enemigo, el enemigo de su felicidad madre-hijo.

—Pásalo muy bien —dice—. A lo mejor vuelvo el lunes. Así podrás contármelo todo. ¿De acuerdo?

El niño asiente.

—Adiós —dice.

—Adiós —responde Inés.

Diego no dice ni una palabra.

Regresa fatigado a los muelles, sintiéndose un anciano y con la sensación de que algo ha muerto en su interior. Tenía una importante tarea y la ha cumplido. El niño ha sido entregado a su madre. Como uno de esos grises insectos macho cuya única función es transmitir su semilla a la hembra, podría marchitarse y morir. No le queda nada en lo que basar su vida.

Echa de menos al niño. Cuando despierta a la mañana siguiente con todo el fin de semana por delante es como si despertara después de una operación quirúrgica y comprobase que le falta un miembro... un miembro o incluso el corazón. Pasa el día deambulando por ahí, matando el tiempo. Vaga por los muelles vacíos, va y viene por el parque, donde un enjambre de chiquillos juega a la pelota y vuela cometas.

Sigue teniendo muy presente la sensación de la manita sudorosa del niño en la suya. Ignora si el niño le quería, pero sin duda lo necesitaba y confiaba en él. Un niño debe estar con su madre, no se atrevería a negarlo ni por un instante. Pero ¿y si la madre no es una buena madre? ¿Y si Elena tiene razón? ¿Qué complejos personales habrán empujado a esa tal Inés, de cuya vida nada sabe, a aprovechar la oportunidad de tener un hijo propio? Tal vez haya cierta sabiduría en la ley de la naturaleza que dice que, antes de que pueda surgir al mundo como un alma viva, el embrión, el futuro ser, deba pasar una temporada en el útero de su madre. Tal vez, como las semanas de reclusión que pasan las aves incubando los huevos, sea necesario un periodo de aislamiento no solo para que un animálculo se convierta en un ser humano, sino también para que una mujer se transforme de virgen en madre.

Sea como fuere, el día pasa. Piensa en llamar a Elena, pero en el último minuto cambia de idea, incapaz de enfrentarse a los reproches y las preguntas que le esperan. No ha comido, no tiene apetito. Se tumba inquieto y preocupado sobre el lecho de sacos.

A la mañana siguiente, al despuntar el día, está en la estación de autobuses. Pasa una hora antes de que llegue el primer autobús. Desde la terminal sigue el empinado sendero hasta La Residencia, y la pista de tenis. La pista esta vacía. Se instala a esperar entre los arbustos.

A las diez en punto, el segundo hermano, al que aún no ha tenido el placer de ser presentado, llega vestido de blanco y empieza a colocar la red. Ignora al desconocido que está a plena vista, a menos de treinta pasos. Al cabo de un rato, hace su aparición el resto del grupo.

El niño lo ve en el acto. Con su correr patituerto (es un corredor torpe) atraviesa la pista.

—¡Simón! ¡Vamos a jugar al tenis! —grita—. ¿Quieres jugar?

Enlaza los dedos con los del niño a través de la valla metálica.

—No se me da bien —dice—. Prefiero mirar. ¿Lo estás pasando bien? ¿Comes lo suficiente?

El niño asiente vigorosamente.

—He tomado té para desayunar. Inés dice que ya soy lo bastante mayor para tomar té. —Se vuelve y grita—: Puedo tomar té, ¿verdad, Inés? —Luego, sin hacer una pausa, prosigue—: Y le he dado de comer a Bolívar, Inés dice que después de jugar al tenis podemos llevar a Bolívar a dar un paseo.

—¿Bolívar el alsaciano? Por favor, ten cuidado con Bolívar. No le hagas enfadar.

—Los alsacianos son los mejores perros. Cuando atrapan a un ladrón no dejan que escape. ¿Quieres verme jugar al tenis? Aún no juego muy bien. Antes tengo que practicar. —Con esas palabras da media vuelta y vuelve corriendo con Inés y sus hermanos, que están conferenciando—. ¿Podemos practicar ya?

Lo han vestido con pantalones blancos cortos. De modo que, con la blusa blanca, va todo de blanco, excepto por los zapatos azules con tiras. No obstante, la raqueta que le han dado es demasiado grande. Incluso con dos manos le cuesta manejarla.

Bolívar, el alsaciano, atraviesa la pista y se instala a la sombra. Bolívar es un macho, de hombros anchos y pelo negro. No se distingue mucho de un lobo.

—¡Ven aquí, grandullón! —le llama Diego. Se planta detrás del niño, con las manos sobre las suyas sujetando la raqueta. El otro hermano lanza una pelota. Se mueven al unísono y golpean limpiamente la bola. El hermano lanza otra pelota. Vuelven a golpearla. Diego se aparta—. No tengo nada que enseñarle —le dice a su hermana—. Es un jugador nato.

El hermano lanza una tercera bola. El niño levanta la pesada raqueta y falla, está a punto de caer al suelo por el esfuerzo.

—Jugad vosotros —les dice Inés a sus hermanos—. David y yo iremos a practicar el saque.

Con desenvoltura, los dos hermanos empiezan a pasarse la pelota de un lado al otro por encima de la red, mientras Inés y el niño desaparecen detrás del pequeño pabellón de madera. A él, *el viejo*, el observador silencioso, no le prestan la menor atención. No podría estar más claro que su presencia no es bienvenida.

12

Se ha prometido callar sus penas, pero cuando Álvaro pregunta por segunda vez qué ha sido del niño («Lo echo de menos... todos lo echamos en falta»), le cuenta toda la historia.

—Fuimos a buscar a su madre y hete aquí que la encontramos —dice—. Ahora los dos vuelven a estar juntos, y son muy felices. Por desgracia, la vida que Inés tiene planeada para él no incluye pasar el tiempo en los muelles con los trabajadores. Incluye ropa fina, buenos modales y comidas a sus horas. Lo que no deja de ser justo, supongo.

Pues claro que no. ¿Qué derecho tiene a quejarse?

—Debe de haber sido un golpe para usted —dice Álvaro—. El muchacho es especial. Cualquiera puede darse cuenta. Y usted y él estaban muy unidos.

—Sí, lo estábamos. Pero tampoco es que no vaya a volver a verlo. Es solo que su madre cree que les será más fácil restablecer el vínculo si les dejo solos una temporada. Lo cual, como digo, no deja de ser justo.

—Claro —dice Álvaro—. Pero no tiene en cuenta los anhelos del corazón, ¿no?

«Los anhelos del corazón»: ¿quién iba a pensar que Álvaro podía hablar así? Un hombre fuerte y sincero. Un compañero. ¿Por qué no abrirle su corazón a Álvaro? Pero no...

—No tengo derecho a exigir nada —se oye decir el muy hipócrita—. Además, los derechos de los niños se anteponen siempre a los de los adultos. ¿No es ese un principio en Derecho? Los derechos de los niños, como portadores del futuro.

Álvaro le mira escéptico.

—Nunca había oído hablar de ese derecho.

—Pues llámelo una ley natural. La sangre tira mucho. Un niño debe estar con su madre. Sobre todo un niño pequeño. Comparado con eso, mis derechos son muy vagos y artificiales.

—Usted le quiere. Y él a usted también. No tiene nada de artificial. Es la ley lo que es artificial. Debería estar con usted. Le necesita.

—Es usted muy bueno por decirlo, Álvaro. Pero ¿de verdad me necesita? Tal vez sea yo quien lo necesita. Es posible que me apoye en él más que él en mí. ¿Quién sabe cómo elegimos a quien amamos? Es un gran misterio.

Esa tarde tiene una visita sorpresa: el joven Fidel, que llega a los muelles en su bicicleta con una nota escrita a mano: «Te hemos estado esperando. Espero que no ocurra nada malo. ¿Te apetece venir a cenar esta noche? Elena».

—Dile a tu madre: «Gracias, allí estaré» —responde.

—¿Este es tu trabajo? —pregunta Fidel.

—Sí, a esto me dedico. Ayudo a estibar y desestibar barcos como este. Siento no poder subirte a bordo, pero es un poco peligroso. Tal vez algún día, cuando seas mayor.

—¿Es un galeón?

—No, no tiene velas, así que no puede serlo. Es lo que se llama un barco de vapor. Queman carbón para que funcionen las máquinas. Mañana cargarán el carbón para el viaje de regreso. Lo harán en el Muelle Diez, no aquí. Lo harán otros. Y me alegro. Es un trabajo muy desagradable.

—¿Por qué?

—Porque acaba uno cubierto de hollín hasta la raíz del cabello. Y además el carbón pesa mucho.

—¿Por qué no puede jugar conmigo David?

—No es que no pueda jugar contigo, Fidel. Es solo que su madre quiere pasar tiempo con él. Hacía mucho que no lo veía.

—Creí que habías dicho que no lo había visto nunca.

—Era una manera de hablar. Lo había visto en sueños. Sabía que iba a venir. Estaba esperándolo. Ahora ha llegado y ella está desbordada de alegría. –El niño no dice nada–. Fidel, tengo que volver al trabajo. Esta tarde os veré a ti y a tu madre.

–¿Se llama Inés?

–¿La madre de David? Sí, se llama Inés.

–No me gusta. Tiene un perro.

–No la conoces. Cuando la conozcas, te gustará.

–No. Es un perro muy feroz. Me da miedo.

–He visto al perro. Se llama Bolívar, y tienes razón, será mejor que no te acerques a él. Es un alsaciano. Los alsacianos son imprevisibles. Me sorprende que lo haya llevado a los Bloques.

–¿Muerde?

–Es posible.

–¿Y dónde estás viviendo exactamente –pregunta Elena–, ahora que has dejado tu precioso apartamento?

–Ya te lo dije: he alquilado una habitación cerca de los muelles.

–Sí, pero ¿dónde exactamente? ¿En una pensión?

–No. Da igual dónde esté o qué tipo de habitación sea. Para mí es suficiente.

–¿Tiene cocina?

–No la necesito. Ni la utilizaría si la tuviera.

–Así que te alimentas de pan y agua. Pensaba que estabas harto de tanto pan y agua.

–El pan es el báculo de la vida. Quien tiene pan no necesita nada. Elena, por favor, deja ya de interrogarme. Soy perfectamente capaz de cuidarme.

–Lo dudo. Lo dudo mucho. ¿No podrían los del centro de llegadas encontrarte otro apartamento?

–Por lo que saben en el Centro, sigo felizmente instalado en mi apartamento. No me concederán una segunda vivienda.

–E Inés... ¿no dijiste que Inés tiene habitaciones en La Residencia? ¿Por qué no puede quedarse allí con el niño?

–Porque en La Residencia no admiten niños. Por lo que he podido ver, es una especie de balneario.

—Conozco La Residencia. He ido de visita. ¿Sabías que ha traído un perro? Una cosa es tener un perro en un apartamento, pero este es un perro lobo enorme. No es higiénico.

—No es un perro lobo, sino un alsaciano. Admito que me inquieta. He advertido a David que tenga cuidado. Y a Fidel también.

—Desde luego, no pienso dejar que Fidel se le acerque. ¿Estás seguro de haber hecho bien entregándole tu niño a una mujer así?

—¿Una mujer con un perro?

—Una treintañera sin hijos. Una mujer que se pasa el día practicando deportes con hombres. Una mujer que tiene perros.

—Inés juega al tenis. Muchas mujeres juegan al tenis. Es divertido. Te mantiene en forma. Y solo tiene un perro.

—¿Te ha hablado de su educación, de su pasado?

—No. No le he preguntado.

—Pues, en mi opinión, estás loco al darle tu niño a una desconocida de la que solo sabes que tiene un turbio pasado a sus espaldas.

—Tonterías, Elena. Inés no tiene ningún pasado, al menos que valga la pena tener en cuenta. Ninguno lo tenemos. Aquí todos empezamos de cero. Borrón y cuenta nueva. Y además Inés no es una desconocida. La reconocí nada más echarle la vista encima, lo que significa que debía conocerla de algo.

—Dices que llegamos aquí sin recuerdos, borrón y cuenta nueva, y aseguras reconocer una cara del pasado. No tiene sentido.

—Es cierto: no tengo recuerdos. Pero las imágenes persisten, sombras de imágenes. No sabría explicar por qué. También persiste algo más profundo que yo llamo «el recuerdo de haber tenido recuerdos». No he reconocido a Inés del pasado, sino de alguna otra parte. Es como si su imagen estuviera grabada en mí. No tengo la menor duda ni vacilación. Al menos no me cabe duda de que es la auténtica madre del niño.

—Entonces ¿sobre qué tienes dudas?

—Espero que sea buena para él.

13

Al hacer memoria, ese día, el día en que Elena envió a su hijo a buscarle a los muelles, señala el momento en que ella y él, que siempre le habían parecido dos barcos en un océano casi sin viento, a la deriva tal vez, pero aproximándose el uno al otro, empezaron a distanciarse. Hay muchas cosas de Elena que siguen gustándole, sobre todo su disposición a prestar oídos a sus quejas. Pero la sensación de que falta algo que debería haber entre ellos se vuelve más evidente; y si Elena no comparte esa sensación, si cree que no falta nada, entonces no puede ser lo que necesita en su vida.

Sentado en un banco de los Bloques Este, escribe una nota a Inés.

He trabado amistad con una mujer que vive al otro lado del patio, en el Bloque C. Se llama Elena. Tiene un hijo llamado Fidel que se ha convertido en el mejor amigo de David y es una buena influencia para él. Ya verá que para ser tan joven Fidel tiene buen corazón.

David ha estado yendo a clase de música con Elena. Procure persuadirle de que cante para usted. Verá que canta de maravilla. Mi sensación es que debería continuar con sus clases, aunque, por supuesto, la decisión depende de usted.

David también se lleva muy bien con el capataz del lugar donde trabajo, Álvaro, otro buen amigo. Tener buenos amigos anima a ser bondadoso, o al menos eso me parece. A ir por el buen camino… ¿no es eso lo que ambos deseamos para David?

Si se le ocurre algún modo en que pueda serle de ayuda [concluye], no tiene más que levantar un dedo. Estoy en los muelles casi a diario, en el Muelle Dos. Fidel me llevará cualquier recado; David también sabe cómo llegar.

Echa la nota en el buzón de Inés. No espera respuesta y ciertamente no recibe ninguna. No tiene una percepción clara de qué clase de persona es Inés. ¿Es de las que están dispuestas a aceptar un consejo bien intencionado, por ejemplo, o de las que se irritan cuando un desconocido les dice cómo organizar su vida y echa sus mensajes a la basura? ¿Comprueba siquiera el buzón?

En el sótano del Bloque F del East Village, el mismo bloque que alberga el gimnasio comunitario, hay una panadería con descuento que él llama para sí el Comisariado. Abre sus puertas los días laborables por la mañana de nueve a doce. Aparte de pan y otros productos horneados, vende productos básicos como azúcar, sal, harina y aceite de cocinar a precios irrisorios.

Compra un cargamento de sopa de lata en el Comisariado y lo lleva a su escondrijo en los muelles. Su cena de las noches, cuando está solo, consiste en pan y potaje de alubias frío. Acaba acostumbrándose a esa falta de variedad.

Dado que la mayoría de los inquilinos acude al Comisariado, supone que Inés también debe de utilizarlo. Fantasea con la idea de pasarse allí una mañana con la esperanza de encontrarse con ella y el niño, pero luego lo piensa mejor. Sería demasiado humillante si se tropezara con él escondido detrás de las estanterías, espiándola.

No quiere convertirse en un fantasma incapaz de abandonar su vieja morada. Está dispuesto a aceptar que el mejor modo en que Inés puede ganarse la confianza del niño es pasar con él un tiempo. Pero hay cierto temor que no consigue quitarse de encima: que el niño pueda sentirse solo e infeliz y le eche de menos. No puede olvidar el brillo de sus ojos llenos de dudas inexpresables cuando fue a visitarlo. Tiene ganas de volver a verlo como antes, con su gorra puntiaguda y sus botas negras.

De vez en cuando, cede a la tentación y merodea por los alrededores de los Bloques. En una de esas visitas vislumbra a Inés recogiendo la colada del tendedero. Aunque no puede estar seguro, le parece fatigada y tal vez triste. ¿Será que no le van bien las cosas?

Reconoce la ropa del niño en la cuerda de la ropa, incluso la blusa con la pechera fruncida.

En otra —que luego resulta ser la última— de esas visitas subrepticias observa al trío familiar —Inés, el niño y el perro— salir del bloque y dirigirse hacia el parque a través de las zonas verdes. Lo que le sorprende es que el niño, vestido con su abrigo gris, no vaya andando, sino en sillita. ¿Qué necesidad hay de llevar en sillita a un niño de cinco años? ¿Por qué se lo permite él?

Les alcanza en la parte más frondosa del parque, donde un puente de madera atraviesa un riachuelo casi tapado por las espadañas.

—¡Inés! —grita. Inés se detiene y da media vuelta. El perro se detiene también y levanta las orejas cuando le tira de la correa. Él esboza una sonrisa mientras se acerca—. ¡Menuda coincidencia! Iba camino de la tienda cuando la he visto. ¿Qué tal le va? —Luego, sin esperar su respuesta, le dice al niño—: Hola, veo que vas de paseo. Como un príncipe.

Los ojos del niño se fijan en él. Le invade una sensación de paz. Todo va bien. El vínculo entre ellos no se ha roto. Aunque vuelve a tener el pulgar en la boca. No es un buen indicio. El pulgar en la boca es señal de inseguridad y de un corazón preocupado.

—Vamos a dar un paseo —dice Inés—. Necesitamos un poco de aire. Ese apartamento es sofocante.

—Lo sé. Está mal diseñado. Yo dejo la ventana abierta día y noche para que se ventile. Quiero decir que lo hacía antes.

—Yo no puedo. No quiero que David se resfríe.

—¡Oh!, no se resfría fácilmente. Es duro de pelar, ¿verdad?

El niño asiente. Lleva el abrigo abotonado hasta la barbilla, sin duda para que no entren los gérmenes transportados por el viento.

Se produce un largo silencio. Querría acercarse, pero el perro no ha relajado su mirada vigilante.

—¿De dónde ha sacado ese... —hace un gesto— vehículo?

—Del almacén familiar.

—¿El almacén familiar?

—Hay un almacén en la ciudad donde pueden encontrarse cosas para los niños. También he conseguido una cuna.

—¿Una cuna?

—Una con protectores a los lados. Para que no se caiga.

—Es raro. Que yo recuerde, siempre ha dormido en una cama y nunca se ha caído. —Incluso antes de terminar comprende que no debería haber dicho eso. Inés frunce los labios, aparta el vehículo a un lado y se habría ido de no ser porque la correa del perro se ha enredado en las ruedas y tiene que desenredarla—. Lo siento —dice—, no pretendía entrometerme.

Ella no se digna responder.

Al recordar más tarde el episodio, se pregunta por qué no siente nada por Inés como mujer, ni siquiera el más leve hormigueo, pese a que no hay nada de malo en su aspecto. ¿Será por lo hostil que es y ha sido siempre desde el principio? ¿O será que no resulta atractiva sencillamente porque se niega a abrirse y a ser atractiva? ¿Será, como dice Elena, virgen o al menos virginal? Lo que sabe de las vírgenes se ha extraviado en las nubes del olvido. ¿Ahogará el aura virginal el deseo masculino o por el contrario lo avivará? Piensa en Ana, la del Centro de Reubicación, que era una virgen más feroz. Ana, desde luego, le parecía atractiva. ¿Qué tiene Ana que no tenga Inés? ¿O debería plantear la cuestión al revés: qué tiene Inés que no tenga Ana?

—El otro día me encontré con Inés y el pequeño David —le dice a Elena—. ¿Los ves a menudo?

—La veo por los Bloques. No hemos hablado. No creo que le apetezca relacionarse con los vecinos.

—Supongo que si uno está acostumbrado a estar en La Residencia debe de resultar difícil vivir en los Bloques.

—Vivir en la Residencia no la hace mejor que nosotros. Todos empezamos sin nada, llegados de la nada. Que ella acabara allí es solo cuestión de suerte.

—¿Qué tal se le da, según tú, la maternidad?

—Es muy protectora con el niño. Demasiado, en mi opinión. Lo vigila como un halcón, no le deja jugar con otros niños. Ya lo sabes. Fidel no lo entiende. Se siente herido.

—Lo siento. ¿Qué más has visto?

—Sus hermanos la visitan a menudo. Tienen un coche, uno de esos descapotables con cuatro asientos, convertibles creo que se llaman. Salen en el coche y vuelven después de anochecer.

—¿El perro también?

—Sí. Inés se lo lleva a todas partes. Me produce escalofríos. Es como un resorte a punto de saltar. El día menos pensado atacará a alguien. Rezo porque no sea a un niño. ¿No se la podría convencer para que le ponga un bozal?

—Imposible.

—Bueno, me parece una locura tener un perro peligroso en la misma casa que un niño pequeño.

—No es peligroso, Elena, solo un poco impredecible. Impredecible pero fiel. Eso es lo que Inés parece valorar por encima de todo. La fidelidad, la reina de las virtudes.

—Ah, ¿sí? Yo no la llamaría así. A mí me parece una virtud más bien mediana, como la templanza. Una de esas virtudes típicas de los soldados. La propia Inés me recuerda a un perro guardián que pululara en torno a David, alejando los peligros. ¿Por qué demonios elegiste a una mujer así? Tú eras mucho mejor padre que ella madre.

—No es cierto. Un niño no puede criarse sin madre. ¿No lo dijiste tú misma: que el niño debe a la madre su sustancia, mientras que el padre se limita a proporcionar la idea? Una vez transmitida la idea, el padre es prescindible. Y en este caso ni siquiera soy el padre.

—Un niño necesita el vientre materno para llegar al mundo. Una vez sale de él, la madre es tan prescindible como el padre. Lo que un niño necesita es cariño y cuidados, y un hombre puede proporcionárselos igual que una mujer. Tu Inés no sabe nada de cuidados ni de cariño. Es como una niña pequeña con una muñeca… una niña particularmente celosa y egoísta que no deja que nadie toque su juguete.

—Tonterías. Estás dispuesta a condenar a Inés, aunque apenas la conoces.

—¿Y tú? ¿Cuánto la conocías antes de entregarle tu preciosa carga? Dijiste que no era necesario investigar sus cualidades como madre, que podías fiarte de la intuición. Reconocerías a la verdadera madre al instante, en cuanto le echaras la vista encima. La intuición: menuda base para decidir el futuro de un niño.

—Ya lo hemos hablado, Elena. ¿Qué tiene de malo la intuición? ¿De qué otra cosa podemos fiarnos en último extremo?

—Del sentido común. De la razón. Cualquier persona razonable te habría advertido de que una virgen de treinta años acostumbrada a una vida ociosa, aislada del mundo exterior y protegida por dos hermanos matones no sería una madre de fiar. Y cualquier persona razonable habría investigado a la tal Inés, indagado su pasado, considerado su carácter. Cualquier persona razonable la habría puesto a prueba un tiempo para asegurarse de que el niño y su niñera se llevaban bien.

Él mueve la cabeza.

—Sigues sin entenderlo. Mi tarea era llevar al niño con su madre. No a una madre, ni a una mujer que aprobara un examen de maternidad. Da igual que según tu criterio o el mío Inés no sea una madre particularmente buena. El hecho es que es su madre. El niño está con su madre.

—¡Pero si Inés no es su madre! ¡No lo concibió! ¡No lo llevó en su vientre! ¡No lo trajo al mundo con sangre y dolor!

Es alguien a quien has escogido por capricho, porque te recuerda a tu propia madre, por lo que yo sé.

Vuelve a mover la cabeza.

—En cuanto vi a Inés, lo supe. Si no confiamos en la voz de nuestro interior que nos dice «¡Esta es!», no podemos confiar en nada.

—¡No me hagas reír! ¡La voz de nuestro interior! La gente pierde los ahorros en las carreras de caballos por prestar atención a esas voces. Se implica en desastrosos amoríos por esa misma razón. Es…

—No estoy enamorado de Inés, si es lo que insinúas. Ni mucho menos.

—Puede que no, pero sí estás irracionalmente obsesionado con ella, lo cual es aún peor. Estás convencido de que es el destino del niño, cuando lo cierto es que Inés no tiene ninguna relación mística, ni de ningún otro tipo, contigo o con tu niño. Solo es una mujer escogida al azar en la que has proyectado una obsesión personal. Si el niño estaba predestinado, como dices, a reunirse con su madre, ¿por qué no dejaste que el destino los uniera? ¿Por qué tuviste que intervenir?

—Porque no basta con sentarse a esperar que el destino actúe, Elena, igual que no basta con tener una idea y sentarse a esperar que se materialice. Alguien tiene que llevar la idea a la práctica. Alguien tiene que actuar en nombre del destino.

—A eso me refería. Llegas con una idea personal de lo que es una madre y luego la proyectas en esa mujer.

—Esta conversación está dejando de ser razonable, Elena. Lo único que oigo es animosidad. Animosidad, prejuicios y celos.

—No hay animosidad ni prejuicios, y llamarlo celos aún es más absurdo. Solo intento hacerte comprender de dónde procede esa sacrosanta intuición tuya, en la que confías más que en tus propios sentidos. Emana de tu interior. Su origen está en un pasado que has olvidado. No tiene nada que ver con el niño o su bienestar. Si tuvieses algún interés en el bienestar del niño irías ahora mismo a reclamárselo. Esa mujer no le conviene. Está retrocediendo bajo su cuidado. Lo está convirtiendo en un bebé.

»Podrías recuperarlo hoy mismo, si quisieras. Podrías ir a buscarlo y llevártelo. No tiene ningún derecho legal sobre él. Es una absoluta desconocida. Podrías reclamar a tu niño y tu apartamento y la mujer regresaría a La Residencia, que es donde debe estar, con sus hermanos y sus partidos de tenis. ¿Por qué no lo haces? ¿O es qué tienes miedo de los hermanos y el perro?

—Elena, basta ya. Por favor. Es cierto, me intimidan sus hermanos. Y también me inquieta su perro. Pero esa no es la razón por la que me niego a recuperar al niño. Me niego sin más. ¿Qué crees que estoy haciendo en este país donde no conozco a nadie, donde no puedo expresar mis sentimientos más íntimos porque todas las relaciones humanas se llevan a cabo en español para principiantes? ¿Acaso he venido aquí para acarrear sacos un día sí y otro también, como una bestia de carga? No, vine a traer al niño con su madre, y es lo que he hecho.

Elena se ríe.

—Tu español mejora cuando te enfadas. A lo mejor deberías enfadarte más a menudo. Da igual que estemos de acuerdo o no sobre Inés. En cuanto a lo demás, lo cierto es que no estamos aquí para vivir una vida plena y feliz. Estamos aquí por el bien de nuestros hijos. Puede que no nos sintamos cómodos hablando en español, pero David y Fidel sí lo harán. Será su lengua materna. Lo hablarán como si fueran nativos. Y no desprecies el trabajo que haces en los muelles. Llegaste a este país desnudo, sin nada que ofrecer más que el trabajo de tus manos. Podrían haberte rechazado, pero no lo hicieron: te acogieron con los brazos abiertos. Podrían haberte dejado a la intemperie, pero tampoco lo hicieron: te proporcionaron un techo sobre tu cabeza. Tienes mucho por lo que estar agradecido.

Él calla. Luego habla por fin:

—¿Ha terminado ya el sermón?

—Sí.

14

Las cuatro en punto, los últimos sacos del carguero del Muelle Dos se amontonan en las carretas. El Rey y su compañero están enganchados al carro y mascando plácidamente su sacos de grano.

Álvaro se despereza y le sonríe.

—Otro trabajo terminado —dice—. Es una satisfacción, ¿verdad?

—Supongo que sí. Aunque no dejo de preguntarme por qué necesita la ciudad tanto grano semana tras semana.

—Es comida. No podemos pasar sin comida. Y no es solo para Novilla. También va a las tierras del interior. Es lo que tienen los puertos: deben atender las necesidades del interior.

—Aun así, ¿de qué sirve al final? Los barcos traen el grano del otro lado del mar, lo descargamos y alguien lo muele y lo cuece, luego lo comemos y se convierte en... ¿cómo llamarlo?, deshechos, y los deshechos vuelven al mar. ¿Por qué íbamos a sentirnos bien por eso? ¿Cómo encaja en un plan superior? No veo que haya ningún plan ni designio elevado. Es solo consumo.

—¡Hoy está usted de mal humor! No hace falta ningún designio elevado que justifique la vida. La vida es buena en sí misma; ayudar a que la comida circule para alimentar a tus congéneres es doblemente bueno. ¿Cómo puede ponerlo en duda? En cualquier caso, ¿qué tiene en contra el pan? Recuerde lo que dijo el poeta: el pan es el modo en que el sol entra en nuestro cuerpo.

—No quiero discutir, Álvaro, pero objetivamente lo único que hago, igual que los demás trabajadores portuarios, es trasladar cosas desde un punto A hasta un punto B, un saco tras otro, un día tras otro. Si todo nuestro esfuerzo fuese por una causa más elevada, sería distinto. Pero comer para vivir y vivir para comer… es lo que hacen las bacterias, no las…

—¿Las qué?

—Las personas. El pináculo de la creación.

Por lo general, las horas de comer son las más proclives a las discusiones filosóficas: ¿morimos o nos reencarnamos perpetuamente? ¿Giran los planetas más lejanos alrededor del sol o el uno alrededor del otro recíprocamente? ¿Es este el mejor de los mundos posibles?, pero hoy, en lugar de volver a casa, varios estibadores se acercan a escuchar la discusión. Álvaro se vuelve hacia ellos.

—¿Qué decís vosotros, compañeros? ¿Necesitamos un plan superior, como exige nuestro amigo, o nos basta con hacer nuestro trabajo y hacerlo bien?

Se produce un silencio. Desde el principio, los hombres han tratado a Simón con respeto. Es lo bastante mayor para ser el padre de muchos. Pero también respetan a su capataz, incluso le reverencian. Es evidente que no quieren tomar partido.

—Si no te gusta lo que hacemos, si no crees que sea bueno —dice uno de ellos, que resulta ser Eugenio—, ¿qué te gustaría? ¿Trabajar en una oficina? ¿Crees que trabajar en una oficina es mejor? ¿O tal vez en una fábrica?

—No —replica—. Por supuesto que no. Por favor, no me malinterpretéis. En sí mismo, lo que hacemos aquí es un trabajo bueno y honrado. Pero eso no es lo que estábamos discutiendo Álvaro y yo. Discutíamos sobre la finalidad de nuestro trabajo, la finalidad última. Jamás se me pasaría por la cabeza despreciar nuestro trabajo. Al contrario, significa mucho para mí. De hecho —está perdiendo el hilo, pero da igual—, no quisiera estar en ningún otro sitio sin vosotros. Desde que llegué solo me habéis dado muestras de afecto y solidaridad. Eso me ha alegrado la vida. Ha hecho posible…

Eugenio le interrumpe con impaciencia:

—En ese caso, ya has respondido a tu pregunta. Imagina no tener trabajo. Imagina tener que pasar el día sentado en un banco público sin nada que hacer, esperando a que pasen las horas, sin compañeros con quienes compartir una broma, ni camaradería en la que apoyarte. Sin trabajo, y sin tener con quién compartirlo, la camaradería es imposible, deja de ser sustancial. —Se vuelve y mira a su alrededor—. ¿No estáis de acuerdo, compañeros?

Se oye un murmullo de asentimiento.

—¿Y qué me decís del fútbol? —responde probando sin demasiada confianza otros derroteros—. Seguro que nos apreciaríamos y apoyaríamos exactamente igual si perteneciéramos a un equipo de fútbol y jugáramos, ganáramos y perdiéramos juntos. Si el bien definitivo es la camaradería, ¿para qué cargar con esos pesados sacos de grano? ¿Por qué no darle patadas a un balón?

—Porque del fútbol no se puede vivir —dice Álvaro—. Para jugar al fútbol uno tiene que estar vivo; y para estar vivo hay que comer. Gracias a nuestro trabajo, la gente puede vivir. —Mueve la cabeza—. Cuanto más lo pienso, más me convenzo de que el trabajo no puede compararse con el fútbol y de que las dos cosas pertenecen a reinos filosóficos diferentes. No entiendo, no consigo entender por qué desprecia usted así nuestra labor.

Todos los ojos están fijos en él. Se produce un solemne silencio.

—Creedme, no es mi intención despreciar nuestro trabajo. Para demostraros mi sinceridad, mañana vendré a trabajar una hora antes y me saltaré la hora del almuerzo. Cargaré con tantos sacos como cualquiera de los presentes. Pero aun así continuaré preguntando: «¿Por qué lo hacemos y para qué?».

Álvaro se adelanta y le pasa un brazo fornido por encima.

—No le hacen falta gestas heroicas, amigo mío —dice—. Todos sabemos cómo es y no tiene nada que demostrarnos. —Los demás hombres se acercan a abrazarle y darle palmaditas en la espalda. Él sonríe a todos sin excepción; las lágrimas acuden a sus ojos; es incapaz de contener una sonrisa–. Aún no ha visto nuestro almacén principal, ¿verdad? –dice Álvaro sin soltarle la mano.

–No.

–Es un edificio muy impresionante, aunque sea yo quien lo diga. ¿Por qué no pasa un día a verlo? Puede ir ahora mismo, si quiere. –Se vuelve hacia el carretero, que espera acurrucado en el pescante a que termine la discusión entre los estibadores–. Nuestro compañero puede ir con usted hasta el almacén, ¿verdad? Pues claro que sí. ¡Vamos! –Le ayuda a subir al lado del carretero–. A lo mejor aprecia más nuestro trabajo cuando lo haya visto.

El almacén está más lejos de los muelles de lo que había imaginado, en la orilla sur, donde empieza a estrecharse el río. A paso lento –el carretero tiene un látigo pero no lo utiliza y se limita a chasquear la lengua de vez en cuando para apremiar a los caballos–, tardan casi una hora en llegar y en todo ese tiempo no intercambian una sola palabra.

El almacén se alza solitario en medio de un campo. Es enorme, tan grande como un campo de fútbol, tiene dos pisos de altura y grandes puertas deslizantes por las que el carro cargado pasa con facilidad.

La jornada parece haber concluido, pues no hay nadie para descargar los sacos. Mientras el carretero lleva el carro hasta la plataforma de descarga y empieza a desenganchar los caballos, él deambula por el enorme edificio. La luz que se filtra por los huecos entre el tejado y la pared revela sacos amontonados hasta varios metros de altura, una montaña de grano tras otra que se extiende hasta los rincones más oscuros. Sin demasiado interés intenta hacer el cálculo, pero pierde la cuenta. Puede que haya un millón de sacos, tal vez varios millones. ¿Habrá suficientes molineros en Novilla para moler todo ese grano, suficientes panaderos para hornearlo y suficientes bocas para consumirlo?

Oye un crujido seco bajo los pies, grano caído por el suelo. Algo blando le golpea el tobillo e involuntariamente da una patada. Se oye un chillido; de pronto repara en un murmullo apagado, como el correr del agua. Da un grito. Todo el suelo bulle de vida. ¡Ratas! ¡Hay ratas por todas partes!

—¡Esto está lleno de ratas! —grita, echa a correr y vuelve con el carretero y el encargado de abrir las puertas—. ¡El suelo está cubierto de grano, y hay una plaga de ratas! ¡Es espantoso!

Los dos intercambian una mirada.

—Sí, desde luego, ratas no nos faltan —dice el portero—. Ni ratones. Hay más de los que podría contar.

—¿Y no hacen nada? ¡Es antihigiénico! ¡Anidan en la comida, la están contaminando!

El portero se encoge de hombros.

—¿Y qué quiere que hagamos? Allí donde hay grano hay roedores. El mundo es así. Intentamos traer gatos, pero las ratas les han perdido el miedo, y además hay demasiadas.

—Eso no es excusa. Podrían colocar trampas. Poner veneno. Fumigar el edificio.

—No se pueden echar gases venenosos en un almacén de comida, ¡hay que tener un poco de sentido común…! Y ahora, si no le importa, tengo que cerrar.

Lo primero que hace por la mañana es hablar del asunto con Álvaro.

—Se jacta usted del almacén, pero ¿ha ido a verlo alguna vez? Está abarrotado de ratas. ¿Por qué enorgullecerse de trabajar para alimentar a un montón de bichos? No solo es absurdo, sino una locura.

Álvaro le dedica una mirada entre benévola y exasperada.

—Allí donde hay barcos hay ratas. Allí donde hay almacenes hay ratas. Donde prospera nuestra especie, también prosperan las ratas. Las ratas son inteligentes. Podría decirse que son nuestra sombra. Es cierto que consumen parte del grano que descargamos. Y sí, en el almacén se desperdicia comida. Pero ocurre lo mismo a lo largo de todo el proceso: en los campos, en los trenes, en los barcos, en los almacenes, en las panaderías. No tiene sentido disgustarse. Es parte de la vida.

—¿Y que sea parte de la vida significa que no podamos combatirlo? ¿Y que sigamos almacenando toneladas, miles de toneladas, de grano en cobertizos infestados de ratas? ¿Por qué no importar cada mes solo lo necesario para cubrir nuestras necesidades? ¿Y por qué no puede organizarse con más eficacia el transporte y el envío? ¿Por qué debemos utilizar carretas y caballos cuando podríamos utilizar camiones? ¿Por qué tiene que llegar el grano en sacos que hay que descargar a pulso? ¿Por qué no cargarlo en la bodega y descargarlo bombeándolo por un tubo?

Álvaro reflexiona un buen rato antes de responder.

—¿Qué sería de nosotros, Simón, si el grano se cargara y descargara como propone? ¿Qué sería de los caballos? ¿Qué sería de El Rey?

—No tendríamos trabajo en los muelles —replica—. Lo admito. Pero podríamos encontrar empleo montando las tuberías o conduciendo camiones. Todos tendríamos trabajo, exactamente igual que ahora, pero sería un trabajo distinto, que requeriría inteligencia y no solo fuerza bruta.

—Así que lo que usted querría es librarnos de trabajar como bestias. Que dejáramos los muelles y encontrásemos otro trabajo en el que no pudiéramos echarnos una carga a la espalda, ni notar cómo cambia de forma el grano para adaptarse a nuestro cuerpo, ni oír su crujido, y en el que perdiéramos el contacto con la cosa misma: con la comida que nos alimenta y nos da vida.

»¿Por qué está tan seguro de que queremos que nos salven, Simón? ¿Acaso cree que somos estibadores porque somos demasiado estúpidos para hacer otra cosa, que somos demasiado estúpidos para montar una tubería o conducir un camión? Pues claro que no. A estas alturas ya nos conoce. Es nuestro amigo, nuestro compañero. No somos estúpidos. Si necesitásemos que nos salvaran, ya nos habríamos salvado a nosotros mismos. No, no somos nosotros los estúpidos, sino sus agudos razonamientos, que solo le proporcionan respuestas equivocadas. Este es nuestro puerto, nuestro muelle, ¿no? —Mira a izquierda y derecha; los hombres murmuran con aprobación—. Aquí no hay sitio para la inteligencia, solo para la cosa misma.

Simón no puede dar crédito a lo que oye. No cree que la persona que suelta esos despropósitos oscurantistas sea su amigo Álvaro. Y el resto de la cuadrilla parece apoyarle sin fisuras, hombres jóvenes e inteligentes con quienes habla a diario de las verdades y las apariencias, del bien y el mal. Si no les tuviera cariño se marcharía, se iría y les dejaría con sus trabajos fútiles. Pero son sus compañeros, les tiene aprecio y se siente obligado a intentar convencerles de que siguen un camino equivocado.

—¿Se está usted oyendo, Álvaro? «La cosa misma.» ¿De verdad cree que permanece siempre inmutable? No. Todo fluye. ¿Es que lo ha olvidado al cruzar el océano para venir aquí? Las aguas del océano fluyen y cambian al fluir. No se puede bañar uno dos veces en el mismo río. Igual que los peces en el mar, nosotros habitamos en el tiempo y debemos cambiar con él. Por mucho que nos comprometamos a seguir las nobles tradiciones de los estibadores, el cambio acabará superándonos. El cambio es como la marea. Se pueden construir diques, pero el agua siempre se cuela por las grietas. —Los hombres se han aproximado para formar un semicírculo en torno a Álvaro y él. No detecta hostilidad en su actitud. Al contrario, tiene la sensación de que le están animando a exponer lo mejor posible sus argumentos—. No intento salvaros —dice—. No soy especial, no me considero el salvador de nadie. Crucé el océano como vosotros. Como vosotros, no tengo historia. La que tenía la dejé atrás. Pero no he dejado atrás el concepto de la historia, la idea del cambio sin principio ni fin. Las ideas no pueden borrarse, ni siquiera con el paso del tiempo. Las ideas están en todas partes. El universo está imbuido de ellas. Sin ellas no habría universo, porque no habría existencia.

»La idea de la justicia, por ejemplo. Todos deseamos vivir en una administración justa, una administración en la que el trabajo honrado tenga su recompensa; y es un deseo bueno y digno de admiración. Pero lo que hacemos en los muelles no ayudará a traer esa administración. Lo que hacemos no es más que una exhibición de trabajo heroico. Y esa exhibición depende de un ejército de ratas para seguir funcionando, ratas que se pasan el día y la noche engullendo esas toneladas de grano que descargamos para hacer hueco en el almacén para más grano. Sin las ratas, lo absurdo de nuestra labor sería evidente. −Hace una pausa. Los hombres guardan silencio−. ¿No lo veis? −dice−. ¿Es qué estáis ciegos?

Álvaro mira a su alrededor.

−El espíritu del ágora −dice−. ¿Quién va a responder a nuestro elocuente amigo?

Uno de los jóvenes estibadores levanta la mano. Álvaro hace un gesto con la cabeza.

−Nuestro amigo invoca el concepto de lo real de un modo confuso −dice el joven hablando con confianza y fluidez, como un alumno destacado−. Para demostrar dicha confusión, comparemos la historia con el clima. Podemos estar de acuerdo en que el clima en que vivimos está por encima de nosotros. Ninguno podemos decidir cómo será el clima. Pero no es su superioridad lo que lo convierte en real. El clima es real porque tiene manifestaciones reales. Dichas manifestaciones incluyen el viento y la lluvia. Así cuando llueve nos mojamos; cuando se levanta viento se nos vuela la gorra. La lluvia y el viento son realidades transitorias y de segundo orden, accesibles a nuestros sentidos. Por encima de ellas en la jerarquía de lo real se encuentra el clima.

»Consideremos ahora la historia. Si la historia, como el clima, fuese una realidad superior, la historia tendría manifestaciones que podríamos percibir con los sentidos. Pero ¿dónde están dichas manifestaciones? −Mira a su alrededor−. ¿A quién le ha volado la gorra la historia? −Se produce un silencio−. A nadie. Porque la historia no tiene manifestaciones. Porque la historia no es real. Porque la historia es un relato inventado.

»Para ser más exactos —quien habla es Eugenio, que ayer quería saber si él preferiría trabajar en una oficina—, porque no tiene manifestaciones en el presente. La historia es solo un patrón que apreciamos en lo que ya ha sucedido. No puede influir en el presente.

»Nuestro amigo Simón dice que deberíamos dejar que las máquinas llevasen a cabo nuestro trabajo, porque así lo ordena la historia. Pero no es la historia quien nos manda dejar el trabajo honrado, sino la holgazanería y la tentación de la pereza. La pereza es real de un modo en que la historia no lo es. Podemos percibirla con los sentidos. Notamos sus manifestaciones cada vez que nos tumbamos en la hierba, cerramos los ojos y nos sentimos tan a gusto que prometemos no levantarnos, aunque suene la sirena. ¿Quién de nosotros dirá tumbado en la hierba un día soleado: «Noto cómo la historia me dice que no me levante»? No, lo que sentimos en los huesos es la holgazanería. Por eso hasta decimos: «Tiene la pereza metida en los huesos».

A medida que hablaba, Eugenio se ha ido animando. Tal vez por miedo a que no calle nunca, sus compañeros le interrumpen con una salva de aplausos. Se interrumpe y Álvaro aprovecha la oportunidad.

—No sé si nuestro amigo Simón quiere responder —dice—. Ha tildado nuestro trabajo de exhibición inútil, una observación que a algunos puede habernos parecido ofensiva. Si lo ha dicho sin pensar, si después de pensarlo mejor quisiera retirarla o modificarla, estoy seguro de que su gesto sería muy apreciado.

Su turno. La marea se ha vuelto indudablemente contra él. ¿Tiene voluntad para resistir?

—Por supuesto, retiro mi irreflexiva observación —dice—. Y además me disculpo por cualquier daño que pueda haber causado. En cuanto a la historia, lo único que puedo decir es que aunque hoy podamos negarnos a escucharla, no podremos hacerlo siempre. Por tanto, quiero hacer una propuesta. Veámonos otra vez en este muelle dentro de diez años, o incluso

117

dentro de cinco, y veamos si el grano sigue descargándose a mano y almacenándose en sacos en un cobertizo para alimentar a nuestras enemigas las ratas. Mi predicción es que no.

—¿Y qué hará si se equivoca? —dice Álvaro—. Si dentro de diez años continuamos descargando el grano exactamente igual que hoy, ¿admitirá que la historia no es real?

—Desde luego —replica—. Inclinaré mi cabeza ante la fuerza de lo real. Lo consideraré mi sometimiento al veredicto de la historia.

15

Por un tiempo, tras su diatriba contra las ratas, el ambiente en el trabajo le parece angustioso. Aunque sus compañeros son tan amables con él como siempre, dan la impresión de callar cuando él está cerca.

Y, de hecho, al recordar su estallido se ruboriza de vergüenza. ¿Cómo pudo despreciar el trabajo del que tanto se enorgullecen sus amigos, un trabajo en el que se siente tan agradecido de poder tomar parte?

Pero luego, poco a poco, las cosas empiezan a volver a su curso. Una mañana, durante el descanso, Eugenio se acerca y saca una bolsa de papel.

—Galletas —dice—. Coge una. Coge dos. Es un obsequio de un vecino. —Y cuando expresa su agrado (las galletas son deliciosas, saben a jengibre y tal vez también a canela), Eugenio añade—: ¿Sabes? He estado pensando en lo que dijiste el otro día y puede que no te falte razón. ¿Por qué deberíamos alimentar a las ratas cuando ellas no hacen nada por alimentarnos a nosotros? Hay quien come ratas, pero desde luego yo no. ¿Y tú?

—No —responde—. Yo tampoco. Prefiero las galletas mil veces.

Al terminar la jornada, Eugenio vuelve sobre el asunto.

—Me preocupa haber podido herir tus sentimientos —dice—. Créeme, no había ninguna animosidad. Todos te apreciamos mucho.

—No estoy ofendido —replica—. Tuvimos un desacuerdo filosófico y ya está.

—Un desacuerdo filosófico –coincide Eugenio–. Vives en los Bloques Este, ¿no? Te acompañaré hasta la parada del autobús.

Así, para mantener la ficción de que vive en los Bloques tiene que ir con él hasta la parada.

—Hay una cosa que me intriga desde hace tiempo –le dice a Eugenio mientras esperan al autobús número 6–. No es nada filosófica. ¿Cómo pasáis tú y los demás el tiempo libre? Sé que a muchos os gusta el fútbol, pero ¿qué hacéis por las tardes? No parece que tengáis mujer ni hijos. ¿Tenéis novia? ¿Vais a clubes? Álvaro me ha dicho que hay clubes en los que es posible ingresar.

Eugenio se ruboriza.

—No sé nada de clubes. Sobre todo, voy al Instituto.

—Cuéntame. He oído hablar de un Instituto, pero no tengo ni idea de lo que hacen en él.

—En el Instituto se ofrecen clases. Conferencias, películas, grupos de debate. Deberías apuntarte, hay mucha gente mayor y es gratis. ¿Sabes cómo llegar?

—No.

—Está en New Street, cerca del cruce. Es un edificio blanco muy grande con puertas de cristal. Probablemente hayas pasado muchas veces por delante sin saberlo. Ven mañana por la noche. Puedes apuntarte a nuestro grupo.

—De acuerdo.

Luego resulta que el curso al que se ha apuntado Eugenio con otros tres estibadores es uno de filosofía. Se sienta en la última fila, apartado de sus compañeros, para poder salir si se aburre.

Llega la profesora y se hace el silencio. Es una mujer de mediana edad, en su opinión vestida de manera más bien anodina, con el cabello gris muy corto y sin maquillaje.

—Buenas tardes –dice–. Sigamos donde lo dejamos la semana pasada y continuemos con nuestro estudio de la mesa… la mesa y su pariente cercana la silla. Como recordaréis, estábamos debatiendo acerca de los distintos tipos de mesa que hay en el mundo y los diversos tipos de silla. Nos preguntabamos qué unidad subyace detrás de toda la diversidad, qué es lo que hace que las mesas sean mesas y las sillas sillas…

En silencio, se levanta y sale discretamente del aula.

El pasillo está vacío, solo una figura con una larga bata blanca se aproxima apresuradamente. Cuando la figura está más cerca, repara en que no es otra que Ana, la joven del Centro.

—¡Ana! —la llama.

—¡Hola! —replica Ana—. Lo siento, no puedo entretenerme, llego tarde. —Pero luego se detiene—. Nos conocemos, ¿no? He olvidado su nombre.

—Simón. Nos vimos en el Centro. Tenía a un niño conmigo. Tuvo usted la amabilidad de ofrecernos un techo nuestra primera noche en Novilla.

—¡Claro! ¿Qué tal le va a su hijo?

La bata blanca es en realidad un albornoz blanco de toalla; lleva los pies descalzos. Extraña indumentaria. ¿Habrá una piscina en el Instituto?

Ella repara en su mirada perpleja y se echa a reír.

—Voy a posar —dice—. Poso dos tardes por semana. Para una clase del natural.

—¿Del natural?

—Una clase de Dibujo. Dibujo del Natural. Soy la modelo de la clase. —Estira los brazos, como si se desperezara. El albornoz se le abre un poco por el cuello y él vislumbra los pechos que tanto había admirado—. Debería usted apuntarse. Si quiere aprender anatomía, no hay mejor manera. —Y luego, antes de que pueda recuperarse, añade—: Llego tarde. Recuerdos a su hijo.

Deambula por el pasillo vacío. El Instituto es mayor de lo que había imaginado desde fuera. Detrás de una puerta cerrada se oye música, una mujer que canta quejosa con un acompañamiento de arpa. Se detiene ante un tablón de anuncios. La oferta de cursos es muy amplia. Dibujo Técnico. Contabilidad. Cálculo. Un montón de cursos de español: Español para Principiantes (doce grupos), Español Intermedio (cinco grupos), Español Avanzado, Redacción en Español, Conversación en Español. Debería haber asistido a esas clases en lugar de debatirse por sí solo con el idioma. No ve ningún curso de Literatura Española. Pero tal vez se imparta dentro del nivel avanzado.

No hay más cursos de idiomas. Ni portugués. Ni catalán. Ni gallego. Ni vasco.

Ni esperanto. Ni volapük.

Busca las clases de Dibujo del Natural. Ahí están: Dibujo del Natural. De lunes a viernes, de las 7 a las 9 de la tarde, los sábados de 2 a 4; abierta la matrícula para el grupo 12; grupo 1, COMPLETO; grupo 2, COMPLETO; grupo 3, COMPLETO. Está claro que es un curso popular.

Caligrafía. Bordado. Cestería. Diseño Floral. Alfarería. Títeres.

Filosofía. Elementos de Filosofía. Temas Centrales de la Filosofía. Filosofía del Trabajo. La Filosofía y la Vida Cotidiana.

Suena un timbre para indicar la hora. Los alumnos salen al pasillo, primero es un goteo, luego un torrente, no solo hay gente joven sino también de su edad e incluso mayores, tal como dijo Eugenio. ¡No es raro que la ciudad parezca un depósito de cadáveres después del atardecer! Todo el mundo se esfuerza en ser un ciudadano y una persona mejor. Todo el mundo menos él.

Una voz le saluda. Es Eugenio, que le llama con un gesto en medio de la marea humana.

—¡Ven! ¡Vamos a comer algo! ¡Ven con nosotros! —Sigue a Eugenio por unas escaleras hasta una cafetería bien iluminada. Ya hay largas colas de gente que espera a ser atendida. Coge una bandeja y unos cubiertos—. Hoy es miércoles, así que habrá tallarines. ¿Te gustan?

—Sí.

Llega su turno. Acerca el plato y el hombre de detrás del mostrador le sirve una generosa ración de espaguetis. Otro añade una cucharada de salsa de tomate.

—Coge también un panecillo —le dice Eugenio—. Por si te quedas con hambre.

—¿Dónde se paga?

—No hay que pagar. Es gratis.

Encuentran una mesa y los otros estibadores más jóvenes se sientan con ellos.

—¿Qué tal la clase? —les pregunta—. ¿Habéis conseguido averiguar lo que es una silla?

Lo ha dicho en broma, pero los jóvenes lo miran con gesto inexpresivo.

—¿No sabes lo que es una silla? —pregunta por fin uno de ellos—. Baja la vista. Estás sentado en una. —Mira a sus compañeros. Todos se echan a reír.

Él se esfuerza por participar de la diversión, demostrar que es un buen compañero.

—Me refiero —dice— a si habéis descubierto lo que constituye… no sé cómo decirlo.

—La *sillicidad* —sugiere Eugenio—. Tu silla —indica la silla con un gesto— encarna la *sillicidad*, participa en ella o la realiza, como le gusta decir a nuestra profesora. Por eso sabes que es una silla y no una mesa.

—O un taburete —añade su compañero.

—¿Os ha contado la profesora —dice él, Simón— la historia del hombre que, cuando le preguntaron cómo sabía que una silla era una silla, le propinó una patada y dijo: «Así, amigo mío, es como lo sé»?

—No —responde Eugenio—. Pero así no se sabe que una silla es una silla. Así se sabe que es un objeto. El objeto pateado.

Guarda silencio. Lo cierto es que se siente fuera de lugar en aquel Instituto. La filosofía no hace más que impacientarle. Le traen sin cuidado las sillas y la sillicidad.

Los espaguetis están sosos. La salsa de tomate son solo tomates triturados y calentados. Busca un salero, pero no lo hay. Tampoco hay pimienta. Pero al menos los espaguetis son un cambio. Mejor que el eterno pan.

—Bueno… ¿y en qué cursos te vas a matricular? —pregunta Eugenio.

—Aún no lo he decidido. He echado un vistazo a la lista. Hay mucha oferta. Había pensado en apuntarme a Dibujo del Natural, pero veo que está lleno.

—Así que no vendrás a nuestra clase. Es una lástima. La discusión se volvió más interesante cuando te fuiste. Hablamos del infinito y de los peligros del infinito. ¿Y si, aparte de la silla ideal hubiese otra silla aún más ideal, y así sucesivamente, una y otra vez? Aunque el Dibujo del Natural también es interesante. Podrías apuntarte a Dibujo, Dibujo normal. Así tendrías prioridad para Dibujo del Natural el próximo semestre.

—Dibujo del Natural es muy popular —explica otro de los jóvenes—. La gente quiere conocer el cuerpo humano.

Busca ironía, pero no la hay, como no hay salero.

—Si quieren conocer el cuerpo humano, ¿no sería mejor un curso de anatomía? —pregunta.

El joven no está de acuerdo.

—La anatomía enseña solo las partes del cuerpo. Si se quiere conocer el conjunto, hace falta estudiar Dibujo del Natural o Modelado.

—¿Y a qué te refieres con el conjunto…?

—Primero al cuerpo como tal, y luego al cuerpo en su forma ideal.

—¿Y no podrías aprender con la experiencia cotidiana? Quiero decir, ¿no aprenderías todo lo que hay que saber sobre el cuerpo como tal pasando unas cuantas noches con una mujer? —El muchacho se ruboriza y mira a su alrededor en busca de ayuda. Se maldice para sus adentros. ¡Esos estúpidos chistes suyos!—. En cuanto al cuerpo en su forma ideal —continúa—, probablemente tendremos que esperar a otra vida para verlo. —Aparta el plato de espaguetis a medio comer. Son demasiado indigestos—. Tengo que irme —dice—. Buenas noches. Os veré mañana en los muelles.

—Buenas noches.

No hacen nada por retenerlo. Y con razón. ¿Qué pensarán de él esos jóvenes educados, trabajadores, idealistas e inocentes? ¿Qué podrían aprender de las amargas miasmas que propaga?

—¿Qué tal le va a su crío? –pregunta Álvaro–. Lo echamos de menos. ¿Le ha encontrado ya un colegio?

—Aún no es lo bastante mayor para ir al colegio. Está con su madre. Ella no quiere que pase demasiado tiempo conmigo. Dice que si hay dos adultos cuidándolo sus afectos estarán divididos.

—Pero siempre hay dos adultos cuidándonos: nuestro padre y nuestra madre. No somos abejas ni hormigas.

—Es posible. Pero en este caso yo no soy el padre de David. Su madre es su madre, pero yo no soy su padre. Ahí radica la diferencia. Álvaro, este asunto me resulta doloroso. ¿Le importa que cambiemos de tema?

Álvaro le coge del brazo.

—David no es un niño normal. Créame, le he estado observando. Sé lo que me digo. ¿Está seguro de estar actuando en su interés?

—Se lo he entregado a su madre. Está a su cuidado. ¿Por qué dice que no es un chico normal?

—Asegura que lo ha entregado usted, pero ¿sabe si él quiere que lo entreguen? ¿Y por qué lo abandonó su madre, para empezar?

—No lo abandonó. Se separaron. Por un tiempo vivieron en esferas diferentes. Luego le ayudé a buscarla. La encontró y volvieron a reunirse. Ahora tienen una relación natural de madre e hijo. Mientras que él y yo no la tenemos. Y ya está.

—Si su relación con usted no es natural, ¿qué es?

—Abstracta. Conmigo tiene una relación abstracta. Una relación con alguien que se preocupa por él de forma abstracta, aunque no tiene el deber natural de cuidarle. ¿Qué ha querido decir con eso de que no es un niño normal?

Álvaro mueve la cabeza.

—Abstracta, natural… No le veo sentido. ¿Cómo cree que se conocen por primera vez el padre y la madre del futuro niño? ¿Porque tienen un deber natural el uno con el otro? Pues claro que no. Sus caminos se cruzan por azar, y se enamoran. ¿Qué podría ser menos natural y más arbitrario? De su unión azarosa llega al mundo un nuevo ser, una nueva alma. ¿Quién, en esta historia, debe algo a quién? No lo sé, y estoy seguro de que usted tampoco.

»Les he observado mucho a usted y a su crío, Simón, y se nota que confía totalmente en usted. Le quiere. Y usted a él. Así que, ¿por qué entregarlo? ¿Por qué se ha separado de él?

—No me he separado de él. Su madre lo ha separado de mí, y está en su derecho. Si de mí dependiera, preferiría seguir viéndole. Pero no puedo. No tengo el derecho de hacerlo. No tengo derechos en este asunto.

Álvaro calla, parece ensimismado.

—Dígame dónde puedo ver a esa mujer —dice por fin—. Quisiera hablar con ella.

—Vaya con cuidado. Tiene un hermano muy desagradable. No discuta con él. De hecho, son dos hermanos, los dos tal para cual.

—Sé cuidar de mí mismo —dice Álvaro—. ¿Dónde puedo encontrarla?

—Se llama Inés y se ha instalado en mi antiguo apartamento en los Bloques Este: Bloque B, número 202, en el segundo piso. No le diga que le he enviado yo, porque no sería cierto. No soy yo quien le envía. Esto no es idea mía, sino suya.

—No se preocupe. Le dejaré bien claro que ha sido idea mía, usted no tiene nada que ver.

Al día siguiente, en el descanso de mediodía, Álvaro le llama con un gesto.

—Hablé con la tal Inés —dice sin más preámbulos—. Ha aceptado que pueda usted ver al niño, pero aún no. A finales de mes.

—¡Qué buena noticia! ¿Cómo la ha convencido?

Álvaro se quita importancia con un ademán.

—Eso da igual. Dice que puede usted sacarlo de paseo. Ya le avisará ella. Me pidió su número de teléfono. No lo sabía, así que le di el mío. Quedé en que le daría yo los recados.

—No sabe lo agradecido que le estoy. Por favor, dígale que procuraré no disgustar al niño… me refiero a que no estropearé la relación que tiene con ella.

16

El aviso de Inés llega antes de lo esperado. Justo a la mañana siguiente Álvaro le llama.

—Se ha producido una emergencia en su apartamento —dice—. Inés me ha telefoneado cuando estaba a punto de salir de casa. Quería que fuese, pero le he dicho que no tenía tiempo. No se alarme, no tiene nada que ver con su crío. Son solo las tuberías. Necesitará herramientas. Llévese la caja del cobertizo. Dese prisa. Está bastante alterada.

Inés le recibe a la puerta, lleva puesto (¿por qué?, no hace frío), un abrigo grueso. Ciertamente está alterada, hecha una furia. El váter se ha atascado, dice. El encargado del edificio pasó a verlo, pero se negó a hacer nada porque (según dijo) no era la inquilina legal, no la conocía de nada. Telefoneó a sus hermanos a La Residencia, pero se escabulleron con excusas porque (añade con amargura) son demasiado escrupulosos para ensuciarse las manos. Así que esta mañana, como último recurso, ha telefoneado a su compañero Álvaro, que al ser un obrero debería entender de fontanería. Y ahora no se ha presentado Álvaro, sino él.

Habla sin parar mientras va y viene enfadada por el salón. Ha perdido peso desde la última vez que la vio. Tiene arrugas en las comisuras de los labios. La escucha en silencio, pero sus ojos están fijos en el niño, que, sentado en la cama —¿estará recién levantado?—, lo mira incrédulo como si hubiese regresado del mundo de los muertos.

Le dedica una sonrisa al niño. «¡Hola!», vocaliza en silencio.

El niño se saca el pulgar de la boca, pero no dice nada. Le han dejado crecer el cabello rizado. Lleva un pijama de color azul pálido con un estampado rojo de elefantes e hipopótamos saltarines.

Inés no ha dejado de hablar.

—Ese váter lleva dando problemas desde que nos mudamos —está diciendo—. No me sorprendería que la culpa fuese de los de abajo. Le pedí al conserje que fuese a investigar, pero no quiso escucharme. Nunca he visto un hombre tan maleducado. Le da igual que el hedor se note desde el pasillo.

Inés habla de las aguas residuales sin recato. Le sorprende: si no íntima, la cuestión es al menos delicada. ¿Le considera solo un obrero que ha ido a hacer un trabajo y a quien no tiene por qué volver a ver, o habla tanto para ocultar su incomodidad?

Cruza la habitación, abre la ventana y se asoma. La tubería del váter desemboca directamente en una bajante que hay en la pared. Tres metros más abajo está la tubería de los vecinos.

—¿Ha hablado con los del apartamento 102? —pregunta—. Si está bloqueada toda la tubería, tendrán el mismo problema. Pero deje que mire antes el váter, por si fuese una avería fácil de identificar. —Se vuelve hacia el niño—. ¿Es que no vas a echarme una mano? ¡Ya es hora de levantarse, perezoso! ¡Mira lo alto que está el sol! —El niño se despereza y le dedica una sonrisa satisfecha. A él se le acelera el corazón. ¡Cuánto quiere a ese crío!—. Ven aquí —dice—. ¿No serás demasiado mayor para darme un beso? —El niño salta de la cama y corre a abrazarle. Él aspira profundamente el sucio aroma a leche—. Me gusta tu pijama nuevo —dice—. ¿Vamos a echar un vistazo?

La taza del váter está casi llena hasta el borde de agua y porquería. En la caja de herramientas ha metido un rollo de alambre. Dobla el extremo formando un gancho, explora a ciegas por el cuello de la taza y saca una bola de papel higiénico.

—¿Tienes un orinal? —le pregunta al niño.

—¿Un cubo para hacer pipí? —pregunta el niño.

Él asiente. El niño sale corriendo y vuelve con un orinal envuelto en tela. Un momento después, Inés entra a toda prisa, le quita el orinal de las manos y se marcha sin decir ni una palabra.

—Tráeme una bolsa de plástico —le dice al niño—. Asegúrate de que no tenga agujeros. —Saca una cantidad considerable de papel de la tubería atascada, pero el nivel del agua no disminuye—. Ve a vestirte e iremos abajo —le dice al niño. Luego se dirige a Inés—: Si no hay nadie en casa, intentaré abrir la tapa de la calle. Si el atasco está más abajo, no podré hacer nada. Será responsabilidad de las autoridades locales. Pero ya veremos. —Hace una pausa—. Y a propósito, esto puede pasarle a cualquiera. No es culpa de nadie. Es solo mala suerte.

Está tratando de darle facilidades a Inés, y cuenta con que ella se dé cuenta. Pero ni siquiera le mira a los ojos. Está avergonzada, enfadada, o algo más que no logra adivinar.

Acompañado por el niño llama a la puerta del apartamento 102. Tras una larga espera, descorren un cerrojo y la puerta se entreabre. Distingue una figura en la penumbra, aunque no sabría decir si es de un hombre o de una mujer.

—Buenos días —dice—. Siento molestar. Vivo en el piso de arriba y tenemos el váter atascado. Quisiera saber si ustedes tienen el mismo problema. —La puerta se abre un poco más. Es una mujer, vieja y encorvada, cuyos ojos tienen una grisura vidriosa que parecen indicar que es ciega—. Buenos días —repite—. El váter. ¿Tiene problemas con el váter? ¿Algún bloqueo o *atasco*?

Ninguna respuesta. La mujer se queda muy quieta e inclina la cabeza hacia él con gesto interrogante. ¿Estará sorda además de ciega?

El niño se adelanta.

—*Abuela* —dice. La anciana extiende la mano, le acaricia el pelo, explora su cara. Por un momento, él se aprieta confiado contra ella; luego entra en el apartamento. Vuelve al cabo de un momento—. Está bien —dice—. Su váter funciona bien.

—Gracias, señora —dice él, e inclina la cabeza—. Gracias por su ayuda. Siento mucho haberla molestado. —Luego añade, dirigiéndose al niño—: Su váter funciona bien, entonces... ¿qué? —El niño frunce el ceño—. Aquí abajo el agua corre sin problemas. Arriba, no. —Señala las escaleras—. Así que... ¿dónde están atascadas las tuberías?

—Arriba —dice el niño con seguridad.

—¡Bien! ¿Y donde deberíamos ir a arreglarlo: arriba o abajo?

—Arriba.

—Y eso es así porque el agua corre; ¿en qué dirección, hacia arriba o hacia abajo?

—Hacia abajo.

—¿Siempre?

—Siempre. Siempre corre hacia abajo. Y a veces hacia arriba.

—No. Hacia arriba, nunca. Siempre hacia abajo. Es la naturaleza del agua. La cuestión es: ¿cómo llega el agua hasta nuestro apartamento sin ir en contra de su naturaleza? ¿Cómo es que al abrir el grifo o tirar de la cadena corre el agua?

—Porque para nosotros corre hacia arriba.

—No. No es una buena respuesta. Deja que plantee la pregunta de otro modo. ¿Cómo puede llegar el agua a nuestro apartamento sin fluir hacia arriba?

—Desde el cielo. Cae del cielo hasta los grifos.

—Cierto. El agua cae del cielo. Pero —dice y levanta un dedo con un gesto aleccionador— ¿cómo llega el agua hasta el cielo?

«Filosofía natural —piensa— veamos cuánta filosofía natural hay en este niño.»

—Porque el cielo toma aliento —dice el niño—. Toma aire —inspira profundamente y contiene el aliento con una sonrisa de pura satisfacción intelectual pintada en el semblante, luego expulsa el aire con gesto teatral— y después lo echa.

La puerta se cierra. Oye el ruido del cerrojo al cerrarse.

—¿Te ha contado Inés lo de que el cielo respira?

—No.

—¿Se te ha ocurrido a ti solo?

—Sí.

—¿Y quién respira en el cielo y causa la lluvia?

El niño calla. Frunce el ceño concentrado. Por fin mueve la cabeza.

—¿No lo sabes?

—No me acuerdo.

—Da igual. Vayamos a contarle a tu madre lo que hemos averiguado.

Las herramientas que ha llevado son inútiles. Solo el primitivo alambre parece prometedor.

—¿Por qué no van los dos a dar un paseo? —le sugiere a Inés—. Lo que voy a hacer no es especialmente agradable. No veo razón para involucrar a nuestro joven amigo.

—Preferiría llamar a un fontanero de verdad —dice Inés.

—Si no consigo arreglarlo, iré a buscar uno, se lo prometo. De un modo u otro le arreglaré el váter.

—No quiero ir de paseo —dice el niño—. Quiero ayudar.

—Gracias, muchacho, te lo agradezco. Pero para trabajos como este no hace falta ayuda.

—Puedo darte ideas.

Cruza una mirada con Inés. Intercambian algo sin decir palabra. «¡Qué inteligente es mi hijo!», proclama la mirada de ella.

—Cierto —admite él—. Tienes buenas ideas. Pero, ¡ay!, los váteres no son muy receptivos con las ideas. No forman parte del reino de las ideas, son muy toscos y requieren trabajos toscos. Así que ve a dar un paseo con tu madre mientras yo me ocupo de la avería.

—¿Por qué no puedo quedarme? —pregunta el niño—. Solo es caca.

Hay un nuevo matiz en la voz del niño, un matiz desafiante que no acaba de gustarle. Se le están subiendo los humos con tantos halagos.

—Los váteres son váteres, pero la caca no es solo caca —dice—. Hay ciertas cosas que no son lo mismo todo el tiempo. La caca es una de ellas.

Inés tira de la mano del niño. Está muy ruborizada.

—¡Vamos! —dice.

El niño mueve la cabeza.

—Es mi caca —dice—. Quiero quedarme.

—Era tu caca. Pero la has evacuado. Te has deshecho de ella. Ya no es tuya. No tienes derechos sobre ella. —Inés suelta un bufido y se retira a la cocina—. Una vez en las tuberías, ya no es de nadie —prosigue él—. En las tuberías se mezcla con la caca de otra gente y se convierte en caca en general.

—Entonces ¿por qué está enfadada Inés?

Inés. ¿Así la llama? ¿No «mami» o «mamá»?

—Le da vergüenza. La gente no habla de la caca. Huele mal. Está llena de bacterias. No es buena.

—¿Por qué?

—¿Cómo que por qué?

—También es su caca. ¿Por qué está enfadada?

—No lo está. Es solo que es sensible. Hay gente que es sensible por naturaleza, no se puede preguntar por qué. Pero no hay por qué serlo, porque, como acabo de explicarte, desde cierto punto de vista esa caca no es de nadie en particular, solo es caca. Habla con cualquier fontanero y te lo dirá. El fontanero no mira la caca y se dice: «¡Qué interesante, quién iba a pensar que el señor X o la señora Y harían caca así!». Es como un empleado de pompas fúnebres. Un empleado de pompas fúnebres no se dice: «Qué interesante...». —Se interrumpe.

«Me estoy pasando de la raya —se dice—. Estoy hablando más de la cuenta.»

—¿Qué es un empleado de pompas fúnebres? —pregunta el niño.

—Un empleado de pompas fúnebres se encarga de los cadáveres. Es como un fontanero. Se encarga de que los cadáveres vayan a donde deben ir.

«Y ahora preguntará: "¿Qué es un cadáver?".»

—¿Qué es un cadáver? —pregunta el niño.

—Los cadáveres son cuerpos a los que les ha sobrevenido la muerte y que ya no sirven. Pero no hay por qué preocuparse por la muerte. Después de la muerte siempre hay otra vida.

Ya lo has visto. Las personas tenemos suerte con eso. No somos como la caca, que tiene que quedarse atrás y volver a mezclarse con la tierra.

—¿Cómo somos?

—¿Que cómo somos si no somos como la caca? Somos como las ideas. Las ideas no mueren. Ya te lo enseñarán en la escuela.

—Pero hacemos caca.

—Cierto. Participamos del ideal, pero también hacemos caca. Eso es porque tenemos una doble naturaleza. No sé cómo explicártelo de manera más sencilla. —El niño calla. «Que piense un rato», se dice. Se arrodilla junto a la taza del váter y se enrolla la manga hasta arriba—. Ve a pasear con tu madre —dice—. Vamos.

—¿Y el de las pompas fúnebres?

—¿El de las pompas fúnebres? Es un trabajo como otro cualquiera. Un empleado de pompas fúnebres es igual que nosotros. Él también tiene una doble naturaleza.

—¿Puedo verle?

—Ahora no. Tenemos otras cosas que hacer. La próxima vez que vayamos a la ciudad veré si puedo encontrar una empresa de pompas fúnebres. Así podrás verlo.

—¿Podremos ver cadáveres?

—No, claro que no. La muerte es un asunto privado. Las pompas fúnebres son una profesión discreta. No se enseñan los cadáveres a la gente. Y no hay más que hablar.

Hurga con el alambre en la parte trasera del váter. De algún modo tiene que hacer que el alambre pase por la S del sifón. Si el atasco no está en el sifón, debe de estar en la junta de fuera. En tal caso, no tiene ni idea de cómo arreglarlo. Tendrá que encontrar un fontanero. O la idea de un fontanero.

El agua, en la que todavía flotan grumos de caca de Inés, se cierra en torno a su mano, su muñeca y su antebrazo. Empuja el alambre a lo largo de la S de la tubería. «Jabón antibacteriano —piensa— tendré que lavarme con jabón antibacteriano, y limpiarme con cuidado bajo las uñas. Porque la caca no es más que caca, y las bacterias son solo bacterias.»

No se siente un ser con una doble naturaleza. Se siente como un hombre hurgando con herramientas muy primitivas en un desagüe atascado.

Saca el brazo y el alambre. El gancho del extremo se ha aplanado. Vuelve a formar el gancho.

—Podrías usar un tenedor —dice el niño.

—Un tenedor es demasiado corto.

—Pues usa el tenedor largo de la cocina. Puedes doblarlo.

—Muéstrame a qué te refieres.

El niño se va correteando, vuelve con un tenedor largo que estaba en el apartamento cuando llegaron, y que nunca ha utilizado.

—Si eres fuerte, puedes doblarlo —dice el niño.

Dobla el tenedor para formar un gancho y lo empuja por la tubería hasta que no llega más lejos. Cuando intenta sacar el tenedor, nota cierta resistencia. Primero despacio, luego más deprisa, la obstrucción sale: una compresa de tela con forro de plástico. El nivel de agua de la taza disminuye. Tira de la cadena. El agua limpia corre sin problemas. Espera, vuelve a tirar de la cadena. La tubería está despejada. Todo funciona bien.

—He encontrado esto —le dice a Inés. Sostiene el objeto todavía goteante—. ¿Lo reconoce? —Ella se ruboriza, se queda con aire culpable, sin saber adónde mirar—. ¿Es lo que hace siempre... tirarlas por el váter? ¿Nadie le ha dicho nunca que no lo haga?

Ella mueve la cabeza. Tiene las mejillas encendidas. El niño le tira angustiado de la falda.

—¡Inés! —dice.

Ella, distraída, le da unas palmaditas en la mano.

—No pasa nada, cariño —susurra.

Él cierra la puerta del cuarto de baño, se quita la camisa sucia y la lava en el lavabo. No hay jabón antibacteriano, solo el jabón del Comisariado que utiliza todo el mundo. Retuerce la camisa, la aclara, la vuelve a retorcer. Tendrá que llevar una camisa mojada. Se lava los brazos, las axilas, se seca. No está tan limpio como le gustaría, pero al menos no huele a mierda.

Inés está sentada en la cama con el niño abrazado a su pecho como un bebé, acunándolo. El niño está adormilado. Un hilillo de baba le cae de la boca.

—Me voy —susurra—. Llámeme si me necesita para alguna otra cosa.

Lo sorprendente de su visita a Inés, cuando se para a pensarlo después, es lo extraño e impredecible que ha sido ese episodio de su vida. ¡Quién habría pensado, el primer día que vio a aquella joven tan serena y lozana, que llegaría un día en que tendría que limpiarse su mierda del cuerpo! ¿Qué dirían de eso en el Instituto? ¿Inventaría la mujer de cabello gris una palabra para describirlo: la caquidad de la caca?

17

—Si lo que buscas es alivio —dice Elena—, si aliviarte te va a hacer la vida más fácil, hay sitios para hombres. ¿No te lo han dicho tus amigos?

—No me han dicho nada. ¿A qué te refieres con eso del alivio?

—Al alivio sexual. Si buscas alivio sexual, no tengo por qué ser tu único recurso.

—Lo siento —dice distante—. No me había dado cuenta de que te lo tomabas así.

—No te ofendas. Es un hecho de la vida: los hombres necesitan aliviarse, todo el mundo lo sabe. Solo te digo lo que puedes hacer. Hay sitios adonde ir. Pregunta a tus amigos en los muelles, o si te da vergüenza, pregunta en el Centro de Reubicación.

—¿Quieres decir burdeles?

—Llámalos burdeles, si quieres, aunque por lo que he oído no son nada sórdidos, son muy limpios y agradables.

—¿Las chicas llevan uniforme? —Ella lo mira perpleja—. Me refiero a que si llevan una ropa especial, como las enfermeras.

—Tendrás que averiguarlo tú mismo.

—¿Y está bien vista esa profesión, lo de trabajar en un burdel? —Sabe que la está incomodando con sus preguntas, pero ha vuelto a invadirle ese estado de ánimo amargo y temerario que le embarga desde que entregó al niño—. ¿Puede una chica dedicarse a eso y aun así ir por ahí con la cabeza bien alta?

—No tengo ni idea —dice ella—. Ve a averiguarlo. Y ahora tendrás que disculparme, estoy esperando a un alumno.

De hecho, ha mentido al decirle a Elena que no sabía que hubiese sitios para hombres. No hace mucho que Álvaro ha hecho alusión a un club masculino que hay cerca de los muelles y que se llama Salón Confort.

Del apartamento de Elena va directamente al Salón Confort. «Centro de ocio recreativo», dice la placa de la entrada. «Horario de apertura: 2 PM - 2 AM. Cerrado los lunes. Reservado el derecho de admisión. Solicite el ingreso como miembro.» En letra más pequeña dice: «Asesoramiento personal. Alivio del estrés. Terapia física».

Abre la puerta. Se encuentra en una antesala vacía. A lo largo de una de las paredes hay un banco acolchado. En el mostrador, indicado con un cartel que dice «*RECEPCIÓN*», solo hay un teléfono. Se sienta y espera.

Al cabo de un buen rato alguien sale de una habitación trasera, es una mujer de mediana edad.

—Siento haberle hecho esperar —dice—. ¿En qué puedo ayudarle?

—Quisiera hacerme miembro.

—Desde luego. Basta con que rellene estos dos formularios, necesitaré también un documento de identidad.

Le da una carpeta sujetapapeles y un bolígrafo.

Él hojea el primer formulario. Nombre, dirección, edad.

—Atenderán ustedes a los marineros que llegan en los barcos —observa—. ¿También ellos tienen que rellenar estos formularios?

—¿Es usted marinero? —pregunta la mujer.

—No, trabajo en los muelles, pero no soy marinero. Le he dicho lo de los marineros porque solo pasan en tierra una noche o dos. ¿Tienen que ser miembros para venir?

—Para utilizar las instalaciones hay que ser miembro.

—¿Y cuánto tiempo tardan en aceptarte?

—No demasiado. Pero luego tiene que pedir hora a una terapeuta.

—¿Tengo que pedir hora?

—Tienen que incluirle en la lista de una de nuestras terapeutas. Eso lleva más tiempo. A menudo las listas están llenas.

—Así que, si fuese uno de los marineros de los que le hablaba, un marinero que solo dispusiera de una o dos noches en tierra, no tendría sentido venir aquí. Mi barco estaría en alta mar cuando consiguiera una cita.

—El Salón Confort no está para atender a los marineros, señor. Ellos tienen sus propias instalaciones en sus lugares de origen.

—Puede que tengan sus propias instalaciones, pero no pueden utilizarlas porque no están ni aquí ni allá.

—Sí, por supuesto: nosotros tenemos nuestras instalaciones y ellos las suyas.

—Entiendo. Si no le importa que se lo diga, habla como una graduada del Instituto… el Instituto de Estudios Superiores, creo que se llama… en la ciudad.

—Ah, ¿sí?

—Sí. De uno de los cursos de filosofía. Tal vez de lógica. O de retórica.

—No. No soy una graduada del Instituto. Bueno, ¿se ha decidido ya? ¿Va a hacer una solicitud? En tal caso, tenga la bondad de seguir y de entregarme los formularios.

El segundo formulario es más problemático que el primero. «Solicitud de terapeuta personal —dice el encabezamiento—. Utilice el espacio de abajo para describirse a sí mismo y sus necesidades.»

«Soy un hombre normal con necesidades normales —escribe—. Es decir, mis necesidades no son extravagantes. Hasta hace poco he sido tutor de un niño a tiempo completo. Desde que entregué al niño (lo que puso fin a mi tutoría) he estado un poco solo. No he sabido qué hacer con mi vida.»

Se está repitiendo… es porque está escribiendo a bolígrafo. Si tuviese un lápiz y una goma de borrar podría presentarse en menos palabras.

«Necesito a alguien que me escuche, para desahogarme. Tengo una amiga íntima, pero últimamente está un poco abstraída. Mis relaciones con ella no son verdaderamente íntimas. A mi entender, uno solo puede desahogarse en condiciones de verdadera intimidad.»

¿Qué más?

«Echo de menos la belleza —escribe—. La belleza femenina. La echo de menos. Me gusta la belleza, que según mi experiencia me inspira temor y gratitud por ser tan afortunado de tener entre los brazos a una mujer hermosa.»

Considera la posibilidad de tachar el párrafo sobre la belleza, pero no lo hace. Si van a juzgarlo, que sea por los impulsos de su corazón más que por la claridad de sus ideas. O por su lógica.

«Lo que no significa que no sea un hombre, con las necesidades propias de un hombre», concluye enérgicamente.

¡Qué tontería! ¡Qué fárrago! ¡Qué confusión moral!

Entrega los dos formularios. La recepcionista los lee con atención —sin fingir estar haciendo lo contrario— de principio a fin. Los dos están solos en la sala de espera. A esa hora del día hay poco ajetreo. La belleza le inspira temor: ¿detecta una levísima sonrisa al llegar a esa afirmación? ¿Es la recepcionista pura y sencilla, o tiene su propio trasfondo de gratitud y temor?

—No ha marcado una casilla —dice—. «Duración de las sesiones: 30 minutos, 45 minutos, 60 minutos, 90 minutos.» ¿Qué duración prefiere?

—Digamos el máximo alivio: noventa minutos.

—Puede que tenga que esperar un tiempo para conseguir una sesión de noventa minutos. Por razones de horario. De todos modos, le apuntaré para una sesión inicial larga. Después puede cambiarlo, si quiere. Gracias, ya está. Seguiremos en contacto. Le escribiremos informándole de la fecha de la primera cita.

—Cuántos trámites. No me extraña que no atiendan a los marineros.

—Sí, el Salón no es para gente de paso. Aunque estar de paso es una situación pasajera en sí misma. Quien esté de paso aquí estará en casa en su lugar de origen, igual que quien está en casa aquí estará de paso en otra parte.

—*Per definitionem* —dice—. Su lógica es impecable. Esperaré su carta.

En el formulario ha escrito las señas de Elena. Pasan los días. Pregunta a Elena: no ha llegado ninguna carta para él.

Vuelve al Salón. Está de turno la misma recepcionista.

—¿Me recuerda? —dice—. Vine hace dos semanas. Dijo que tendría noticias suyas. No las he tenido.

—Déjeme ver —dice—. ¿Se llama usted…? —Abre un archivador y saca una carpeta—. La solicitud parece estar en orden. El retraso es por la dificultad de emparejarle con la terapeuta adecuada.

—¿Emparejarme? A lo mejor no me he explicado bien. No haga caso de lo que escribí en el formulario sobre la belleza y demás. No estoy buscando a mi pareja ideal, solo quiero compañía femenina.

—Entiendo. Lo preguntaré. Deme usted unos días.

Pasan los días. No llega ninguna carta. No debería haber usado la palabra «temor». ¿Qué mujer joven que quiera ganarse unos cuantos reales querría que le echaran encima semejante responsabilidad? La verdad está bien, pero a veces basta con parte de la verdad. Así: «¿Por qué desea ser miembro del Salón Confort? Respuesta: Porque acabo de llegar a la ciudad y no conozco a nadie. Pregunta: ¿Qué clase de terapeuta busca? Respuesta: Una joven y guapa. Pregunta: ¿Cuánto quiere que duren las sesiones? Respuesta: Me basta con treinta minutos».

Eugenio parece decidido a demostrar que no le guarda rencor tras su desacuerdo sobre las ratas, la historia y la organización del trabajo en los muelles. Con frecuencia, al salir del trabajo, se lo encuentra esperándole y tiene que repetir la pantomima de ir a coger el autobús número 6 en dirección a los Bloques.

—¿Has decidido ya lo del Instituto? —pregunta Eugenio durante una de las excursiones a la parada del autobús—. ¿Vas a matricularte?

—Me temo que últimamente no he pensado mucho en el Instituto. Estoy tratando de ingresar en un centro recreativo.

—¿Un centro recreativo? ¿Quieres decir uno como el Salón Confort? ¿Para qué quieres ingresar en un centro recreativo?

—¿No vais tú y tus amigos? ¿Qué hacéis con vuestras…? ¿Cómo llamarlas…? Necesidades físicas.

—¿Las necesidades físicas? ¿Las necesidades del cuerpo? Hoy hemos hablado de eso en clase. ¿Quieres oír a qué conclusión hemos llegado?

—Por favor.

—Hemos empezado por destacar que las necesidades en cuestión no tienen un objeto particular. Es decir, no nos empujan hacia una mujer concreta, sino hacia las mujeres en sentido abstracto, hacia el ideal femenino. De modo que cuando recurrimos a los llamados centros recreativos para acallar dichas necesidades en realidad las estamos denigrando. ¿Que por qué? Pues porque las manifestaciones del ideal que se ofrecen en esos sitios son copias inferiores, y la unión con una copia inferior solo produce desazón y tristeza.

Intenta imaginar a Eugenio, aquel joven tan serio con sus gafas de búho, en brazos de una copia inferior.

—Culpas de tu desazón a las mujeres que ves en el Salón —replica—, pero tal vez deberías reflexionar sobre las necesidades en sí mismas. Si la naturaleza del deseo es aspirar a lo que está fuera de nuestro alcance, ¿por qué sorprendernos de que quede insatisfecho? ¿No te ha dicho tu profesora en el Instituto que abrazar a copias inferiores puede ser un paso necesario en la ascensión hacia lo bueno, lo verdadero y lo bello? —Eugenio guarda silencio—. Piénsalo. Pregúntate dónde estaríamos si no tuviésemos escaleras. Ahí llega mi autobús. Hasta mañana, amigo.

–¿Es que tengo algún defecto del que no me haya dado cuenta? –le pregunta a Elena–. Me refiero al club en el que estoy intentando ingresar. ¿Por qué crees que me han rechazado? Puedes ser franca conmigo.

Están sentados junto a la ventana a la luz violeta del atardecer viendo las evoluciones arriba y abajo de las golondrinas. Amistosos: es lo que han llegado a ser con el tiempo. *Compañeros* de mutuo acuerdo. Un matrimonio amistoso: ¿aceptaría Elena si se lo pidiese? Vivir con Elena y Fidel en el apartamento sin duda sería más cómodo que ir tirando en el solitario cobertizo de los muelles.

–No estás seguro de que te hayan rechazado –dice Elena–. Probablemente tengan una lista de espera muy larga. Aunque me sorprende que sigas insistiendo. ¿Por qué no pruebas en otro club? ¿O por qué no lo dejas?

–¿Dejarlo?

–El sexo. Ya tienes cierta edad. Eres lo bastante mayor para buscar satisfacción en otras cosas.

Mueve la cabeza.

–Todavía no, Elena. Otra aventura, otro fracaso, y tal vez considere retirarme. Pero no has contestado a mi pregunta. ¿Es que hay algo en mí que aparta a la gente? Mi forma de hablar, por ejemplo: ¿desanima a la gente? ¿Tan malo es mi español?

–Tu español no es perfecto, pero mejora día a día. He oído a muchos recién llegados que lo hablan peor que tú.

–Eres muy amable, pero lo cierto es que no tengo buen oído. Con frecuencia no entiendo lo que me dicen, y me veo obligado a adivinarlo. La mujer del club, por ejemplo: pensé que quería casarme con una de las chicas que trabajan allí; pero es posible que no la entendiera bien. Le dije que no buscaba pareja, y me miró como si estuviera loco. –Elena guarda silencio–. Me pasa igual con Eugenio –continúa–. Estoy empezando a pensar que hay algo en mi forma de hablar que da a entender que sigo anclado en el pasado, que no he olvidado.

—Olvidar lleva su tiempo —dice Elena—. Una vez hayas olvidado de verdad, desaparecerá tu sensación de inseguridad y todo será mucho más fácil.

—Ojalá llegue pronto ese día. El día en que me reciban con los brazos abiertos en el Salón Confort, en el Salón Relax y en todos los demás salones de Novilla.

Elena le dedica una mirada severa.

—O si lo prefieres, puedes aferrarte a tus recuerdos. Pero luego no vengas a quejarte a mí.

—Por favor, Elena, no me malinterpretes. No valoro tanto mis viejos recuerdos. Estoy de acuerdo contigo: no son más que una carga. No, lo que me resisto a dejar atrás es otra cosa, no son los recuerdos en sí mismos, sino la sensación de habitar un cuerpo con un pasado, un cuerpo empapado en su pasado. ¿Lo entiendes?

—Una vida nueva es una vida nueva —dice Elena—, no volver a vivir la antigua en un sitio distinto. Mira a Fidel...

—Pero ¿de qué sirve una vida nueva —le interrumpe él—, si no nos transforma ni nos transfigura? A mí no me ha transfigurado.

Ella le da tiempo para añadir alguna otra cosa, pero ha terminado.

—Mira a Fidel —dice—. Mira a David. No necesitan recuerdos. Los niños viven en el presente, no en el pasado. ¿Por qué no te fijas en ellos? En lugar de esperar una transfiguración, ¿por qué no intentas volver a ser como un niño?

18

El niño y él están dando un paseo por el parque durante la primera de las excursiones aprobadas por Inés. La melancolía ha desaparecido de su corazón, sus pasos son más elásticos. Cuando está con el niño los años parecen quedar atrás.

—¿Y qué tal le va a Bolívar? —pregunta.

—Bolívar se escapó.

—¡Que se escapó! ¡Vaya una sorpresa! Pensaba que Bolívar os adoraba a ti y a Inés.

—A mí no. Solo quiere a Inés.

—Pero se puede querer a más de una persona.

—Bolívar solo quiere a Inés. Es su perro.

—Tú eres hijo de Inés, pero no la quieres solo a ella. Me quieres a mí. Y a Diego y a Stefano. Y a Álvaro.

—No.

—Siento oírte decir eso. Así que Bolívar se ha marchado. ¿Dónde crees que ha podido ir?

—Volvió. Inés le dejó comida a la puerta de casa y volvió. Ahora no le deja salir.

—Estoy seguro de que extraña su nueva casa.

—Inés dice que es porque olfatea a las perras. Quiere aparearse con una perra.

—Sí, ese es uno de los inconvenientes de tener perros: que quieren aparearse con las perras. La naturaleza es así. Si los perros y las perras no quisieran aparearse no nacerían perritos y al cabo de un tiempo los perros desaparecerían. Así que tal vez sea mejor darle a Bolívar un poco de libertad. ¿Qué tal duermes tú? ¿Mejor? ¿Ya no tienes pesadillas?

–Soñé con el barco.

–¿Qué barco?

–El grande. Donde vimos al hombre de la gorra. El pirata.

–El piloto, no el pirata. ¿Qué soñaste?

–Que se hundía.

–¿Se hundía? ¿Y qué pasaba luego?

–No sé. No me acuerdo. Llegaban los peces.

–Bueno, yo te lo diré. Nos salvamos, tú y yo. Debimos de salvarnos, porque de lo contrario ¿cómo íbamos a estar aquí? Así que solo fue una pesadilla. Además, los peces no se comen a la gente. Los peces son inofensivos. Son buenos. –Es hora de regresar. Se está poniendo el sol, empiezan a asomar las primeras estrellas–. ¿Ves esas dos estrellas de ahí, donde estoy señalando, esas tan brillantes? Son los Gemelos, se llaman así porque siempre están juntas. Y esa de allí, justo sobre el horizonte, un poco rojiza… es el Lucero del Alba, la primera estrella que aparece al ponerse el sol.

–¿Los gemelos son hermanos?

–Sí. He olvidado cómo se llaman, pero hace mucho tiempo fueron famosos, tanto que los convirtieron en estrellas. A lo mejor Inés lo recuerda. ¿Alguna vez te cuenta cuentos?

–Me cuenta cuentos al irme a dormir.

–Eso está bien. Cuando aprendas a leer no dependerás de Inés, ni de mí, ni de nadie. Podrás leer todos los cuentos del mundo.

–Sé leer, pero no quiero. Me gusta que Inés me cuente cuentos.

–¿No estás siendo un poco corto de miras? La lectura te abrirá nuevos horizontes. ¿Qué cuentos te cuenta Inés?

–El cuento de los tres hermanos.

–¿De los tres hermanos? No lo conozco. ¿De qué trata?

El niño se detiene, cruza las manos, mira fijamente a lo lejos y empieza a hablar.

–Érase una vez tres hermanos, era invierno y estaba nevando y la madre dijo: "Hijos míos, me duele mucho la tripa y temo morir si uno de los tres no va a buscar a la Mujer Sabia, que custodia la única hierba que puede curarme".

»Entonces el primero de los hermanos dijo: "Madre, madre, yo encontraré a la Mujer Sabia". Se abrochó la capa, salió a la nieve y encontró a un zorro que le preguntó "¿Adónde vas?", y él respondió "Voy a buscar a la Mujer Sabia, que guarda la única hierba que puede curar a mi madre, así que no tengo tiempo de hablar contigo, zorro", y el zorro dijo "Dame de comer y te mostraré el camino", pero el primero de los hermanos replicó "Quita de mi camino, zorro", le dio una patada, se internó en el bosque y no se volvió a saber de él.

»Entonces la madre dijo: "Hijos míos, me duele mucho la tripa y temo morir si uno de los dos no va a buscar a la Mujer Sabia que custodia la única hierba que puede curarme".

»Así que el segundo de los hermanos exclamó "Madre, madre, yo iré", y se puso la capa, salió a la nieve y encontró a un lobo que le dijo "Dame de comer y te mostraré el camino hasta la Mujer Sabia", y el hermano respondió "Aparta de mi vista, lobo", y le dio una patada, se internó en el bosque y no se volvió a saber de él.

»Entonces la madre dijo: "Hijo mío, me duele mucho la tripa y temo morir si no me traes la única hierba que puede curarme".

»El tercero de los hermanos replicó: "No se preocupe, madre, encontraré a la Mujer Sabia y traeré la hierba para curarla". Y salió a la nieve y encontró a un oso que le dijo: "Dame de comer y te mostraré el camino hasta la Mujer Sabia". El tercero de los hermanos respondió: "Está bien, oso, te daré lo que quieras". El oso dijo: "Dame tu corazón para devorarlo". Y el tercero de los hermanos repuso: "Aquí lo tienes". Y le dio al oso su corazón y el oso lo devoró.

»Entonces el oso le mostró un camino secreto y llegó a casa de la Mujer Sabia, llamó a la puerta y la Mujer Sabia preguntó: "¿Por qué sangras?". Y el tercero de los hermanos dijo: "Le di mi corazón al oso para que lo devorase y me mostrara el camino, porque tengo que volver con la única hierba que puede curar a mi madre".

»Entonces la Mujer Sabia dijo: "Mira, esta hierba se llama Escamel, y como tuviste fe y le diste tu corazón al oso para que lo devorase, tu madre sanará. Sigue el camino dejado por las gotas de sangre por el bosque y así sabrás volver a tu casa".

»De ese modo el tercero de los hermanos halló el camino a casa y le dijo a su madre: "Mire, madre, esta es la hierba Escamel. Y ahora adiós: tengo que irme porque el oso me ha devorado el corazón". Y su madre probó la hierba Escamel y se curó enseguida, y dijo "Hijo mío, hijo mío, veo que brillas con una gran luz", y era cierto porque estaba brillando con una luz muy intensa, y luego fue al cielo.

—¿Y?

—Ya está. Así acaba el cuento.

—Así que el tercero de los hermanos se convierte en estrella y la madre se queda sola. —El niño calla—. No me gusta ese cuento. El final es demasiado triste. De todos modos, tú no puedes ser el tercero de los hermanos y convertirte en una estrella porque eres hijo único y por tanto el primer hermano.

—Inés dice que puedo tener más hermanos.

—Ah, ¿sí? ¿Y de dónde van a salir? ¿Quiere que se los lleve yo, como hice contigo?

—Dice que se los va a sacar de la barriga.

—Ninguna mujer puede concebir hijos sola, necesitará la ayuda de un padre, seguro que lo sabe. Es una ley de la naturaleza, que rige por igual en nuestro caso, en el de los perros, los lobos y los osos. Pero, aunque tenga más hijos, seguirás siendo el primero y no el segundo ni el tercero.

—¡No! —La voz del niño suena enfadada—. ¡Quiero ser el tercero! Se lo dije a Inés y me respondió que sí. Dijo que podía meterme en su barriga y volver a salir.

—¿Eso te ha dicho?

—Sí.

—Bueno, si lo consigues será un milagro. Nunca he oído que un niño tan grande como tú se meta en la barriga de su madre y menos aún que vuelva a salir. Inés debía referirse a otra cosa. A lo mejor quería decir que siempre serás su preferido.

—No quiero ser su preferido, ¡quiero ser el tercero de los hermanos! ¡Me lo prometió!

—El uno va delante del dos, David, y el dos delante del tres. Inés puede hacer todas las promesas que quiera, pero no puede cambiar eso. Uno, dos, tres. Es una ley aún más inflexible que las leyes de la naturaleza. Se llama ley numérica. De todos modos, solo quieres ser el tercero de los hermanos porque es el protagonista de los cuentos que te cuenta. Hay muchos otros cuentos en los que el protagonista es el hermano mayor y no el tercero, y no tienen por qué devorarle el corazón. O en los que la madre tiene una hija y ningún hijo. Hay muchos, muchísimos cuentos diferentes y muchos tipos de protagonista. Si aprendieras a leer podrías verlo por ti mismo.

—Ya sé leer, lo que pasa es que no quiero. No me gusta leer.

—Eso no es muy inteligente. Además, dentro de poco cumplirás seis años y tendrás que ir a la escuela.

—Inés dice que no tengo por qué ir a la escuela. Dice que soy su tesoro y que puedo aprender en casa por mi cuenta.

—Es verdad que eres su tesoro. Tiene mucha suerte de haberte encontrado. Pero ¿estás seguro de que quieres quedarte en casa con Inés todo el tiempo? Si fueses a la escuela conocerías a otros niños de tu edad. Podrías aprender a leer como es debido.

—Inés dice que en la escuela no recibiría atención individualizada.

—¡Atención individualizada! ¿Qué es eso?

—Inés dice que necesito atención individualizada porque soy inteligente. Dice que en la escuela los niños inteligentes no reciben atención individualizada y se aburren.

—¿Y qué te hace pensar que eres tan inteligente?

—Me sé todos los números. ¿Quieres que te los diga? Me sé el 134, y el 7 y —toma aliento profundamente— el 4.623.551, y el 888 y el 92 y el…

—¡Para! Eso no es saberse los números, David. Saberse los números significa saber contar. Significa saber su orden... cuáles van primero y cuáles después. Después significará saber sumar y restar, pasar de un número a otro de un salto, sin contar los pasos intermedios. Que sepas decir los números no significa que se te den bien. Podrías plantarte ahí y pasarte el día diciendo números y no acabarías nunca, porque los números no tienen fin. ¿No lo sabías? ¿No te lo ha contado Inés?

—¡No es verdad!

—¿Qué es lo que no es verdad? ¿Que los números son infinitos? ¿Que nadie puede decirlos todos?

—Yo sí puedo.

—Muy bien. Dices que te sabes el 888. ¿Qué número va después?

—El 92.

—Mal. Después va el 889. ¿Cuál es mayor el 888 o el 889?

—El 888.

—Mal. El 889 es mayor porque va después del 888.

—¿Cómo lo sabes si nunca has ido?

—¿Qué quieres decir con que nunca he ido? Pues claro que nunca he ido al 888. No necesito haber ido para saber que es menor que el 889. ¿Que por qué? Pues porque he aprendido cómo están hechos los números. He aprendido las reglas de la aritmética. Cuando vayas a la escuela tú también las aprenderás, y los números dejarán de ser... —busca una palabra— una complicación tan grande en tu vida.

El niño no responde y se limita a mirarle sin inmutarse. Ni por un momento piensa que haya hecho caso omiso de sus palabras. No, está asimilando todas y cada una de ellas, asimilándolas y rechazándolas. ¿Qué es lo que se niega a entender ese niño tan inteligente y tan dispuesto a abrirse camino en la vida?

—Dices que has ido a todos los números —prosigue—. Dime entonces cuál es el último número, el último de todos. Pero no me digas que es Omega. Omega no cuenta.

—¿Qué es Omega?

—Da igual. Pero no digas Omega. Dime cuál es el último número, el último de todos.

El niño cierra los ojos y toma aliento. Frunce el ceño muy concentrado. Mueve los labios, pero no pronuncia palabra.

Un par de pájaros se posa murmurando para pasar la noche en la rama que tienen encima.

Por primera vez, se le ocurre que es posible que no solo sea un niño inteligente —niños inteligentes hay muchos—, sino algo más, algo que en ese momento no sabría definir con palabras. Alarga el brazo y sacude levemente al niño.

—Basta —dice—. Ya has contado bastante.

El niño se sobresalta. Abre los ojos, su rostro pierde su aire absorto y distante y hace una mueca.

—¡No me toques! —grita en un tono agudo y extraño—. ¡Estás haciendo que me olvide! ¿Por qué lo haces? ¡Te odio!

—Si no quiere que vaya a la escuela —le dice a Inés—, al menos deje que le enseñe a leer. Está preparado, aprenderá deprisa.

En el centro comunitario de los Bloques Este hay una pequeña biblioteca, con un par de estantes repletos de libros: *Aprenda carpintería usted mismo. El arte del crochet, Ciento una recetas veraniegas* y otras cosas por el estilo. Pero debajo de los otros libros con el lomo arrancado hay un *Don Quijote ilustrado para niños.*

Triunfante, le enseña a Inés lo que ha encontrado.

—¿Quién es don Quijote? —pregunta ella.

—Un caballero andante de los viejos tiempos. —Abre el libro por la primera ilustración: un hombre alto y delgado con una barba rala, vestido con armadura y montado en un penco con aire cansado; a su lado un tipo grueso a lomos de un burro. El camino serpentea ante ellos a lo lejos—. Es una comedia —explica—. Le gustará. Nadie se ahoga, ni muere, ni siquiera el caballo.

Se instala en la ventana con el niño en las rodillas.

—Tú y yo vamos a leer juntos este libro, una página al día, a veces dos. Primero te leeré la historia en voz alta, luego la leeremos palabra por palabra, viendo cómo se juntan las palabras. ¿De acuerdo?

El niño asiente.

—Había un hombre que vivía en La Mancha, La Mancha está en España, donde surgió originalmente la lengua española, el hombre no era joven, pero aún no era viejo, y un día se le metió en la cabeza la idea de hacerse caballero andante. Así que cogió la armadura oxidada que colgaba de la pared, se la puso, silbó a su caballo, que se llamaba Rocinante, y llamó a su amigo Sancho y le dijo: «Sancho, he decidido cabalgar en busca de aventuras caballerescas…, ¿quieres venir conmigo?». ¿Ves?, este es «Sancho» y este también, la misma palabra, empieza con la S grande. Intenta recordarla.

—¿Qué son aventuras caballerescas?

—Las aventuras de un *caballero*. Rescatar hermosas damas en apuros. Pelear con ogros y gigantes. Ya lo verás. El libro está repleto de aventuras caballerescas.

»Pues bien, don Quijote y su amigo Sancho, ¿ves cómo se escribe *don Quijote*, con la Q con un rabito?, no habían llegado muy lejos cuando vieron a un lado del camino a un enorme gigante con nada menos que cuatro brazos y cuatro puños descomunales, que blandió amenazador ante los viajeros.

»"He aquí, Sancho, nuestra primera aventura", dijo don Quijote. "Hasta que hayamos vencido a este gigante ningún viajero estará a salvo."

»Sancho miró extrañado a su amigo. "No veo ningún gigante", dijo. "Lo único que veo es un molino con cuatro aspas girando al viento."

—¿Qué es un molino? —pregunta el niño.

—Mira el dibujo. Esos cuatro brazos tan grandes son las aspas del molino. Cuando las aspas giran movidas por el viento, hacen girar la rueda y la rueda mueve una piedra que hay dentro del molino y que se llama piedra de molino y sirve para moler el trigo y hacer harina, para que el panadero pueda preparar el pan.

—Pero en realidad no es un molino, ¿verdad? —dice el niño—. Continúa.

—«A ti te parecerá un molino, Sancho», dijo don Quijote, «pero eso es porque te ha encantado la hechicera Maladuta. Si no tuvieses nublado el entendimiento, verías un gigante con cuatro brazos que viene por el camino». ¿Quieres que te explique lo que es una hechicera?

—Ya sé lo que es. Continúa.

—«Diciendo estas palabras, don Quijote puso la lanza en ristre, clavó las espuelas en los costados a Rocinante y cargó contra el gigante. Con uno de sus cuatro puños, el gigante apartó la lanza de don Quijote. "¡Ja, ja, ja, pobre y desdichado caballero", se burló, "¿de verdad crees poder vencerme?".

»Entonces don Quijote desenvainó su espada y volvió a cargar. Pero, con idéntica facilidad, el gigante apartó la espada con el otro puño y dio con el caballo y el caballero en el suelo.

»Rocinante volvió a ponerse en pie, pero don Quijote había recibido semejante golpe en la cabeza que estaba mareado. "¡Ay, Sancho", dijo don Quijote, "a no ser que mi amada y hermosa Dulcinea aplique algún bálsamo sanador en mis heridas, temo que no llegaré a ver un nuevo día." "Tonterías, mi señor", replicó Sancho. "No tenéis más que un chichón, os recuperaréis en cuanto os apartéis de este molino." "No es un molino, sino un gigante", dijo don Quijote. "En cuanto os apartéis de ese gigante", se corrigió Sancho.»

—¿Por qué no lucha Sancho también con el gigante? —pregunta el niño.

—Porque Sancho no es un caballero. No es un caballero y no tiene lanza ni espada, solo una navaja para pelar patatas. Lo único que puede hacer (como veremos mañana) es subir a don Quijote a lomos del burro y llevarlo a descansar a la posada más próxima.

—Pero ¿por qué no golpea Sancho al gigante?

—Porque Sancho sabe que el gigante en realidad es un molino de viento, y no se puede luchar contra molinos de viento. Un molino de viento no está vivo.

—¡No es un molino, es un gigante! Solo es un molino en el dibujo.

Deja el libro.

—David —dice—, *Don Quijote* es un libro poco habitual. Para la señora de la biblioteca que nos lo prestó no es más que un libro para niños, pero la realidad no es tan sencilla. Nos muestra el mundo a través de dos miradas distintas: la de don Quijote y la de Sancho. Don Quijote cree estar luchando contra un gigante. Sancho cree que es un molino de viento. La mayoría de la gente, aunque tal vez tú no, coincidiría con Sancho en que es un molino de viento. Y eso incluye al dibujante que pintó un molino de viento. Y también al hombre que escribió el libro.

—¿Quién lo escribió?

—Un hombre llamado Benengeli.

—¿Vive en la biblioteca?

—No creo. No es del todo imposible, pero me parece improbable. Desde luego, no lo he visto nunca. Sería fácil de reconocer. Lleva una larga túnica y un turbante en la cabeza.

—¿Por qué estamos leyendo el libro de Bengeli?

—Benengeli. Porque lo encontré en la biblioteca. Porque pensé que te gustaría. Porque es bueno para tu español. ¿Qué más quieres saber? —El niño calla—. Dejémoslo aquí y sigamos mañana con la siguiente aventura de don Quijote y Sancho. Espero que mañana sepas reconocer «Sancho» con la S grande y don Quijote con la Q con un rabito.

—No son las aventuras de don Quijote y Sancho. Son las aventuras de don Quijote.

19

Ha llegado a los muelles un mercante de los grandes, lo que Álvaro llama un mercante de dos barrigas, con bodegas a proa y a popa. Los portuarios se dividen en dos grupos. Él, Simón, se une a los de proa.

A media mañana, el primer día de la desestiba, cuando está en la bodega, oye un gran alboroto en cubierta y el chillido de un silbato.

—Es la señal de fuego —dice uno de sus compañeros—. Salgamos, ¡deprisa!

Mientras trepan por la escalera de cuerda notan el olor a humo. Sale en forma de columna de la bodega de popa.

—¡Fuera todos! —grita Álvaro desde su puesto en el puente junto al capitán del barco—. ¡Todo el mundo a tierra!

En cuanto los estibadores terminan de recoger las escalas, la tripulación del barco coloca las enormes lonas sobre las escotillas.

—¿Es que no van a apagar el fuego? —pregunta.

—Lo van a ahogar —replica su compañero—. En una hora o dos se habrá apagado. Aunque la carga se echará a perder, eso sin duda. Más valdría echársela a los peces.

Los estibadores se juntan en el muelle. Álvaro empieza a pasar lista. «Adriano… Agustín… Alexandre…» «Aquí… Aquí… Aquí…», llegan las respuestas. Hasta que llega a Marciano. «Marciano…» Silencio. «¿Alguien ha visto a Marciano?» Silencio. De la escotilla sellada escapa un poco de humo que se mezcla con el aire sin viento.

Los marineros apartan las lonas de las escotillas. En el acto les envuelve un humo denso y gris.

—¡Cerradlas! —ordena el capitán del barco; luego añade, dirigiéndose a Álvaro—: Si su hombre está ahí, está listo.

—No le abandonaremos —dice Álvaro—. Yo bajaré.

—No, mientras yo esté al mando.

A mediodía abren un momento las escotillas. El humo sigue tan denso como antes. El capitán ordena inundar la bodega. Dan permiso a los portuarios para marcharse.

Cuenta los sucesos del día a Inés.

—No sabremos nada de Marciano hasta que bombeen la bodega por la mañana.

—¿Qué es lo que no sabréis de Marciano? ¿Qué le ha pasado? —pregunta el niño interrumpiendo la conversación.

—Supongo que debió de quedarse dormido. No tuvo cuidado e inhaló demasiado humo. Si respiras demasiado humo te mareas, te debilitas y te quedas dormido.

—¿Y luego?

—Luego me temo que no despiertas en esta vida.

—¿Te mueres?

—Sí, te mueres.

—Si muere, pasará a la otra vida —dice Inés—. Así que no hay por qué preocuparse. Es hora del baño. Vamos.

—¿Puede bañarme Simón?

Hace mucho que no ha visto al niño desnudo. Nota con satisfacción cómo se está fortaleciendo su cuerpo.

—Ponte de pie —dice, le aclara los restos de jabón y lo envuelve en una toalla—. Vamos a secarte rápido y así podrás ponerte el pijama.

—No —dice el niño—. Quiero que me seque Inés.

—Quiere que lo seque usted —informa a Inés—. Yo no soy lo bastante bueno.

Tumbado en su cama, el niño deja que Inés le seque entre los dedos de los pies, en el pliegue de las piernas. Tiene el pulgar en la boca; sus ojos, atontados por un placer irresistible, la siguen perezosamente.

Ella lo espolvorea con talco como si fuese un bebé; le ayuda a ponerse el pijama.

Es hora de acostarse, pero el niño sigue dándole vueltas a lo de Marciano.

—A lo mejor no está muerto —dice—. ¿Podemos ir a ver Inés, tú y yo? Prometo no respirar nada de humo. ¿Podemos?

—No tiene sentido, David. Es demasiado tarde para salvar a Marciano. Y además la bodega está llena de agua.

—¡No lo es! Puedo bucear y salvarle, como una foca. Puedo nadar a cualquier parte. Ya te lo he dicho, soy un artista del escapismo.

—No, chico, sumergirse en una bodega inundada es muy peligroso, incluso para un artista del escapismo. Podrías quedar atrapado y no regresar. Además, los artistas del escapismo no salvan a los demás, sino a sí mismos. Y no eres una foca. No sabes nadar. Ya es hora de que entiendas que uno no aprende a nadar o se convierte en un artista del escapismo solo deseándolo. Hacen falta años de práctica. Además, Marciano no quiere que lo salven, ni que lo devuelvan a esta vida. Marciano ha encontrado la paz. Probablemente esté cruzando el mar en este mismo momento, deseando iniciar su otra vida. Será una gran aventura para él, empezar de nuevo, limpio. Ya no tendrá que ser estibador, ni que cargar a pulso con pesados sacos. Puede ser un pájaro. Puede ser lo que quiera.

—O una foca.

—Un pájaro o una foca. O incluso una enorme ballena. No hay límites para lo que uno puede ser en la otra vida.

—¿Iremos tú y yo a la otra vida?

—Solo si morimos. Y no vamos a morir. Vamos a vivir mucho tiempo.

—Como héroes. Los héroes no mueren, ¿verdad?

—No, los héroes no mueren.

—¿Tendremos que hablar español en la otra vida?

—Desde luego que no. Aunque, por otro lado, es posible que tengamos que aprender chino.

—¿E Inés? ¿Vendrá ella también?

—Eso tendrá que decidirlo ella. Aunque estoy seguro de que, si te vas a la otra vida, Inés querrá acompañarte. Te quiere mucho.

—¿Veremos a Marciano?

—Sin duda. Aunque es posible que no le reconozcamos. Podemos pensar que se trata solo de un pájaro, una foca o una ballena. Y Marciano… Marciano pensará que está viendo un hipopótamo y en realidad serás tú.

—No, me refiero al verdadero Marciano, en los muelles. ¿Veremos al verdadero Marciano?

—En cuanto bombeen el agua de la bodega, el capitán enviará a alguien a buscar el cuerpo de Marciano. Pero el verdadero Marciano ya no estará entre nosotros.

—¿Podré verle?

—No al verdadero Marciano. El verdadero Marciano es invisible para nosotros. Y su cuerpo, el cuerpo del que ha escapado, se lo habrán llevado ya cuando lleguemos a los muelles. Se lo llevarán a primera hora, cuando todavía estés dormido.

—¿Adónde lo llevarán?

—A enterrar.

—Pero ¿y si no está muerto? ¿Y si lo entierran y no está muerto?

—Eso es imposible. Los que entierran a los muertos, los sepultureros, van con mucho cuidado de enterrar a alguien que aún esté con vida. Escuchan los latidos del corazón. El aliento. Si oyen el más mínimo latido, no lo enterrarán. Así que no hay de qué preocuparse. Marciano está en paz…

—No, ¡no lo entiendes! ¿Y si tiene el estómago lleno de humo, pero en realidad no está muerto?

—Los pulmones. Respiramos con los pulmones, no con el estómago. Si a Marciano se le llenaron de humo los pulmones sin duda habrá muerto.

—¡No es cierto! ¡Lo dices por decir! ¿Podemos ir al muelle antes de que lleguen los sepultureros? ¿Podemos ir ahora?

—¿En plena noche? No, claro que no. ¿Por qué tienes tantas ganas de ver a Marciano, chico? Un cuerpo muerto no tiene importancia. Lo importante es el alma. El alma de Marciano es el verdadero Marciano; y el alma está camino de la otra vida.

—¡Quiero ver a Marciano! ¡Quiero aspirarle el humo de los pulmones! ¡No quiero que lo entierren!

—David, si se pudiese resucitar a Marciano aspirándole el humo de los pulmones, los marineros lo habrían hecho ya, te lo prometo. Los marineros son como nosotros, gente de buena voluntad. Pero no se puede resucitar a nadie aspirándole los pulmones después de que haya muerto. Es una de las leyes de la naturaleza. El cuerpo no vuelve a la vida. Solo el alma continúa viviendo: la de Marciano, la tuya o la mía.

—¡No es cierto! ¡No tengo alma! ¡Quiero salvar a Marciano!

—No lo permitiré. Iremos juntos al funeral, y allí podrás darle un beso de despedida, como todo el mundo. Así será, y no hay más que hablar. No quiero hablar más de la muerte de Marciano.

—¡No puedes decirme lo que tengo que hacer! ¡No eres mi padre! ¡Se lo voy a pedir a Inés!

—Te aseguro que Inés no va a ir contigo a pie hasta los muelles en plena noche. Sé sensato. Sé que te gusta salvar a la gente, y es digno de admiración, pero a veces la gente no quiere que la salven. Deja en paz a Marciano. Marciano se ha ido. Recordemos cosas buenas de él y dejemos que se vaya su cuerpo. Vamos: Inés está esperando para contarte un cuento.

Cuando se presenta a trabajar a la mañana siguiente, ya casi han terminado de bombear la bodega de popa. Al cabo de una hora puede bajar un equipo de marineros; y poco después suben a cubierta el cuerpo de su compañero fallecido atado a una camilla, mientras los portuarios observan en silencio desde el muelle.

Álvaro les habla.

—Dentro de uno o dos días podremos despedirnos como es debido de nuestro amigo, muchachos. Pero ahora hay que seguir trabajando. La bodega está hecha un desastre y tenemos que limpiarla.

Los estibadores pasan el resto del día en la bodega, metidos en el agua hasta los tobillos y envueltos en el acre aroma de la ceniza húmeda. Todos los sacos de grano están reventados; su tarea consiste en meter esa pasta pegajosa en cubos y pasárselos unos a otros hasta subirlos a cubierta, donde vacían el contenido por la borda. Es un trabajo triste y lo llevan a cabo en silencio en aquel lugar contaminado por la muerte. Cuando esa tarde llega al apartamento de Inés, está exhausto y de mal humor.

—No tendrá algo de beber, ¿verdad? —le pregunta.

—Lo siento, me he quedado sin nada. Le preparé un poco de té.

Tumbado sin garbo en la cama, el niño está absorto en el libro. Ha olvidado a Marciano.

—Hola —le saluda—. ¿Cómo le va hoy a don Quijote? ¿En que líos anda metido? —El niño no le hace caso—. ¿Qué pone aquí? —pregunta señalando—. Dice «*Aventuras*» con una letra A grande. Aventuras de don Quijote. ¿Y aquí? *Fantástico*», con F. Y ahí, ¿recuerdas la letra Q grande?, pone «Quijote». Siempre se reconoce Quijote por la Q grande. Pensé que me habías dicho que te sabías las letras.

—No quiero leer letras. Quiero leer la historia.

—Es imposible. Una historia está hecha de palabras y las palabras están hechas de letras. Sin letras no habría historia, ni don Quijote. Tienes que saberte las letras.

—Enséñame donde pone «*Fantástico*».

Coloca el dedo índice del niño sobre la palabra.

—Aquí.

El niño tiene las uñas limpias y cuidadas; mientras que sus propias manos, que antes estaban limpias y suaves, están sucias y agrietadas, con las grietas llenas de mugre.

El niño cierra los ojos, contiene el aliento y abre los ojos como platos.

—«*Fantástico*.»

—Muy bien. Has aprendido a reconocer la palabra «*fantástico*». Hay dos maneras de aprender a leer, David. Una es aprender las palabras una por una, como estás haciendo. La otra, que es más rápida, consiste en aprender las letras que forman las palabras. Son solo veintisiete. Cuando las hayas aprendido podrás leer palabras desconocidas por tu cuenta, sin necesidad de que yo te las diga cada vez.

El niño mueve la cabeza.

—Quiero leer del primer modo. ¿Dónde está el gigante?

—¿El gigante que en realidad era un molino? —Pasa las páginas—. Ahí lo tienes.

Coloca el dedo del niño sobre la palabra «*gigante*».

El niño cierra los ojos.

—Estoy leyendo con los dedos —anuncia.

—Con tal de que leas, da igual cómo lo hagas, con los ojos, o con los dedos como los ciegos. Enséñame donde pone «Quijote» con Q.

El niño clava el dedo en la hoja.

—Aquí.

—No. —Desplaza el dedo del niño hasta el lugar correcto—. Ahí dice «Quijote» con la Q grande.

El niño quita la mano con petulancia.

—No es su verdadero nombre, ¿no lo sabías?

—Puede que no sea el nombre por el que lo conocen sus vecinos, pero es el que él ha escogido y por el que le conocemos.

—No es su verdadero nombre.

—¿Y cuál es su nombre verdadero?

De pronto el niño se encierra en sí mismo.

—Puedes irte —murmura—. Voy a leer solo.

—Muy bien, me iré. Cuando recobres la sensatez, cuando decidas aprender a leer como es debido, llámame. Llámame y dime el verdadero nombre de don Quijote.

—No. Es secreto.

Inés está concentrada en las tareas culinarias. Ni siquiera levanta la mirada cuando se marcha.

Pasa un día antes de su siguiente visita. Encuentra al niño absorto en el libro como la otra vez. Intenta hablar, pero el niño le hace un gesto con impaciencia —«¡Chsss…!»— y pasa la página con un movimiento rápido, como si detrás hubiese una serpiente que pudiera morderle.

La ilustración muestra a don Quijote en el momento en que lo bajan, envuelto en cuerdas, por un agujero en el suelo.

—¿Necesitas ayuda? ¿Te digo lo que está pasando? —pregunta.

El niño asiente.

Coge el libro.

—Es un episodio titulado «La cueva de Montesinos». Don Quijote había oído hablar mucho de la cueva de Montesinos y quiso presenciar por sí mismo sus famosos prodigios. Así que pidió a Sancho y al estudiante, el hombre del sombrero debe de ser el estudiante, que lo metieran en la cueva oscura y esperasen pacientemente a su señal para volver a izarlo.

»Sancho y el estudiante esperaron una hora a la puerta de la cueva.

—¿Qué es un estudiante?

—Un estudiante es alguien que ha leído muchos libros y ha aprendido muchas cosas. Sancho y el estudiante esperaron una hora hasta que notaron un tirón en la cuerda y empezaron a izarlo, y así don Quijote salió a la luz.

—Entonces ¿no había muerto?

—No.

El niño suelta un suspiro de alivio.

—Menos mal, ¿verdad?

—Sí, claro. Pero ¿por qué pensabas que había muerto? Es don Quijote. Es el protagonista.

—Es el protagonista y un mago. Lo ataron con cuerdas, lo metieron en una caja y al abrir la caja ya no estaba, había escapado.

—¡Ah!, ¿pensabas que Sancho y el estudiante habían atado a don Quijote? Pues no, si leyeras el libro en lugar de limitarte a ver las ilustraciones e imaginar lo que pasa, sabrías que utilizaron la cuerda para bajar a don Quijote a la cueva, no para atarlo. ¿Continúo?

El niño asiente.

—Don Quijote dio las gracias a sus amigos. Luego les deleitó con el relato de lo que le había acontecido en la cueva de Montesinos. En los tres días y tres noches que había pasado bajo tierra dijo haber visto paisajes imponentes, no solo cataratas de diamantes y procesiones de princesas con túnicas de satén, sino, maravilla de maravillas, a su señora Dulcinea, que, a lomos de un corcel blanco con las bridas repujadas de piedras preciosas, se había detenido a hablar amablemente con él.

»—*Pero, mi señor —dijo Sancho—, sin duda os equivocáis, pues no habéis estado bajo tierra tres días y tres noches, sino una hora a lo sumo.*

»—*No, Sancho —respondió muy serio don Quijote—, he estado ausente tres días con sus noches; si te ha parecido una hora es porque debes de haberte quedado dormido mientras esperabas y no habrás reparado en el paso del tiempo.*

»Sancho estuvo a punto de responder, pero luego se lo pensó mejor, al recordar lo obstinado que podía ser don Quijote.

»—*Sí, mi señor —dijo mirando al estudiante y guiñándole un ojo—, debéis de estar en lo cierto, y debemos de haber pasado tres días con tres noches durmiendo hasta vuestro regreso. Pero contadnos más de vuestra señora Dulcinea y de lo que habéis hablado.*

»Don Quijote miró muy serio a Sancho.

»—*Sancho —dijo—. ¡Hombre de poca fe! ¿Cuándo aprenderás, cuándo aprenderás? —Y se quedó en silencio.*

»Sancho se rascó la cabeza.

»—*Mi señor —dijo—, no negaré que me resulta difícil creer que hayáis pasado tres días con sus noches en la cueva de Montesinos, cuando a nosotros nos pareció solo una hora, y tampoco negaré que es difícil creer que en este mismo instante haya un ejército de princesas bajo nuestros pies, y damas trotando sobre corceles tan blancos como la nieve y otras cosas por el estilo. Si vuestra señora Dulcinea os hubiese dado una prueba de su amor, como un rubí, un zafiro de la brida de su montura, que pudierais mostrar a unos incrédulos desdichados como nosotros, la cosa sería muy distinta.*

»—Un rubí o un zafiro —murmuró don Quijote—, debería mostrarte un rubí o un zafiro como prueba de que no miento.

»—Por así decirlo —dijo Sancho—. Por así decirlo.

»—Y si te mostrara un rubí o un zafiro, Sancho, entonces ¿qué?

»—En tal caso me hincaría de hinojos, mi señor, y os besaría la mano e imploraría vuestro perdón por haber dudado de vos. Y os seguiría a ciegas hasta el fin del mundo.

Cierra el libro.

—¿Y? —pregunta el niño.

—Y nada. Así acaba el capítulo. Hasta mañana no hay más.

El niño le quita el libro de las manos, lo abre por la ilustración en la que aparece don Quijote entre el lío de cuerdas y contempla fijamente el dibujo.

—Enséñamelo —dice en voz baja.

—¿Que te enseñe qué?

—El final del capítulo.

Señala el final del capítulo.

—Mira, aquí empieza otro titulado «El retablo de Maese Pedro. Don Pedro y las marionetas». La cueva de Montesinos ha quedado atrás.

—Pero ¿le mostró don Quijote el rubí a Sancho?

—No lo sé. Benengeli no lo dice. Puede que sí y puede que no.

—Pero ¿lo tenía de verdad? ¿De verdad pasó bajo tierra tres días con sus noches?

—No lo sé. Puede que para don Quijote el tiempo no sea como para nosotros. Es posible que lo que para nosotros es un pestañeo para don Quijote sea un eón. Pero si estás convencido de que don Quijote salió de la cueva con los bolsillos llenos de rubíes, tal vez deberías escribir un libro contándolo. Así podríamos devolver el libro de Benengeli a la biblioteca y leer el tuyo. Por desgracia, para poder escribir un libro tendrás que aprender a leer.

—Ya sé.

—No. Sabes mirar la página, mover los labios e inventarte historias, pero eso no es leer. Para leer de verdad tienes que limitarte a lo que está escrito en la página. Tienes que olvidar tus propias fantasías, dejar de hacer tonterías y no portarte como un bebé.

Nunca le ha hablado al niño de forma tan directa, ni con tanta aspereza.

—No quiero leer como tú —dice el niño—. Quiero leer a mi manera. Un hombre hizo grandes hazañas y tararí tararí tararí en las montañas, cuando montaba era un caballo y cuando andaba era un ceballo.

—Eso es un sinsentido. ¿Qué es eso de un ceballo? Don Quijote no es un sinsentido. No puedes inventarte un disparate y fingir que estás leyéndolo.

—¡Sí que puedo! ¡No es ningún disparate y sé leer! ¡El libro no es tuyo sino mío!

Frunce el ceño y vuelve a pasar las páginas a toda prisa.

—Al contrario, el libro es de Benengeli, que lo donó al mundo, y por tanto nos pertenece a todos… a todos en un sentido, y a la biblioteca en otro, pero no es solo tuyo en ninguno de los dos sentidos. Y deja de pasar así las páginas. ¿Por qué lo manejas con tanta brusquedad?

—Porque… Porque si no me doy prisa se abrirá un agujero.

—¿Dónde?

—Entre las páginas.

—Qué tontería. No hay ningún agujero entre las páginas.

—Lo hay. Está dentro de la página. Tú no lo ves porque no ves nada.

—¡Basta ya! —dice Inés.

Por un instante, cree que se dirige al niño. Por un instante, cree que por fin se ha decidido a reprocharle su obstinación. Pero, no: es a él a quien mira iracunda.

—Pensaba que quería que aprendiese a leer —dice.

—No a costa de tantas discusiones. Busque otro libro. Uno más sencillo. Este *Don Quijote* es demasiado difícil para un niño. Devuélvalo a la biblioteca.

—¡No! —El niño se abraza al libro con fuerza—. ¡No os lo llevaréis! ¡Es mío!

20

Desde qué Inés se instaló en él, el apartamento ha perdido el aire austero que tenía antes. De hecho, está abarrotado, y no solo con sus numerosas posesiones. Lo peor es el rincón junto a la cama del niño, donde hay una caja de cartón repleta de objetos que ha recogido y llevado a casa: guijarros, piñas de pino, flores marchitas, huesos, conchas, trozos de vajilla rota y hierros viejos.

—¿No va siendo hora de que te deshagas de todos esos cachivaches? —sugiere.

—No son cachivaches —dice el niño—. Son cosas que estoy guardando.

Él empuja la caja con el pie.

—Es basura. No puedes dedicarte a recoger todo lo que encuentres.

—Es mi museo —dice el niño.

—Un montón de basura vieja no es un museo. Las cosas tienen que tener valor para que valga la pena guardarlas en un museo.

—¿Qué es valor?

—Que algo tenga valor significa que la gente en general lo aprecia, que está de acuerdo en que es valioso. Una taza rota y vieja no tiene valor. Nadie la aprecia.

—Yo sí. Es mi museo, no el tuyo.

Se vuelve hacia Inés.

—¿A usted le parece bien?

—Déjelo. Dice que le dan pena las cosas viejas.

—No se puede sentir lástima por una taza vieja sin asa. —El niño lo mira sin entender—. Una taza no tiene sentimientos. Puestos a sentir lástima por una taza vieja, lo mismo podrías sentir lástima por —mira a su alrededor con gesto desespera- do—, por el cielo, el aire, la tierra bajo tus pies. Podrías sentir lástima por cualquier cosa. —El niño continúa mirándole con fijeza—. Las cosas no están pensadas para durar siempre —dice—. Todo tiene su duración natural. Esa taza vieja tuvo una buena vida; ahora es el momento de jubilarla y dejar paso a otra taza.

El niño vuelve a adoptar el aire obstinado que se está vol- viendo tan familiar.

—¡No! —dice—. ¡Voy a quedármela! ¡No dejaré que os la lle- véis! ¡Es mía!

A medida que Inés va cediendo en todo, el niño se vuelve cada vez más testarudo. No pasa un día sin que discuta, alce la voz o dé patadas en el suelo.

Él la anima a enviarlo al colegio.

—El apartamento empieza a quedársele pequeño —dice—. Necesita enfrentarse al mundo real. Tiene que ampliar hori- zontes.

Pero ella sigue resistiéndose.

—¿De dónde viene el dinero? —pregunta el niño.

—Depende de a qué dinero te refieras. Las monedas vienen de un sitio llamado Casa de la Moneda.

—¿De ahí es de donde lo sacas?

—No, a mí me lo da un pagador en los muelles. Ya lo viste un día.

—¿Y por qué no vas a la Casa de la Moneda?

—Porque en la Casa de la Moneda no nos dan dinero sin más. Tenemos que trabajar para ganárnoslo.

—¿Por qué?

—Pues porque así está organizado el mundo. Si no tuviése- mos que trabajar y en la Casa de la Moneda le diesen dinero a todo el mundo, dejaría de tener valor.

Lleva al niño a un partido de fútbol, y paga en el torni- quete de la entrada.

—¿Por qué tenemos que pagar? —pregunta el niño—. La otra vez no pagamos.

—Es la final de la liga. Al acabar el partido, a los ganadores les darán vino y pasteles. Alguien tiene que recaudar dinero para comprar el vino y los pasteles. Si no, el pastelero no podrá comprar azúcar, harina y mantequilla para hacer otro pastel. Son las reglas: si quieres comer pastel, tienes que pagarlo. Y lo mismo pasa con el vino.

—¿Por qué?

—¿Que por qué? La respuesta a todos tus porqués, pasados, presentes y futuros es: «Porque el mundo es así». El mundo no se hizo para nuestra comodidad, mi joven amigo. Somos nosotros quienes debemos adaptarnos a él.

El niño abre la boca para responder. Antes de que pueda decir nada, él le pone un dedo en los labios.

—No —dice—. Basta ya de preguntas. Calla y atiende al partido.

Después del partido vuelven al apartamento. Inés se afana en la cocina; en el aire hay un olor a carne quemada.

—¡La cena! —grita—. ¡Ve a lavarte las manos!

—Me marcho —dice él—. Adiós, hasta mañana.

—¿Tiene que irse? —dice Inés—. ¿No quiere quedarse a verle cenar?

La mesa está puesta para uno, para el príncipe de la casa. Inés le sirve dos finas salchichas de la sartén. Coloca en forma de arco las mitades de patata hervida, las rodajas de zanahoria, y las flores de coliflor, y les echa encima la grasa de la sartén. Bolívar, que ha estado durmiendo junto a la ventana abierta, se levanta y da una vuelta por la habitación.

—¡Mmm... salchichas! —dice el niño—. La mejor comida del mundo.

—No he visto salchichas desde hace mucho tiempo —le dice a Inés—. ¿Dónde las ha comprado?

—Las ha conseguido Diego. Tiene un amigo en la cocina de La Residencia.

El niño corta las salchichas en trozos, corta las patatas, mastica con fuerza. Parece no importarle que los dos adultos se queden de pie observándole, o que el perro apoye la cabeza en su rodilla pendiente de todos su movimientos.

—No te dejes las zanahorias —dice Inés—. Son para ver en la oscuridad.

—Como los gatos —dice el niño.

—Como los gatos —corrobora Inés.

El niño se come las zanahorias.

—¿Para qué sirve la coliflor? —pregunta el niño.

—La coliflor es buena para la salud.

—La coliflor es buena para la salud, y la carne sirve para estar fuerte, ¿verdad?

—Exacto. La carne sirve para estar fuerte.

—Tengo que irme —le dice a Inés—. Es cierto que la carne sirve para estar fuerte, pero debería pensárselo dos veces antes de darle salchichas.

—¿Por qué? —pregunta el niño—. ¿Por qué tendría que pensárselo dos veces?

—Por lo que le ponen a las salchichas. No siempre es bueno para la salud.

—¿Qué le ponen a las salchichas?

—¿Tú qué crees?

—Carne.

—Sí, pero ¿qué clase de carne?

—Carne de canguro.

—No digas tonterías.

—Carne de elefante.

—Se hacen con carne de cerdo, no siempre pero a veces, y los cerdos no son limpios. No comen hierba como las ovejas y las vacas. Comen cualquier cosa que se encuentren. —Mira a Inés de reojo, ella lo observa iracunda con los labios apretados—. Por ejemplo, comen caca.

—¿Del váter?

—No, del váter no. Pero si encuentran una caca en un campo, se la comen. Sin dudarlo un instante. Son omnívoros, y eso quiere decir que comen cualquier cosa. Incluso se comen unos a otros.

—No es cierto —dice Inés.

—¿Hay caca en las salchichas? —dice el niño, que ha dejado a un lado el tenedor.

—Está diciendo tonterías, no le hagas caso, no hay caca en tus salchichas.

—No estoy diciendo que haya caca en tus salchichas —dice—. Sino que hay carne de caca. Los cerdos son animales muy sucios. La carne de cerdo es carne de caca. Pero solo es mi opinión. No todo el mundo estará de acuerdo. Debes decidirlo tú mismo.

—No quiero más —dice el niño, apartando el plato—. Que se lo coma Bolívar.

—Acábate el plato y te daré una chocolatina —dice Inés.

—No.

—Estará usted orgulloso —dice Inés, volviéndose hacia él.

—Es una cuestión de higiene. De higiene ética. Si uno come cerdo se convierte en un cerdo. En parte. No totalmente, pero sí en parte. Uno es parte del cerdo.

—Está usted loco —dice Inés. Luego se vuelve hacia el niño—: No le hagas caso, ha perdido el juicio.

—No estoy loco. Se llama consustanciación. ¿Por qué crees que hay caníbales? Un caníbal es alguien que se toma muy en serio la consustanciación. Si nos comemos a otra persona nos encarnamos en ella. Eso creen los caníbales.

—¿Qué es un caníbal? —pregunta el niño.

—Los caníbales son salvajes —dice Inés—. No tienes de qué preocuparte, aquí no hay caníbales. No son más que una fábula.

—¿Qué es una fábula?

—Una historia de hace mucho tiempo que ya no es cierta.

—Cuéntame una fábula. Quiero oír una fábula. Cuéntame una de los tres hermanos. O de los hermanos del cielo.

—No me sé la de los hermanos del cielo. Acábate la cena.

—Si no le cuenta lo de los hermanos, cuéntele la de Caperucita Roja —dice él—. Cuéntele cómo el lobo se traga a la abuela de la niña y se convierte en una abuela, una abuela-lobo. Por consustanciación.

El niño se levanta, echa su comida en el cuenco del perro y deja el plato en el fregadero. El perro engulle las salchichas.

—Voy a ser socorrista —anuncia el niño—. Diego me va a enseñar en la piscina.

—Muy bien —dice él—. ¿Qué otra cosa piensas ser, aparte de socorrista, mago y escapista?

—Nada. Solo eso.

—Sacar a la gente de la piscina, escapar de cajas y hacer trucos de magia son aficiones, no una carrera, ni un trabajo. ¿Cómo vas a ganarte la vida?

El niño mira de reojo a su madre en busca de consejo. Luego, envalentonado, dice:

—No tengo que ganarme la vida.

—Todos tenemos que ganarnos la vida. Es parte de la condición humana.

—¿Por qué?

—¿Por qué? ¿Por qué? ¿Por qué? Así no hay forma de hablar. ¿Cómo vas a comer si te pasas el tiempo salvando a la gente, escapando de cadenas y negándote a trabajar? ¿De dónde sacarás la comida para estar fuerte?

—De la tienda.

—Irás a la tienda y te darán comida. Gratis.

—Sí.

—¿Y qué pasará cuando los de la tienda hayan regalado toda la comida? ¿Qué pasará cuando la tienda esté vacía?

Sin inmutarse y con una extraña sonrisita en los labios, el niño responde:

—¿Por qué?

—Por qué ¿qué?

—¿Por qué estará vacía?

—Pues porque si tienes X barras de pan y te dedicas a regalarlas te quedas sin barras de pan y sin dinero para comprar más. Porque X menos X es igual a cero. A nada. Al vacío. A un estómago vacío.

—¿Qué es X?

—X es cualquier número, diez, cien o mil. Si tienes algo y lo regalas, dejas de tenerlo.

El niño cierra los ojos y hace una mueca graciosa. Luego suelta una risita. Sujeta la falda de su madre, aprieta la cara contra su muslo y se ríe y se ríe hasta ponerse colorado.

—¿Qué pasa cariño? —dice Inés. Pero el niño no deja de reír—. Es mejor que se vaya —dice Inés—. Lo está poniendo nervioso.

—Lo estoy educando. Si lo enviase usted a la escuela, no haría falta darle clase en casa.

El niño ha trabado amistad con un anciano del Bloque E que tiene un palomar en la azotea. Según el buzón del vestíbulo, se llama Palamaki, pero el niño lo llama señor Paloma. El señor Paloma le deja dar de comer a los pichones e incluso le ha regalado uno de sus palomos, un pájaro de color blanco inmaculado al que el niño llama Blanco.

Blanco es un pájaro plácido e incluso aletargado que deja que lo saquen de paseo sobre la muñeca extendida del niño o en su hombro. No muestra la menor inclinación a huir volando, o siquiera a volar.

—Puede que le hayan cortado las alas —le dice él al niño—. Eso explicaría que no vuele.

—No —dice el niño—. ¡Mira!

Lanza al aire al pájaro, que aletea con languidez, describe un par de círculos, vuelve a posarse en su hombro y se acicala las plumas con el pico.

—El señor Paloma dice que Blanco puede llevar mensajes —explica el niño—. Dice que si me pierdo puedo atarle un mensaje a la pata y Blanco volará a casa y el señor Paloma me encontrará.

—El señor Paloma es muy amable. Asegúrate de llevar encima papel y lápiz, y un trozo de cordel para poder atarle el mensaje a la pata a Blanco. ¿Qué le escribirás? Enséñame lo que le escribirás cuando quieras que te rescaten.

Están atravesando el parque infantil vacío. El niño se agacha en la arena, alisa la superficie y empieza a escribir con el dedo. Él lee por encima de su hombro. O, luego E, después una letra que no acierta a entender, luego otra vez O, luego X y otra vez X.

El niño se incorpora.

—Léelo —dice.

—No es fácil. ¿Está en español? —El niño asiente—. No, me rindo. ¿Qué es lo que dice?

—Dice: «Seguid a Blanco, Blanco es mi mejor amigo».

—Claro. Antes tu mejor amigo era Fidel, y antes lo era El Rey. ¿Qué ha pasado para que Fidel haya dejado de ser tu amigo y su lugar lo haya ocupado un pájaro?

—Fidel es demasiado mayor para mí. Fidel es un maleducado.

—Nunca me ha parecido un maleducado. ¿Te lo ha dicho Inés?

El niño asiente.

—Fidel es muy buen niño. Le tengo afecto y tú también se lo tenías. Deja que te diga una cosa: Fidel está dolido porque ya no juegas con él. En mi opinión, te estás portando mal con él. De hecho, estás siendo maleducado. En mi opinión, deberías pasar menos tiempo con el señor Paloma en la azotea y más tiempo con Fidel. —El niño acaricia al pájaro que lleva en el brazo. Acepta el reproche sin objeciones. O tal vez las palabras le resbalen—. Es más, creo que deberías decirle a Inés que ya es hora de que vayas a la escuela. Deberías insistirle. Sé que eres muy inteligente y que has aprendido a leer y escribir por tu cuenta, pero en la vida real hay que saber leer y escribir como los demás. Es inútil que envíes a Blanco con un mensaje atado a la pata si nadie sabe leerlo, ni siquiera el señor Paloma.

—Yo sí sé.

—Sí sabes porque eres tú quien lo ha escrito. Pero la finalidad de los mensajes es que sepan leerlos los demás. Si te pierdes y envías un mensaje al señor Paloma para que vaya a salvarte, tiene que saber leerlo. De lo contrario, tendrás que atarte tú a la pata de Blanco y pedirle que te lleve volando a casa.

El niño lo mira perplejo.

—Pero… —dice.

Luego comprende que es una broma y los dos se echan a reír.

Se encuentran en el parque infantil de los Bloques Este. Ha estado empujando al niño en los columpios tan alto que ha gritado de miedo y placer. Ahora están sentados el uno al lado del otro, recuperando el aliento, bebiendo a la última luz del crepúsculo.

—¿Inés puede sacarse gemelos de la barriga? —pregunta el niño.

—Pues claro. Tal vez no sea muy frecuente, pero es posible.

—Si Inés tuviese gemelos, yo podría ser el tercer hermano. ¿Los gemelos tienen que estar siempre juntos?

—No tienen por qué, aunque a menudo lo prefieren. Los gemelos suelen tenerse afecto, como las estrellas gemelas. De lo contrario podrían separarse y perderse en el cielo. Pero el cariño que sienten la una por la otra les hace seguir juntas. Y así continuarán hasta el final de los tiempos.

—Pero las estrellas gemelas no están juntas de verdad.

—No, es cierto. No están tocándose en el cielo, hay un pequeño hueco entre ellas. Así es la naturaleza. Piensa en los enamorados. Si los enamorados se pasaran el día pegados el uno al otro no necesitarían quererse. Serían uno. No tendrían nada que querer. Por eso la naturaleza deja huecos. Si todas las cosas del universo estuviesen pegadas las unas contra las otras, no existirías tú, ni Inés ni yo. Tú y yo no estaríamos hablando ahora mismo, habría solo silencio: unidad y silencio. De modo que, en conjunto, es bueno que haya huecos entre las cosas y que tú y yo seamos dos en lugar de uno.

—Pero así podemos caernos. Podemos caer por el hueco. Por la grieta.

—Un hueco no es lo mismo que una grieta, chico. Los huecos son parte de la naturaleza, parte de cómo son las cosas. No puede uno caer por un hueco y desaparecer. Sencillamente, es imposible. Una grieta es muy diferente. Una grieta es una quiebra en el orden de la naturaleza. Es como cortarse con un cuchillo, como rasgar una hoja en dos. No haces más que decir que tenemos que tener cuidado con las grietas, pero ¿dónde están esas grietas? ¿Dónde ves una grieta entre tú y yo? Muéstramela.

El niño calla.

—Los gemelos del cielo son como los gemelos de la tierra. También son como los números. —¿Es todo eso demasiado difícil para un niño? Tal vez. Pero el niño absorberá las palabras, o eso espera… las absorberá, les dará vueltas y tal vez empiece a verles sentido—. Como el uno y el dos. El uno y el dos no son iguales, hay una diferencia entre ellos, que es un hueco, pero no una grieta. Eso es lo que nos permite contar, pasar del uno al dos sin miedo a caernos.

—¿Podemos ir un día a ver los gemelos del cielo? ¿Podemos ir en un barco?

—Supongo que sí, si encontramos el barco apropiado. Aunque tardaríamos mucho en llegar. Los gemelos están muy lejos. Nadie ha ido a visitarlos aún, al menos que yo sepa. Esta —da una patada en el suelo— es la única estrella que ha visitado el ser humano.

El niño lo mira confundido.

—Esto no es una estrella —dice.

—Sí. Solo que, vista de cerca, no lo parece.

—No brilla.

—Nada brilla si se mira de cerca. Sin embargo, desde lejos, todo brilla. Tú brillas. Yo brillo. Y desde luego las estrellas también.

El niño parece complacido.

—¿Todas las estrellas son números? —pregunta.

—No. He dicho que los gemelos eran como los números, pero era solo una forma de hablar. No, las estrellas no son números. Las estrellas y los números son cosas diferentes.

—Creo que las estrellas son números. Creo que esa es la número 11 —señala al cielo con el dedo—, y que esa de ahí es la número 50 y esa otra la número 33333.

—Ah, ¿te refieres a que si podemos asignar un número a cada estrella? Sin duda, sería un modo de identificarlas, aunque muy aburrido y muy poco inspirado. Creo que es mejor que tengan nombres propios, como la Osa Mayor, el Lucero del Alba y los Gemelos.

—No, tonto, lo que digo es que cada estrella es un número.

Él mueve la cabeza.

—Cada estrella no es un número. Las estrellas se parecen a los números en algunas cosas, pero en general son distintas. Por ejemplo, las estrellas están desperdigadas caóticamente por el cielo, mientras que los números son como una flota de barcos que navega ordenadamente, cada cual en su sitio.

—Pueden morir. Los números pueden morir. ¿Qué pasa con ellos cuando mueren?

—Los números no pueden morir. Y las estrellas tampoco. Las estrellas son inmortales.

—Los números sí pueden morir. Se pueden caer del cielo.

—No es cierto. Las estrellas no pueden caer del cielo. Las que dan la impresión de caer, las estrellas fugaces, no son estrellas de verdad. En cuanto a los números, si cayese alguno, se produciría una grieta, una quiebra, y los números no funcionan así. Entre los números nunca hay grietas. Ni siquiera falta nunca un número.

—¡Sí! ¡No lo entiendes! ¡No recuerdas nada! Un número puede caerse del cielo igual que don Quijote cuando se cayó por la grieta.

—Don Quijote no se cayó por ninguna grieta. Bajó a una cueva utilizando una escala de cuerda. Además, don Quijote no viene a cuento. No es real.

—¡Sí! ¡Es un héroe!

—Lo siento. No quería decir lo que he dicho. Por supuesto que es un héroe y por supuesto que es real. A lo que me refería es a que lo que le pasó a él ya no le ocurre a nadie. La gente vive la vida de principio a fin sin caerse por ninguna grieta.

—¡Claro que se caen! Caen por grietas y no vuelves a verlos porque no pueden salir. Tú mismo lo dijiste.

—Estás confundiendo las grietas con los agujeros. Piensas en la gente que muere y a la que entierran en tumbas, en agujeros en el suelo. Las tumbas las hacen los sepultureros con palas. No es algo antinatural como una grieta.

Se oye el frufrú de un vestido e Inés se materializa en la oscuridad.

—Llevo un buen rato llamándoos —dice enfadada—. ¿Es que no me oís?

21

La siguiente ocasión que llama al apartamento, le abre la puerta el niño muy acalorado y excitado.

—¿Sabes lo que ha pasado, Simón? —grita—. ¡Hemos visto al señor Daga! ¡Tiene un bolígrafo mágico! ¡Me lo ha enseñado!

Casi ha olvidado a Daga, el hombre que humilló a Álvaro y al pagador en los muelles.

—¡Un bolígrafo mágico! —dice—. Suena interesante. ¿Puedo pasar?

Bolívar se acerca dominante y le olisquea la entrepierna. Inés está encorvada sobre su labor; por un inquietante momento le parece imaginar cómo será cuando sea anciana. Sin saludarle ella le dice:

—Hemos estado en la ciudad, en la Asistencia, para cobrar la pensión del niño, y nos hemos encontrado con su amigo.

—No es amigo mío. Nunca he cruzado una palabra con él.

—Tiene un bolígrafo mágico —dice el niño—. Con una señora dentro, que parece un dibujo pero no lo es, una señora de verdad, una señora muy, muy pequeña, y cuando le das la vuelta al bolígrafo se le cae la ropa y se queda desnuda.

—¡Ajá! ¿Y qué más te ha enseñado el señor Daga, aparte de esa señora tan pequeña?

—Me ha dicho que no tuvo la culpa de que Álvaro se cortara la mano. Que empezó él. Y que la culpa fue suya.

—Es lo que dicen todos. Siempre fue otro el que empezó. Siempre es culpa de otro. ¿No te habrá dicho por casualidad el señor Daga qué ha sido de la bicicleta que se llevó?

–No.

–Pues la próxima vez que lo veas, pregúntaselo. Pregúntale quién tiene la culpa de que el pagador se haya quedado sin bicicleta y tenga que hacer la ronda a pie.

Se produce un silencio. Le sorprende que Inés apenas tenga nada que decir sobre un hombre que se lleva aparte a un niño pequeño y le enseña un bolígrafo con una mujer desnuda en su interior.

–¿Quién tiene la culpa? –pregunta el niño.

–¿Qué quieres decir?

–Has dicho que la culpa siempre es de otro. ¿Es culpa del señor Daga?

–¿Que haya desaparecido la bicicleta? Sí. Pero cuando digo que la culpa siempre es de otro, lo digo en general. Cuando algo sale mal, enseguida empezamos a decir que no es culpa nuestra. Llevamos haciéndolo desde el comienzo del mundo. Es como si lo llevásemos dentro, como si formara parte de nuestra naturaleza. Nunca estamos dispuestos a admitir que la culpa sea nuestra.

–¿Es culpa mía? –pregunta el niño.

–¿Tuya? No. No lo es. No eres más que un niño, ¿cómo va a ser culpa tuya? Pero creo que deberías alejarte del señor Daga. No es un buen ejemplo para un jovencito.

Habla despacio y con seriedad: la advertencia va dirigida tanto a Inés como al niño.

Unos días después, al salir de la bodega de un barco en los muelles, le sorprende ver a Inés en el muelle enfrascada en una conversación con Álvaro. El corazón le da un vuelco. Nunca antes ha ido a los muelles: solo pueden ser malas noticias.

El niño ha desaparecido –dice Inés–, raptado por el señor Daga. Ha llamado a la policía, pero no quieren ayudarla. Nadie quiere ayudarla. Álvaro tiene que acompañarla; él, Simón, también. Tienen que localizar a Daga –no puede ser tan difícil, puesto que trabaja con ellos– y devolverle al niño.

Es raro ver a una mujer en el puerto. Los hombres miran con curiosidad a la alterada mujer con el cabello despeinado y la ropa de ciudad.

Poco a poco, Álvaro y él consiguen que les cuente la historia. En la Asistencia había mucha cola, el niño estaba inquieto, se encontraron con el señor Daga, que le ofreció un helado al niño, y cuando volvió a mirar ya no estaban, como si hubiesen desaparecido de la faz de la Tierra.

—Pero ¿cómo ha podido dejar que se fuera con un hombre así? —se queja él.

Ella descarta la pregunta con un perentorio movimiento de cabeza.

—Un niño que está creciendo necesita un hombre en su vida. No puede pasar todo el tiempo con su madre. Me pareció una persona agradable. Pensé que era sincero. David está fascinado con el aro que lleva en la oreja. Quiere ponerse uno él también.

—¿Le ha dicho que le compraría uno?

—Le dije que podría ponérselo cuando fuese mayor, pero aún no.

—Les dejo que sigan hablando —dice Álvaro—. Llámenme si me necesitan.

—¿Qué me dice de su propia responsabilidad en esto? —pregunta cuando se quedan solos—. ¿Cómo ha podido confiarle el niño a ese hombre? ¿No me estará ocultando algo? ¿No será que usted también lo encuentra fascinante, con sus aros de oro y sus bolígrafos con mujeres desnudas?

Ella finge no oírle.

—Esperé y esperé —dice—. Luego cogí el autobús porque pensé que tal vez volverían a casa. Cuando vi que no estaban, telefoneé a mi hermano, y dijo que llamaría a la policía, pero luego llamó para decir que la policía no podía ayudarme porque no... porque no tengo los papeles de David. —Hace una pausa, y se queda mirando fijamente a lo lejos—. Me dijo... —añade— que me daría un hijo... no que fuese a llevarse el mío. —De pronto, se echa a llorar desconsolada—. No me lo dijo... no me lo dijo... —El enfado de él no se aplaca, pero aun así com-

179

padece a la mujer. Sin hacer caso de los estibadores, la rodea con sus brazos. Ella solloza sobre su hombro—. No me lo dijo…

«Me dijo que me daría un hijo.» A Simón la cabeza le da vueltas.

—Vamos —dice—. Vayamos a un sitio más discreto. —La lleva detrás del cobertizo—. Escúcheme, Inés. Estoy seguro de que David está a salvo. Daga no se atrevería a hacerle nada. Vuelva al apartamento y espere allí. Averiguaré dónde vive e iré a verle. —Hace una pausa—. ¿A qué se refería con lo de que le daría un hijo?

Ella se suelta. Deja de sollozar.

—¿Usted que cree? —dice, con un tono seco y cortante.

Media hora más tarde está en el Centro de Reubicación.

—Necesito cierta información urgentemente —le dice a Ana—. ¿Conoce a un hombre llamado Daga? Tiene unos treinta años, es delgado, lleva un aro en la oreja. Trabajó una temporada en los muelles.

—¿Por qué lo pregunta?

—Porque tengo que hablar con él. Le ha robado el niño a su madre y ha desaparecido. Si no me ayuda usted tendré que ir a la policía.

—Se llama Emilio Daga. Todo el mundo lo conoce. Vive en los Bloques de la Ciudad. Al menos, está registrado ahí.

—¿En qué parte de los Bloques exactamente?

Va a un archivador lleno de cajones de cartón, vuelve con una dirección escrita sobre un trozo de papel.

—La próxima vez que venga —dice—, cuénteme cómo encontró a su madre. Me gustaría saberlo, si tiene usted tiempo.

Los Bloques de la Ciudad es el más deseado de los complejos administrados por el Centro. La dirección que le ha dado Ana le lleva a un apartamento en lo alto del bloque principal. Llama a la puerta. Le abre una mujer joven y atractiva, aunque demasiado maquillada, que se tambalea sobre unos tacones. De hecho, todavía no es una mujer… duda de que tenga más de dieciséis años.

—Busco a un tal Emilio Daga —dice—. ¿Sabe si vive aquí?

–Claro –responde la chica–. Pase. ¿Ha venido a recoger a David?

El interior huele a cerrado y a humo de cigarrillo. Daga, descalzo y con una camiseta de algodón y unos tejanos, está sentado ante una enorme ventana con vistas a la ciudad y el sol poniente. Se gira en la silla y levanta una mano a modo de saludo.

–He venido a por David –dice.

–Está en el dormitorio viendo la televisión –dice Daga–. ¿Es usted su tío? ¡David! ¡Ha venido tu tío!

El niño entra corriendo muy excitado desde la habitación contigua.

–¡Simón, ven a ver! ¡Es Mickey Mouse! Tiene un perro llamado Pluto y está conduciendo un tren, y los pieles rojas le están lanzando flechas. ¡Deprisa!

Él no le hace caso y le espeta a Daga:

–Su madre ha estado fuera de sí de preocupación. ¿Cómo ha podido hacerle esto?

Nunca había estado tan cerca de Daga. Los descarados rizos dorados resultan ser grasientos y ásperos.

Tiene un agujero en el sobaco de la camiseta. Para su sorpresa, el hombre no le inspira ningún temor.

Daga no se levanta.

–Tranquilo, *viejo* –dice–. Hemos pasado un buen rato juntos. Luego el crío echó una siestecita. Ha dormido como un tronco, igual que un ángel. Y ahora está viendo un programa infantil. ¿Qué tiene de malo?

Él no responde.

–¡Ven, David! –grita–. Nos vamos. Dile adiós al señor Daga.

–¡No! ¡Quiero ver a Mickey Mouse!

–Ya lo verás la próxima vez –dice Daga–. Te lo prometo. Lo guardaremos aquí para cuando vuelvas.

–¿Y a Pluto?

–Y a Pluto. Lo guardaremos también, ¿verdad, cariño?

–Claro –dice la chica–. Los meteremos en la caja de los ratones hasta la próxima.

–Vamos –le dice al niño–. Tu madre ha estado preocupada.

—No es mi madre.

—Pues claro que sí. Te quiere mucho.

—Y si no es tu madre, ¿quién es, muchacho? —pregunta Daga.

—Una señora. Yo no tengo madre.

—La tienes. Es Inés —responde él, Simón—. Dame la mano.

—¡No! No tengo ni madre ni padre. Solo estoy yo.

—Bobadas. Todos tenemos un padre y una madre.

—¿Tú tienes madre? —dice el niño dirigiéndose a Daga.

—No —responde Daga—. Yo tampoco tengo madre.

—¿Lo ves? —dice triunfal el niño—. Quiero quedarme contigo. No quiero ir con Inés.

—Ven aquí —dice Daga. El niño acude correteando; lo sienta en sus rodillas. El niño se acurruca contra su pecho, con el pulgar en la boca—. ¿Quieres quedarte conmigo? —El niño asiente—. Quieres vivir con Frannie y conmigo, los tres solos? —El niño vuelve a asentir—. ¿Te parece bien que David se venga a vivir con nosotros, cariño?

—Claro —dice la chica.

—Él no es quién para decidirlo —dice él, Simón—. No es más que un niño.

—Cierto. No es más que un niño. La decisión deben tomarla sus padres. Pero, como habrá oído, no tiene padres. Así que ¿qué hacemos?

—David tiene una madre que lo quiere tanto como cualquier otra madre en el mundo. En cuanto a mí, puede que no sea su padre, pero cuido de él. Lo cuido, le quiero y me ocupo de él. Se viene conmigo.

Daga escucha su breve alegato en silencio y luego, para su sorpresa, esboza una sonrisa muy atractiva mostrando su dentadura perfecta.

—Eso está bien —dice—. Lléveselo a su madre. Dígale que lo hemos pasado muy bien. Y que conmigo está seguro. Te sientes seguro conmigo, ¿verdad, muchacho? —El niño asiente sin sacarse el pulgar de la boca—. Bien, entonces tal vez vaya siendo hora de volver con tu caballeroso protector. —Levanta al niño de su regazo—. Vuelve pronto, ¿prometido? Ven a ver a Mickey.

22

—¿Por qué tenemos que hablar siempre en español?

—Algún idioma tenemos que hablar para no ladrar y aullar como animales. Y, ya puestos, es mejor que todos hablemos el mismo. ¿No te parece razonable?

—Pero ¿por qué en español? Odio el español.

—No lo odias. Lo hablas muy bien. Tu español es mejor que el mío. Lo dices por llevar la contraria. ¿En qué idioma quieres hablar?

—Quiero hablar en mi propio idioma.

—No hay un idioma propio de una sola persona.

—¡Sí! *La la fa fa yam ying tu tu.*

—Eso es un galimatías. No significa nada.

—Claro que sí. Significa algo para mí.

—Tal vez, pero para mí no. El lenguaje tiene que significar algo para mí igual que para ti; de lo contrario, no se considera lenguaje.

Con un gesto que debe de haber aprendido de Inés, el niño mueve displicente la cabeza.

—¡*La la fa fa yam ying*! ¡Mírame! —Mira al niño a los ojos. Por un brevísimo instante, ve algo en ellos. No sabe cómo llamarlo. Es como (es lo que se le ocurre en ese momento) un pez que se te escapara entre los dedos al intentar atraparlo. Aunque no como un pez... no, más bien como como un pez. O como como como un pez. Y así sucesivamente. Luego se pasa el momento, y simplemente se queda mirándolo en silencio—. ¿Lo has visto? —pregunta el niño.

–No lo sé. Espera un minuto, estoy un poco confundido.

–¡Sé lo que estás pensando! –dice el niño con una sonrisa triunfante.

–No, es imposible.

–Estás pensando que puedo hacer magia.

–Ni muchísimo menos. No tienes ni idea de lo que pienso. Y ahora préstame atención. Voy a decirte algo acerca del lenguaje, algo importante que quiero que aprendas de memoria.

»Al llegar a este país todo el mundo es extranjero. Yo lo fui. Tú lo fuiste. Inés y sus hermanos lo fueron una vez. Llegamos de lugares diferentes y con pasados diferentes, en busca de una nueva vida. Pero ahora estamos todos en el mismo barco. Y tenemos que llevarnos bien unos con otros. Una de las formas de hacerlo es hablar todos el mismo idioma. Es la norma. Es una buena norma, y más vale obedecerla. Y obedecerla de corazón, no como una mula que no hace más que resistirse. De corazón y con buena voluntad. Si te niegas, si insistes en decir cosas desagradables sobre el español y en hablar tu propio idioma, acabarás viviendo en tu propio mundo. No tendrás amigos. Te rehuirán.

–¿Qué es rehuir?

–No tendrás donde caerte muerto.

–De todos modos, no tengo amigos.

–Eso cambiará cuando vayas a la escuela. En la escuela harás muchos. Además, sí tienes amigos: Fidel y Elena. Y Álvaro.

–Y El Rey.

–El Rey también.

–Y el señor Daga.

–El señor Daga no es un amigo. El señor Daga está intentando hacerte caer en la tentación.

–¿Qué es la tentación?

–Está tratando de engatusarte para apartarte de tu madre con Mickey Mouse y helados. ¿Recuerdas lo malo que te pusiste aquel día por comer tantos helados?

–También me dio agua de fuego.

—¿A qué te refieres con agua de fuego?

—Me quemó la garganta. Dice que es medicina para cuando estás triste.

—¿Lleva el señor Daga su medicina en el bolsillo dentro de una botellita plateada?

—Sí.

—Por favor, no vuelvas a beber nada de la botella del señor Daga, David. Puede que sea medicina para los adultos, pero no es buena para los niños.

No le cuenta lo del agua de fuego a Inés, pero sí a Elena.

—Está dominando al niño —le dice—. No puedo competir con él. Lleva un aro en la oreja, tiene una navaja, bebe agua de fuego. Tiene una novia guapa. Tiene a Mickey Mouse dentro de una caja. No sé cómo hacer que el crío entre en razón. También ha cautivado a Inés.

—¿Qué esperabas? Míralo desde su punto de vista. Está en una edad en la que cualquier mujer que no haya tenido hijos propios empieza a ponerse nerviosa. Es una cuestión biológica. Está receptiva, desde el punto de vista biológico. Me extraña que no lo notes.

—No pienso en Inés así… biológicamente.

—Piensas demasiado. Esto no tiene nada que ver con pensar.

—No veo por qué Inés iba a querer otro hijo. Tiene al niño. Le llegó como un regalo, caído del cielo, un regalo puro y simple. Un regalo que debería ser suficiente para cualquier mujer.

—Sí, pero no es su hijo biológico. Ella no olvidará eso. Si no haces algo al respecto, el señor Daga acabará siendo el padrastro del joven David, y luego le dará un montón de pequeños hermanastros y hermanastras Daga. Y si no es Daga, será algún otro.

—¿A qué te refieres con lo de hacer algo al respecto?

—A que le des tú un hijo.

—¿Yo? Ni se me pasaría por la cabeza. Lo mío no es la paternidad. Estoy hecho para ser tío, no padre. Además, a Inés no le gustan los hombres… o al menos esa impresión me da.

No le gustan la rudeza, la brusquedad y los pelos masculinos. No me sorprendería que intentase impedir que David se convirtiera en hombre.

—Ser padre no es una carrera, Simón. Ni tampoco una especie de destino metafísico. La mujer no tiene por qué gustarte, igual que tú no tienes por qué gustarle. Te acuestas con ella y, ¡oh, maravilla!, al cabo de nueve meses eres padre. Así de sencillo. Cualquiera puede hacerlo.

—No. La paternidad no consiste solo en acostarse con una mujer, igual que la maternidad no consiste solo en proporcionar un recipiente para la semilla masculina.

—Bueno, lo que describes cuenta como paternidad y maternidad en el mundo real. No se puede entrar en el mundo real sin la concepción por la semilla de algún hombre, la gestación en el útero de una mujer y la salida por el canal del parto de esa misma mujer. Hay que nacer de un hombre y una mujer. No hay excepciones. Perdona que te hable con tanta claridad. Así que plantéate la pregunta: «¿Va a ser mi amigo el señor Daga quien plante su semilla en Inés, o voy a ser yo?».

Mueve la cabeza.

—Ya basta, Elena. ¿Podemos cambiar de tema? David me ha contado que el otro día Fidel le tiró una piedra. ¿Qué es lo que pasa?

—No fue una piedra, sino una canica. Y es lo que le espera a David si su madre no le deja relacionarse con los otros niños y sigue animándole a creerse una especie de ser superior. Los demás niños se unirán contra él. Hablé con Fidel, le reñí, pero no servirá de nada.

—Antes se llevaban muy bien.

—Se llevaban muy bien antes de que metieras por medio a Inés y sus peculiares ideas sobre la educación de los hijos. Esa es otra razón por la que deberías hacerte valer en casa.

Él suelta un suspiro.

—¿Podemos hablar en privado? —le dice a Inés—. Tengo que proponerle una cosa.

—¿No puede esperar?

—¿De qué estáis cuchicheando? —grita el niño desde la habitación de al lado.

—De nada que te importe. —Después vuelve a dirigirse a Inés—. Por favor, ¿no podríamos salir solo un minuto?

—¿Estáis cuchicheando del señor Daga? —grita el niño.

—No tiene nada que ver con el señor Daga. Es un asunto privado entre tu madre y yo.

Inés se seca las manos y se quita el delantal. Los dos salen del apartamento, atraviesan el parque infantil y se dirigen al parque. El niño les vigila desde la ventana.

—Lo que tengo que decirle se refiere al señor Daga. —Hace una pausa, toma aliento—. Tengo entendido que desea usted tener otro hijo. ¿Me equivoco?

—¿Quién le ha dicho eso?

—David dice que va a darle usted un hermano.

—Le estaba contando un cuento antes de dormir. Se me ocurrió de repente; fue solo una idea.

—Bueno, las ideas pueden volverse realidad, igual que una semilla puede convertirse en carne y sangre. Inés, no quiero avergonzarla, así que déjeme decirle, con el mayor respeto, que si está considerando tener relaciones con un hombre con la intención de tener un hijo, puede contar conmigo. Estoy dispuesto a desempeñar ese papel. A desempeñarlo y luego apartarme y seguir siendo su protector y cuidar de usted y de sus hijos. Puede decir que soy su padrino. O, si lo prefiere, su tío. Olvidaré lo sucedido entre nosotros. Lo limpiaré de mi memoria. Será como si no hubiese ocurrido nunca.

»Ya está. Ya lo he dicho. Por favor, no me responda ahora. Reflexione.

En silencio, a la escasa luz del crepúsculo, regresan al apartamento. Inés se adelanta. Es evidente que está ofendida, o enfadada: ni siquiera se digna mirarle. Él maldice a Elena por haberle empujado a decírselo y se maldice también a sí mismo. ¡Qué modo tan crudo de ofrecerse! ¡Como si le hubiese propuesto arreglarle las cañerías!

Va tras ella, la coge del brazo, la obliga a volverse.

—Ha sido imperdonable —dice—. Lo siento. Por favor, perdóneme.

Ella no dice nada. Se queda plantada como si estuviese tallada en madera, con los brazos a los costados, esperando a que la deje marchar. Cuando la suelta, ella se aleja a trompicones.

Desde la ventana oye la voz del niño que grita:

—¡Inés, Simón, venid! ¡Ha venido el señor Daga! ¡Ha venido el señor Daga!

Maldice para sus adentros. Si estaba esperando a Daga, ¿por qué no se lo ha advertido? Además, ¿qué ve en ese hombre, con sus andares de gallito, su olor a fijador para el pelo y su voz plana y nasal?

El señor Daga no ha ido solo. Le acompaña su guapa novia, con un vestido blanco con volantes rojos, y unos pendientes muy gruesos en forma de rueda de carro que se balancean cuando se mueve. Inés la saluda con gélida reserva. Daga por su parte parece encontrarse a sus anchas en el apartamento, se tumba en la cama y no hace nada por tranquilizar a la chica.

—El señor Daga quiere que vayamos a bailar —anuncia el niño—. ¿Podemos ir?

—Esta noche nos esperan en La Residencia. Ya lo sabes.

—¡No quiero ir a La Residencia! ¡Es aburrido! ¡Quiero ir a bailar!

—No puedes ir a bailar. Eres muy pequeño.

—¡Sé bailar! ¡No soy pequeño! Os lo demostraré. —Da unas vueltas por la habitación, con cierta gracia y ligereza con sus blandos zapatos azules—. ¡Qué! ¿Lo habéis visto?

—No vamos a ir a bailar —dice Inés con firmeza—. Diego va a pasar a buscarnos, y vamos a ir con él a La Residencia.

—¡Pues que vengan también Frannie y el señor Daga!

—El señor Daga tiene sus propios planes. No puedes pedirle que deje sus planes y nos acompañe. —Habla de Daga como si no estuviese en la habitación–. Además, sabes muy bien que en La Residencia no se permiten visitas.

–Yo soy una visita –objeta el niño–. Y me dejan pasar.

–Sí, pero tú eres distinto. Tu eres mi hijo. La luz de mi vida.

«La luz de mi vida.» ¡Vaya cosa más rara para decirla en presencia de desconocidos!

Entonces hace su aparición Diego, y también el otro hermano, el que nunca abre la boca. Inés les saluda aliviada.

–Ya estamos. David, ve a por tus cosas.

–¡No! –dice el niño–. No quiero ir. Quiero celebrar una fiesta. ¿Podemos celebrar una?

–No hay tiempo para celebrar una fiesta, y no tenemos nada que ofrecer a nuestros invitados.

–¡No es verdad! ¡Tenemos vino! ¡En la cocina! –En un santiamén trepa a la encimera y se aúpa hasta el estante de arriba–. ¿Lo ves? –grita, mostrando la botella con gesto triunfal–. Tenemos vino.

Sonrojándose, Inés intenta quitarle la botella.

–No es vino, es jerez –dice.

Pero él se le escapa.

–¿Quién quiere vino? ¿Quién quiere vino? –canturrea.

–¡Yo! –dice Diego.

–¡Y yo! –dice el hermano callado.

Ambos se están riendo con gran desconcierto por parte de su hermana. El señor Daga se apunta también:

–¡Y yo!

–No hay vasos suficientes para los seis, así que el niño da la vuelta con la botella y un vaso, sirve jerez a cada uno de ellos y espera solemnemente a que se lo beban.

Le llega el turno a Inés, que fruñe el ceño y aparta el vaso con un gesto.

–¡Tienes que beber! ¡Tienes que beber! –ordena el niño–. ¡Esta noche soy el rey y ordeno que tienes que beber!

Inés da un sorbito educado.

–Y ahora yo –anuncia el niño, y antes de que nadie pueda detenerle se lleva la botella a los labios y echa un buen trago.

Por un instante mira triunfante al grupo. Luego se atraganta, tose, escupe—. ¡Es horrible! —balbucea.

La botella se le cae de la mano. Ágilmente, el señor Daga la rescata.

Diego y su hermano se retuercen de risa.

—¿Qué os ocurre, noble rey? —grita Diego—. ¿Acaso no soportáis el licor?

El niño recobra el aliento.

—¡Más! —grita—. ¡Más vino!

Si Inés no va a intervenir, ya es hora de que lo haga Simón.

—¡Ya basta! —dice—. Es tarde, David, ya es hora de que se vayan nuestros invitados.

—¡No! —exclama el niño—. ¡No lo es! Quiero jugar a un juego. Quiero jugar a «¿Quién soy?».

—¿A «Quién soy»? —dice Daga—. ¿Cómo se juega a eso?

—Finges que eres otro y los demás tienen que adivinar quién eres. La última vez fingí que era Bolívar y Diego lo averiguó enseguida, ¿verdad, Diego?

—¿Y qué pasa si pierdes? —pregunta Daga—. ¿Qué prenda nos das si lo adivinamos? —El niño parece perplejo—. En los viejos tiempos —dice Daga— si lo adivinábamos tenías que contarnos un secreto, tu secreto más preciado.

El niño calla.

—Tenemos que irnos, no hay tiempo para juegos —dice tímidamente Inés.

—¡No! —dice el niño—. Quiero jugar a otra cosa. Quiero jugar a Verdad o Reto.

—Eso suena mejor —dice Daga—. Enséñanos a jugar a Verdad o Reto.

—Yo hago una pregunta y vosotros tenéis que contestar, pero no podéis mentir, tenéis que decir la verdad. Si mentís, deberéis pagar una prenda. ¿De acuerdo? Yo empiezo. Diego, ¿tienes el culo limpio? —Se hace un silencio. El otro hermano se ruboriza, luego estalla en carcajadas. El niño se ríe encantado y se pone a bailar y a dar vueltas—. Vamos —dice—. ¡Verdad o Reto!

—Solo una vez más —concede Inés—. Y sin preguntas maleducadas.

—Sin preguntas maleducadas —acepta el niño—. Me toca otra vez. Mi pregunta es para… —Recorre la habitación con la mirada, de un rostro a otro—. Mi pregunta es para… ¡Inés! Inés, ¿quién es el que más te gusta en el mundo?

—Tú. Tú eres quien más me gusta.

—¡No, yo no! ¿Qué hombre te gusta más en el mundo para que te haga un bebé en la barriga?

Se produce un silencio. Inés frunce los labios.

—¿Te gusta más él, o él, o él, o él? —pregunta el niño señalando por turno a los cuatro hombres presentes.

Él, Simón, el cuarto hombre, interviene.

—Sin preguntas maleducadas —dice—. Esa pregunta es maleducada. Una mujer no hace un bebé con su hermano.

—¿Por qué no?

—Pues porque no. No hay ningún porqué.

—¡Lo hay! ¡Puedo hacer la pregunta que quiera! Es un juego. ¿Quieres que te haga un bebé Diego, Inés? ¿O prefieres que te lo haga Stefano?

Por el bien de Inés, vuelve a intervenir.

—¡Ya basta!

Diego se pone de pie.

—Vámonos —dice.

—¡No! —insiste el niño—. ¡Verdad o Reto! ¿Quién te gusta más, Inés?

Diego se vuelve hacia su hermana.

—Di algo, di algo.

Inés calla.

—Inés no quiere saber nada de hombres —dice Diego—. Ahí tienes tu respuesta. No nos quiere a ninguno. Quiere ser libre. Y ahora vámonos.

—¿Es cierto? —le dice el niño a Inés—. No es cierto, ¿a que no? Me prometiste que tendría un hermano.

Una vez más, interviene.

—Solo una pregunta cada uno, David. Son las reglas. Has

hecho tu pregunta y ya tienes tu respuesta. Como dice Diego, Inés no nos quiere a ninguno.

—¡Pero yo quiero un hermano! ¡No quiero ser hijo único! ¡Es muy aburrido!

—Si de verdad quieres un hermano, búscate tú uno. Empieza por Fidel. Adopta a Fidel como hermano. Los hermanos no siempre tienen que salir del mismo útero. Empieza una hermandad por tu cuenta.

—No sé qué es una hermandad.

—Me sorprende. Cuando dos chicos acuerdan ser hermanos, inician una hermandad. Así de simple. Pueden buscar a otros chicos y hacerlos hermanos también. Pueden jurarse lealtad unos a otros y escoger un nombre: la Hermandad de las Siete Estrellas o la Hermandad de la Cueva o algo por el estilo. Incluso la Hermandad de David, si quieres.

—O puede ser una hermandad secreta —interrumpe Daga. Los ojos le brillan y esboza una sonrisita. El niño, que apenas ha prestado atención a lo que decía Simón, parece transfigurado—. Puedes hacer que juren guardar el secreto. Nadie tiene por qué saber quiénes son tus hermanos secretos.

Él interrumpe el silencio.

—Basta por esta noche. David, ve a buscar tu pijama. Has hecho esperar demasiado a Diego. Piensa en un buen nombre para tu hermandad. Luego, cuando vuelvas de La Residencia, puedes invitar a Fidel a ser tu primer hermano. —Se vuelve hacia Inés—. ¿Está usted de acuerdo? ¿Da su aprobación?

23

–¿Dónde está El Rey?

El carro se halla en el muelle, vacío, listo para que lo carguen, pero el sitio de El Rey lo ocupa un caballo que no han visto antes, un caballo castrado de color negro con una mancha blanca en la frente. Cuando el niño se acerca demasiado, el nuevo caballo mueve nervioso los ojos y da patadas en el suelo.

–¡Eh! –le grita Álvaro al carretero, que aguarda adormilado en el pescante–. ¿Dónde está la yegua grande? Este joven ha venido especialmente para verla.

–Tiene la gripe equina.

–Se llama El Rey –dice el niño–. Y no es una yegua. ¿Podemos ir a verlo?

Álvaro y el carretero intercambian una mirada precavida.

–El Rey está en el establo, descansando –dice Álvaro–. El médico de caballos va a darle una medicina. Podremos visitarlo cuando esté mejor.

–Quiero verlo ahora. Puedo hacer que mejore.

Él, Simón, interviene.

–Ahora no, chico. Hablemos antes con Inés. Mañana tal vez podamos ir los tres al establo.

–Es mejor esperar unos días –dice Álvaro, y le lanza una mirada que él no sabe interpretar–. Denle oportunidad a El Rey de recuperarse. La gripe equina es muy grave, peor que la gripe humana. Los que la contraen necesitan silencio y descanso, no visitas.

—Quiere visitas —dice el niño—. Me quiere a mí. Soy su amigo.

Álvaro hace un aparte con él, Simón.

—Será mejor que no lleve al crío a los establos —dice; y cuando sigue sin entender, añade—: La yegua es vieja. Ha llegado su hora.

—Álvaro acaba de recibir un mensaje del médico de los caballos —le dice al niño—. Han decidido enviar a El Rey a la granja caballar para que se recupere más deprisa.

—¿Qué es una granja caballar?

—Un sitio donde nacen los caballos pequeños y van a descansar los caballos viejos.

—¿Podemos ir?

—Está en el campo, no sé exactamente dónde. Lo preguntaré.

Cuando los hombres terminan de trabajar a las cuatro en punto, el niño no aparece por ninguna parte.

—Se ha ido con la última carreta —dice uno de los hombres—. Pensé que lo sabían.

Enseguida se pone en camino. Cuando llega al almacén de grano, el sol ha empezado a ponerse. El almacén está vacío, las enormes puertas están cerradas. Con el corazón latiéndole a toda prisa, busca al niño. Lo encuentra detrás del almacén, en una plataforma de carga, agachado junto al cadáver de El Rey, acariciándole la cabeza y espantándole las moscas. La recia correa de cuero que debían utilizar para izar a la yegua todavía está en torno a su vientre. Trepa a la plataforma. «¡Pobre, pobre El Rey!», murmura. Luego repara en la sangre coagulada en la oreja del caballo y en el negro agujero de bala que hay encima, y calla.

—No es nada —dice el niño—. Se pondrá bien en tres días.

—¿Eso te ha dicho el médico de caballos?

El niño mueve la cabeza.

—El Rey.

—¿Te lo ha dicho El Rey... en tres días?

El niño asiente.

—Pero no es solo la gripe equina, chico. Ya lo ves. Le han pegado un tiro, para que no sufra. Debía de estar sufriendo. Estaría sufriendo y decidieron ayudarle, para aliviarle el dolor. No se va a poner mejor. Está muerto.

—No. —Al niño le caen las lágrimas por las mejillas—. Va a ir a la granja caballar para curarse. Tú lo dijiste.

—Va a ir a la granja caballar, pero no a esta ni aquella, sino a otra, en otro mundo. Ya no tendrá que llevar arreos ni tirar de un carro pesado, sino que podrá pasearse al sol por los campos comiendo ranúnculos.

—¡No es cierto! Va a ir a la granja caballar para curarse. Lo van a subir al carro para llevarlo a la granja caballar.

El niño se agacha y aprieta los labios contra la enorme ventana de la nariz del caballo. Enseguida él lo coge por el brazo y lo aparta.

—¡No hagas eso! ¡No es higiénico! ¡Te pondrás malo!

El niño se suelta forcejeando. Está llorando a lágrima viva.

—Le salvaré —solloza—. ¡Quiero que viva! ¡Es mi amigo!

Sujeta al niño, que sigue debatiéndose, y lo abraza con fuerza.

—Mi niño, mi niño, a veces perdemos a quienes amamos y no podemos hacer otra cosa que esperar a que llegue el día en que podamos reunirnos con ellos.

—¡Quiero hacer que respire! —solloza el niño.

—Es un caballo, es demasiado grande para que le insufles vida.

—¡Pues hazlo tú!

—No servirá de nada. No tengo el aliento necesario. No tengo el aliento de la vida. Lo único que puedo hacer es entristecerme. Solo puedo lamentarme y ayudarte a sobrellevar tu dolor. Vamos, antes de que anochezca, ¿por qué no vamos al río y buscamos unas flores para ponérselas encima a El Rey? Le gustará. Era un caballo muy bueno, ¿verdad?, aunque fuese un gigante. Le gustará llegar a la granja con una guirnalda de flores en torno al cuello.

Así engatusa al niño para que se aparte del cadáver, lo lleva a la orilla del río, le ayuda a arrancar flores y a trenzar una guirnalda. Vuelven; el niño coloca la guirnalda sobre los ojos muertos y fijos.

—Ya está —dice él—. Ahora debemos dejar a El Rey. Tiene que emprender un largo viaje hasta la granja caballar. Cuando llegue, los demás caballos lo mirarán con su corona de flores y se dirán unos a otros: «¡Debió de ser un rey en su tierra! ¡Debió de ser el gran El Rey de quien tanto hemos oído hablar, el amigo de David!».

El niño le da la mano. A la luz de la luna llena vuelven por el sendero que conduce a los muelles.

—¿Crees que El Rey se estará levantando ahora? —pregunta el niño.

—Se está levantando, se está desperezando, está soltando uno de sus relinchos y se está poniendo en camino, clop, clop, clop, hacia su nueva vida. Se acabaron los llantos. No más llantos.

—No más llantos —dice el niño, que alza la vista e incluso esboza una vaga sonrisita.

24

El niño y él cumplen años el mismo día. Es decir, como llegaron en el mismo barco el mismo día, les han asignado como fecha de nacimiento la de su llegada e inicio de una vida nueva. El niño estaba condenado a tener cinco años porque los aparentaba, igual que él estaba condenado a tener cuarenta y cinco (eso dice su tarjeta) porque es la edad que aparentaba aquel día. (Se había ofendido: tenía la sensación de ser más joven. Ahora se siente mayor. Como si tuviese sesenta; hay días en que se siente como si tuviera setenta.)

Como el niño no tiene amigos, ni siquiera equinos, no tiene sentido organizarle una fiesta de cumpleaños. No obstante, Inés y él acuerdan que hay que celebrarlo como es debido. Así que Inés hace un pastel, lo glasea, coloca en él seis velitas, y le compran en secreto regalos, ella un suéter (el invierno está a la vuelta de la esquina), él un ábaco (le preocupa que el niño se resista a aprender la ciencia de los números).

La celebración del cumpleaños queda eclipsada por una carta que llega con el correo, recordándole que, tras su sexto cumpleaños, David debe matricularse en el sistema escolar público, y que la responsabilidad de hacerlo recae sobre su padre o padres, o su tutor o tutores.

Hasta entonces Inés ha animado al niño a creer que es demasiado inteligente para tener que ir a la escuela, y que solo necesita un poco de orientación para estudiar en casa. Pero su obstinación con *Don Quijote* y sus afirmaciones de que es capaz de leer y escribir, cuando es evidente que no es así, han sembrado las dudas en su imaginación. Tal vez sería mejor, admite ahora, que contara con el consejo de un maestro cualificado. Así que entre los dos le compran un tercer regalo, un estuche de cuero rojo con la inicial D grabada en oro en una esquina, con dos lápices nuevos, un sacapuntas y una goma de borrar. Se lo dan, junto con el ábaco y el suéter, el día de su cumpleaños. El estuche, le dicen, es su regalo sorpresa, para acompañar la feliz y sorprendente noticia de que pronto, tal vez la semana siguiente, va a ir a la escuela.

El niño recibe la noticia con frialdad.

—No quiero ir con Fidel —dice. Le tranquilizan. Como es mayor que él, Fidel irá a una clase distinta—. Y quiero llevarme *Don Quijote* —añade.

Él intenta disuadir al niño para que no se lleve el libro al colegio. Le explica que es propiedad de la biblioteca de los Bloques Este; si se perdiese no sabe cómo podría reemplazarlo. Además, en el colegio seguro que tienen su propia biblioteca. Pero no hay forma de convencerle.

El lunes llega pronto al apartamento para acompañar a Inés y al niño a la parada donde cogerá el autobús que lo llevará a su primer día de colegio. El niño lleva puesto su suéter nuevo, y tiene bajo el brazo su estuche de cuero rojo con la inicial D grabada y el manoseado ejemplar de *Don Quijote* de los Bloques Este. Fidel está ya en la parada de autobús con otra media docena de niños de los Bloques. David no le saluda.

Como quieren que ir a la escuela parezca parte de la vida normal, acuerdan no presionar al niño para que les cuente cosas de clase; y él, por su parte, no dice nada.

—¿Te ha ido bien en el colegio hoy? —se atreve a preguntar al quinto día.

—¡Psé! —replica el niño.

—¿Has hecho nuevos amigos?

El niño no se digna contestar.

Así sigue tres, cuatro semanas. Luego llega por correo una carta con el membrete del colegio en la esquina superior izquierda y el encabezamiento «Comunicación Extraordinaria», en la que invitan al padre / madre del alumno/a en cuestión a ponerse en contacto con la secretaria del colegio lo más pronto posible a fin de fijar un día para una entrevista con su maestro y tratar de ciertas cuestiones surgidas con su hijo / hija.

Inés telefonea al colegio.

—Estoy libre todo el día —dice—. Diga una hora y allí estaré.

La secretaria le propone las once en punto de la mañana siguiente, durante la hora libre del señor León.

—Sería mejor que viniese también el padre del niño —añade.

—Mi hijo no tiene padre —replica Inés—. Le diré a su tío que venga. También cuida de él.

El señor León, el maestro de primero, resulta ser un joven alto y delgado con barba negra y un solo ojo. El ojo tuerto, de cristal, no se mueve en la órbita; él, Simón, se pregunta si no les resultará inquietante a los niños.

—Tenemos poco tiempo —dice el señor León—, así que iré directamente al grano. David me parece un niño inteligente, muy inteligente. Es despierto, entiende las cosas a la primera. No obstante, le está costando adaptarse a algunas de las realidades del aula. Pretende hacer todo a su manera. Tal vez sea porque es un poco mayor que los demás alumnos. O porque en casa esté acostumbrado a salirse siempre con la suya. En cualquier caso, no es un desarrollo positivo.

El señor León hace una pausa, apoya la punta de los dedos de una mano contra los de la otra y espera su respuesta.

—Los niños tienen que ser libres —dice Inés—. Tienen que poder disfrutar de su infancia. Tenía mis dudas sobre la conveniencia de enviar a David tan pronto al colegio.

—Seis años no es pronto —replica el señor León—. Al contrario.

—Aun así, es muy pequeño y está acostumbrado a disfrutar de su libertad.

—Ningún niño renuncia a su libertad al ir a la escuela —dice el señor León—. No renuncia a su libertad al sentarse en silencio. Ni al prestar atención a lo que dice el maestro. La libertad no es incompatible con la disciplina y el trabajo.

—¿Es que David no se sienta en silencio? ¿No le escucha a usted?

—Es inquieto y pone nerviosos a los demás niños. Se levanta y se pasea por la clase. Sale del aula sin permiso. Y no, no presta atención a lo que digo.

—Qué raro. En casa nunca se pasea. Alguna razón habrá para que lo haga en clase. —El ojo solitario se clava en Inés—. En cuanto a la inquietud —dice ella—, siempre ha sido así. No duerme lo suficiente.

—Una dieta suave lo solucionará —dice el señor León—. Nada de especias. Ni de estimulantes. Vayamos a los datos concretos. Por desgracia, David no ha avanzado nada en la lectura. Otros niños no tan bien dotados leen mejor que él. Mucho mejor. Es como si fuese incapaz de captar algún aspecto de la lectura. Lo mismo le sucede con los números.

Él, Simón, interviene.

—Pero si le encantan los libros. Lo habrá visto. Lleva *Don Quijote* a todas partes.

—Se aferra al libro porque tiene ilustraciones —replica el señor León—. Por lo general, no es una buena idea aprender a leer con libros ilustrados. Los dibujos distraen de las palabras. Y *Don Quijote*, independientemente de lo que se pueda decir de él, no es un libro adecuado para empezar a leer. El español de David no es malo, pero no sabe leer. Ni siquiera sabe pronunciar las letras del alfabeto. Nunca he visto un caso tan extremo. Quisiera proponerles que consultáramos a un especialista, un terapeuta. Tengo la impresión, y todos los colegas a quienes he preguntado la comparten, de que podría tener un déficit.

—¿Un déficit?

—Un déficit relacionado con las actividades simbólicas. Con operar con palabras y números. No sabe leer. No sabe escribir. No sabe contar.

—En casa lee y escribe. Se pasa horas absorbido por la lectura y la escritura. Y sabe contar hasta mil, un millón.

El señor León sonríe por primera vez.

—Sabe recitar cualquier número, sí, pero no en el orden correcto. En cuanto a las marcas que hace con el lápiz, puede que a usted le parezcan una escritura, y a él también, pero no es una escritura convencional. No soy quién para juzgar si para él tienen algún significado. Es posible que sí. Tal vez indiquen un talento artístico. Lo que hace aún más necesario que lo vea un especialista. David es un niño interesante. Sería una pena perderlo. Un especialista podría decirnos si hay algún factor común detrás del déficit, por un lado, y de su creatividad, por el otro.

Suena el timbre. El señor León saca del bolsillo un cuaderno de notas, escribe en él y arranca una hoja.

—Este es el nombre de la especialista que les propongo y su número de teléfono. Viene al colegio una vez por semana, así que pueden verla aquí. Telefoneen para concertar una cita. Entre tanto, David y yo seguiremos esforzándonos. Gracias por venir a verme. Estoy seguro de que todo acabará bien.

Va a ver a Elena y le cuenta lo de la entrevista.

—¿Conoces a ese tal señor León? —le pregunta—. ¿Sabes si le dio clase a Fidel? Me cuesta dar crédito a sus quejas. Lo de que David sea desobediente, por ejemplo. Es posible que a veces resulte un tanto testarudo, pero no desobediente, al menos conmigo.

Elena no responde y llama a Fidel para que vaya a la habitación.

—Fidel, cariño, háblanos del señor León. David y él no parecen llevarse bien, y Simón está preocupado.

—El señor León es majo —dice Fidel—. Estricto.

—¿Con los niños que hablan sin esperar su turno?

—Supongo.

—¿Por qué crees que David y él no acaban de congeniar?

—No sé. David dice locuras. A lo mejor al señor León no le gusta.

—¿Locuras? ¿Cómo qué?

—No sé… Locuras que dice en el patio. Todo el mundo cree que está loco, hasta los mayores.

—Pero ¿qué locuras son esas?

—Que puede hacer desaparecer a la gente. Que puede desaparecer él. Dice que hay volcanes por todas partes, pero que solo puede verlos él.

—¿Volcanes?

—No volcanes grandes, sino pequeños. Unos que no ve nadie.

—¿Crees que asusta a los otros niños con sus historias?

—No sé. Dice que va a ser mago.

—Hace mucho tiempo que lo dice. Una vez nos contó que iba a actuar en un circo. Que iba a hacer trucos de magia y que tú serías uno de los payasos.

Fidel y su madre intercambian una mirada.

—Fidel va a ser músico, no mago, ni payaso —dice Elena—. Fidel, ¿le has dicho alguna vez a David que ibas a ser payaso?

—No —responde Fidel moviéndose inquieto en el asiento.

La entrevista con la psicóloga se celebra en las oficinas del colegio. Les hacen pasar al cuarto bien iluminado y más bien aséptico donde pasa consulta la señora Otxoa.

—Buenos días —dice sonriente, tendiéndoles la mano—. Son ustedes los padres de David. He conocido a su hijo. Él y yo hemos tenido una larga charla, varias en realidad. ¡Qué jovencito tan interesante!

—Antes de empezar —la interrumpe él—, permita que le aclare quién soy. Aunque hace mucho que conozco a David, y fui una especie de tutor suyo, no soy su padre. Sin embargo…

La señora Otxoa levanta la mano.

—Lo sé. David me lo ha contado. Dice que no ha conocido a su verdadero padre. También dice —añade volviéndose hacia Inés— que no es usted su verdadera madre. Hablemos antes de nada de esas convicciones suyas. Porque, aunque es posible que haya otros factores orgánicos (por ejemplo, la dislexia), mi sensación es que el comportamiento de David en clase tiene su origen en una situación familiar desconcertante, sobre todo para un niño, y en la incertidumbre acerca de quién es y de dónde procede.

Inés y Simón intercambian una mirada:

—Ha utilizado usted la palabra «verdadero» —responde él—. Dice que no somos su padre ni su madre verdaderos. ¿A qué se refiere exactamente? Es posible que esté concediendo demasiada importancia a la biología.

La señora Otxoa frunce los labios y mueve la cabeza.

—No nos pongamos tan teóricos. Concentrémonos en la experiencia de David y en su comprensión de lo que es verdadero. Lo que intento sugerir es que David echa de menos lo verdadero en su vida. Esa experiencia de echar de menos lo verdadero incluye la experiencia de no tener verdaderos padres. David no tiene un asidero en la vida. Por eso se recluye en un mundo de fantasía que cree poder controlar.

—Pero sí tiene un asidero —dice Inés—. Yo soy ese asidero. Le quiero. Le quiero más que nada en el mundo. Y él lo sabe.

La señora Otxoa asiente.

—Desde luego. Me ha contado lo mucho que le quiere… lo mucho que le quieren ambos. La buena voluntad que le demuestran le hace muy feliz; y él también siente muy buena voluntad por ustedes. No obstante, le falta algo, algo que no pueden reemplazar el amor ni la buena voluntad. Porque, aunque un ambiente positivo tiene una gran importancia, no es suficiente. Es de esa diferencia, de la falta de una verdadera presencia paterna, de lo que quería que hablásemos hoy. ¿Por qué, se preguntarán? Pues porque, como acabo de decirles, creo que las dificultades de aprendizaje de David se basan en su confusión ante un mundo del que han desaparecido sus padres verdaderos, un mundo al que no sabe cómo llegó.

—David llegó en barco, como todo el mundo —objeta él—. Del barco al campamento y del campamento a Novilla. Ninguno sabemos más sobre nuestros orígenes. Estamos más o menos limpios de recuerdos. ¿Qué tiene de especial el caso de David? ¿Y qué tiene eso que ver con la lectura y la escritura, y con los problemas de David en clase? Ha hablado usted de dislexia. ¿Padece David dislexia?

—He aludido a la dislexia como una posibilidad. No le he hecho las pruebas. Pero, si la padeciera, mi impresión es que sería solo un factor añadido. No, por responder a su pregunta, creo que lo que David tiene de especial es que cree ser especial, e incluso anormal. Por supuesto, no es anormal. Y en cuanto a lo de especial, dejemos de lado la cuestión por el momento. Esforcémonos por ver el mundo con sus ojos, sin tratar de imponerle nuestra visión. David quiere saber quién es en realidad, pero cuando pregunta recibe respuestas evasivas como «¿A qué te refieres con eso de "en realidad?"», o «Ninguno tenemos pasado, estamos limpios de recuerdos», ¿podemos culparle por sentirse frustrado y rebelde y por recluirse en un mundo personal donde es libre de inventar sus propias respuestas?

—¿Nos está diciendo que las páginas ilegibles que escribe para el señor León son relatos sobre su procedencia?

—Sí y no. Son relatos para sí mismo, no para nosotros. Por eso los escribe con su propio código.

—¿Y cómo lo sabe si no puede leerlos? ¿Se los ha traducido él?

—Señor, para que mi relación con David llegue a dar frutos, es importante que él pueda confiar en que no voy a desvelar lo que nos decimos. Incluso un niño tiene derecho a tener sus secretillos. Pero, a juzgar por las conversaciones que hemos tenido, sí, creo que está escribiendo relatos imaginados sobre sí mismo y su verdadera familia. Y los oculta por el afecto que les tiene a ustedes y por miedo a que puedan disgustarse.

—¿Y cuál es su familia verdadera? ¿De donde, según él, procede en realidad?

—No soy quién para decirlo. Pero hay cierta carta. Me ha hablado de una carta en la que figuraban los nombres de sus verdaderos padres. Dice, señor, que usted sabe lo de la carta. ¿Es cierto?

—¿Una carta de quién?

—Afirma que llevaba la carta consigo cuando llegó en el barco.

—¡Ah, esa! No, se equivoca usted, la carta se perdió antes de que llegásemos a tierra. Se extravió durante el viaje. No llegué a verla. Si acepté la responsabilidad de ayudarle a encontrar a su madre fue precisamente porque había extraviado la carta. De lo contrario habría quedado indefenso. Aún seguiría en Belstar, en el limbo.

La señora Otxoa toma vigorosamente notas en su cuaderno.

—Pasemos ahora —dice, dejando el bolígrafo— a la dificultad práctica del comportamiento de David en el aula. Su insubordinación. Su falta de progresos. Y las consecuencias de esa insubordinación y falta de progresos para el señor León y los demás niños de la clase.

—¿Insubordinación? —Espera que Inés añada su voz a la suya, pero no, está dejando que hable él—. En casa, señora, David siempre se porta bien y es educado. Me cuesta creer los informes del señor León. ¿A qué se refiere exactamente con insubordinación?

—A que cuestiona constantemente su autoridad como profesor. A que se niega a aceptar sus indicaciones. Lo que me lleva a la cuestión principal. Quisiera proponerles que separemos a David de las clases normales, al menos de momento, y lo apuntemos a un programa de tutorías adaptadas a sus necesidades individuales. Donde pueda avanzar a su ritmo, dada su complicada situación familiar. Hasta que pueda volver con su clase. Cosa que confío en que podrá hacer, pues se trata de un niño inteligente y despierto.

—¿Y ese programa de tutorías…?

—El programa en que he pensado se lleva a cabo en el Centro de Aprendizaje Especial de Punta Arenas, que se encuentra no muy lejos de Novilla, en la costa, en un lugar muy agradable.

—¿A qué distancia?

—Cincuenta kilómetros más o menos.

—¡Cincuenta kilómetros! Es un viaje muy largo para que un niño pequeño vaya y venga a diario. ¿Hay algún autobús?

—No. David residirá en el Centro de Aprendizaje y, si quiere, pasará una de cada dos semanas en casa. Nuestra experiencia es que es mejor que el niño viva en el Centro. Así puede poner cierta distancia con una situación doméstica que podría estar contribuyendo al problema.

Inés y él cruzan una mirada.

—¿Y si declinamos? —pregunta—. ¿Y si preferimos que siga en la clase del señor León?

—¿Y si preferimos sacarlo de este colegio donde no está aprendiendo nada? —interviene Inés alzando la voz—. Y donde no le corresponde estar por edad. Esa es la verdadera razón por la que está teniendo dificultades. Porque es demasiado joven.

—El señor León no quiere a David en su clase, y después de hacer mis propias averiguaciones lo comprendo. En cuanto a su edad, David está en edad escolar. Señor, señora, les ofrezco mi consejo pensando en el interés de David. No está haciendo progresos en la escuela. Es una influencia disruptiva. Apartarlo del colegio y devolverlo a un ambiente doméstico que le resulta claramente perturbador no es una solución. Debemos tomar medidas distintas y decididas. Por eso les propongo Punta Arenas.

—¿Y si nos negamos?

—Señor, preferiría que no lo planteara en esos términos. Confíe en mí, Punta Arenas es la mejor opción. Si usted y la señora quieren visitarlo antes, puedo arreglarlo para que vean con sus propios ojos que se trata de una institución de primera.

—Pero si visitamos la institución y seguimos negándonos, ¿qué ocurriría?

—¿Que qué ocurriría? —La señora Otxoa extiende las manos con un gesto de impotencia—. Al principio de nuestra conversación ha reconocido usted que no es el padre del niño. En sus papeles no se dice nada de su familia, de su verdadera familia. Me atrevería a decir que sus cualificaciones para determinar dónde debe recibir su educación son extremadamente débiles.

—O sea, que nos quitarían al niño.

—Por favor, no lo vea de ese modo. No estamos quitándoles al niño. Podrían verlo con regularidad cada dos semanas. Su casa seguiría siendo su hogar. A todos los efectos, continuarían siendo sus padres, a menos que él decidiera que quiere separarse de ustedes. Cosa que no ha dado a entender en modo alguno. Al contrario, les aprecia mucho a ambos… y está muy unido a ustedes.

»Repito, Punta Arenas es en mi opinión la mejor solución al problema al que nos enfrentamos, y además es una solución generosa. Piénsenlo. Tómense su tiempo. Visiten Punta Arenas, si lo desean. Luego podemos discutir los detalles con el señor León.

—¿Y entretanto?

—Entretanto, les sugiero que se lleven a David a casa con ustedes. No le está haciendo ningún bien estar en la clase del señor León, y desde luego no está beneficiando en nada a sus compañeros.

25

–¿Por qué volvemos a casa tan pronto?

Los tres están en el autobús, camino de los Bloques.

–Porque ha sido un error –dice Inés–. Los niños de tu clase son demasiado mayores. Y el maestro, ese tal señor León, no sabe explicar.

–El señor León tiene un ojo mágico. Puede quitárselo y guardárselo en el bolsillo. Uno de los niños le vio hacerlo. –Inés guarda silencio–. ¿Iré mañana a la escuela?

–No.

–Para ser exactos –interviene él–, no volverás a la escuela del señor León. Tu madre y yo te buscaremos una escuela distinta. Tal vez.

–No vamos a buscar nada –dice Inés–. Lo de la escuela ha sido una mala idea desde el principio. No sé por qué lo permití. ¿Qué decía esa mujer sobre la dislexia? ¿Qué es la dislexia?

–No poder leer las palabras en el orden correcto. No poder leer de izquierda a derecha. Algo por el estilo. No lo sé.

–No tengo dislexia –dice el niño–. No tengo nada. ¿Van a mandarme a Punta Arenas? No quiero ir.

–¿Qué sabes tú de Punta Arenas? –pregunta él.

–Que hay una valla con alambre de espino, tienes que dormir en un dormitorio común y no te dejan volver a casa.

–Nadie va a enviarte a Punta Arenas –dice Inés–. Al menos, mientras yo siga con vida.

–¿Te vas a morir? –pregunta el niño.

—No, claro que no. Es solo una forma de hablar. No vas a ir a Punta Arenas.

—He olvidado mi cuaderno. El cuaderno de clase. Está en mi mesa. ¿Podemos volver a buscarlo?

—No. Ahora no. Ya iré yo otro día.

—Y mi estuche.

—¿El estuche que te regalamos por tu cumpleaños?

—Sí.

—Lo recogeré también. No te preocupes.

—¿Quieren enviarme a Punta Arenas por mis historias?

—No es que quieran enviarte a Punta Arenas —responde él—. Lo que pasa es que no saben qué hacer contigo. Eres un niño excepcional y no saben qué hacer con los niños excepcionales.

—¿Por qué soy excepcional?

—No eres quién para preguntártelo. Sencillamente lo eres, y tendrás que vivir con ello. A veces te facilitará la vida y otras te la hará más difícil. Este es uno de los casos en que te la hace más difícil.

—No quiero ir a la escuela. No me gusta. Puedo aprender solo.

—No lo creo, David. Me parece que llevas demasiado tiempo aprendiendo solo. Eso es parte del problema. Necesitas un poco más de humildad y de disposición a aprender de los demás.

—Me puedes enseñar tú.

—Gracias. Eres muy amable. Como recordarás, en el pasado me he ofrecido a enseñarte varias veces y siempre me has rechazado. Si me hubieses dejado enseñarte a leer, escribir y contar como es debido, ahora no tendríamos tantas complicaciones. —La fuerza de ese estallido entristece al niño, que lo mira dolido y sorprendido—. Pero eso es agua pasada —se apresura a añadir—. Los dos empezaremos desde cero.

—¿Por qué no le soy simpático al señor León?

—Sí le eres simpático —dice—. Lo que pasa es que tiene que enseñar a toda una clase y no tiene tiempo para dedicarte atención personalizada. Quiere que los niños trabajen solos parte del tiempo.

—No me gusta trabajar.

—Todos tenemos que trabajar, así que más vale que te vayas acostumbrando. El trabajo es parte del destino de la humanidad.

—No me gusta trabajar, me gusta jugar.

—Sí, pero no puedes pasarte el tiempo jugando. El momento de jugar es después de acabar el trabajo del día. Cuando llegas a clase por la mañana el señor León espera que trabajes. Es bastante razonable.

—Al señor León no le gustan mis historias.

—No pueden gustarle porque no puede leerlas. ¿Qué historias le gustan?

—Las historias sobre las vacaciones. Lo que hace la gente en vacaciones. ¿Qué son las vacaciones?

—Las vacaciones son días libres, días en los que no hay que trabajar. Hoy tienes vacaciones el resto del día. No tienes que estudiar más.

—¿Y mañana?

—Mañana aprenderás a leer, escribir y contar como una persona normal.

—Voy a escribir una carta al colegio —le dice a Inés—, para notificarles formalmente que vamos a quitar a David de la escuela. Y que nos encargaremos de su educación nosotros mismos. ¿Está usted de acuerdo?

—Sí. Y, ya puestos, escriba también a ese tal señor León. Pregúntele qué hace dando clase a niños pequeños. Dígale que no es un trabajo para un hombre.

Él escribe:

> Querido señor León:
> Gracias por presentarnos a la señora Otxoa.
> La señora Otxoa ha propuesto que nuestro hijo David sea trasladado a un colegio especial en Punta Arenas.

Después de considerarlo despacio, hemos decidido no adoptar esa medida. A nuestro juicio, David es demasiado joven para vivir lejos de sus padres. También dudamos de que vaya a recibir la atención adecuada en Punta Arenas. Por tanto, procederemos a educarlo en casa. Tenemos el convencimiento de que sus dificultades de aprendizaje pronto serán cosa del pasado. Tal como usted mismo ha reconocido, es un niño brillante que aprende muy deprisa.

Le agradecemos sus esfuerzos. Incluimos una copia de la carta que hemos enviado al director notificándole que vamos a quitar al niño del colegio.

No reciben respuesta. En vez de eso, les llega por correo un formulario de tres páginas para solicitar la admisión en Punta Arenas, junto a una lista de la ropa y los objetos personales (cepillo de dientes, pasta de dientes, peine) que debería llevar un nuevo alumno, y un pase de autobús. Ellos no hacen caso.

Después reciben una llamada de teléfono, no del colegio ni de Punta Arenas, sino, por lo que Inés puede deducir, de algún despacho administrativo en la ciudad.

—Hemos decidido no enviar a David a la escuela —informa Inés a la mujer al otro lado del teléfono—. La enseñanza no le estaba sirviendo de nada. Aprenderá en casa.

—Solo se permite educar a un niño en casa si el padre es un profesor acreditado. ¿Es usted una profesora acreditada?

—Soy la madre de David, y nadie más que yo decidirá cómo educarlo.

Una semana después llega otra carta, con el encabezamiento «Notificación del Tribunal», donde se cita «al padre(s) y/o tutor(es)» a comparecer ante un tribunal de investigación el 21 de febrero a las 9.00 para justificar los motivos por los que el niño en cuestión no debe ser trasladado al Centro Especial de Aprendizaje de Punta Arenas.

—Me niego —dice Inés—. Me niego a comparecer ante su tribunal. Voy a llevarme a David a La Residencia y me quedaré allí con él. Si alguien pregunta dónde estamos, dígale que nos hemos ido a vivir al campo.

—Por favor, Inés, piénselo bien. Si lo hace, se convertirá en una fugitiva. Alguien en La Residencia (ese portero tan legalista, por ejemplo) acabará informando a las autoridades. Presentémonos ante ese tribunal, usted, David y yo. Démosles la oportunidad de ver que el niño no tiene cuernos, que solo es un crío de seis años, demasiado joven para que lo separen de su madre.

»Esto ya no es un juego —advierte al niño—. Si no convences a esa gente de que quieres aprender, te enviarán a Punta Arenas y al alambre de espino. Coge tu libro. Vas a aprender a leer.

—Pero si ya sé leer —dice el niño con paciencia.

—Solo sabes leer a tu manera absurda. Te voy a enseñar a leer correctamente.

El niño sale corriendo de la habitación, vuelve con su *Don Quijote*, y lo abre por la primera página. «En un lugar de La Mancha… —lee, despacio pero con seguridad, dando a cada palabra su propio peso—, de cuyo nombre no quiero acordarme, vivía un caballero que tenía un rocín flaco y un perro».

—Muy bien. Pero ¿cómo sé que no te has aprendido el pasaje de memoria? —Escoge una página al azar—. Lee.

—«Dios sabe si hay Dulcinea o no en el mundo —lee el niño—, si es o no fatánstica».

—Fantástica. Continúa.

—«Son cosas que no pueden probarse ni refutarse. Ni la engendré ni la traje al mundo». ¿Qué significa «engendré»?

—Don Quijote se refiere a que no es el padre ni la madre de Dulcinea. Engendrar es lo que hace el padre para ayudar a hacer el bebé. Continúa.

—«Ni la engendré ni la traje al mundo, pero la venero como debería venerarse a una dama cuyas virtudes la hacen famosa en el mundo entero». ¿Qué es «venerar»?

—Venerar es adorar. ¿Por qué no me habías dicho que sabías leer?

—Te lo dije. Pero no me escuchaste.

—Fingiste que no sabías. ¿Sabes escribir también?

—Sí.

—Coge el lápiz. Escribe lo que voy a dictarte.

—No tengo lápiz. Olvidé mis lápices en el colegio. Dijiste que irías a buscarlos. Lo prometiste.

—No lo he olvidado.

—¿Me regalaréis un caballo en mi próximo cumpleaños?

—¿Uno como El Rey?

—No, un caballito que pueda dormir conmigo en mi cuarto.

—Sé sensato, chico. No puedes tener un caballo en un apartamento.

—Inés tiene a Bolívar.

—Sí, pero un caballo es mucho más grande que un perro.

—Puedo tener una cría de caballo.

—Una cría de caballo crecerá y se hará grande. Te diré lo que vamos a hacer. Si eres bueno y le demuestras al señor León que puedes asistir a sus clases, te conseguiremos una bicicleta.

—No quiero una bicicleta. Con una bicicleta no se puede salvar a la gente.

—Pues no te vamos a regalar un caballo, así que no hay más que hablar. Escribe: «Dios sabe si hay Dulcinea o no en el mundo». Déjame ver. —El niño le enseña su cuaderno donde ha escrito en español: *Deos sabe si hay Dulcinea o no en el mundo*. La línea de palabras avanza firmemente de izquierda a derecha; las letras están espaciadas y perfectamente formadas—. Estoy impresionado —dice—. Solo una observación: en español, Dios se escribe *Dios*, no *Deos*. Por lo demás, estupendo. De primera. Así que sabías leer y escribir y estabas engañándonos a tu madre, a mí y al señor León.

—No estaba engañándoos. ¿Quién es Dios?

—«Dios sabe» es una expresión. Es solo una manera de decir que nadie lo sabe. Es imposible...

—¿Dios es nadie?

—No cambies de tema. Dios no es nadie, pero vive demasiado lejos para que hablemos o tratemos con él. En cuanto a si él se fija en nosotros, *Dios sabe*. ¿Qué vamos a decirles a la señora Otxoa y al señor León? ¿Cómo vamos a explicarles que les estabas tomando el pelo y que sabías leer y escribir? ¡Inés, venga aquí un momento! David tiene algo que enseñarle.

Le da el cuaderno de ejercicios. Ella lee.

—¿Quién es Dulcinea? —pregunta.

—Da igual. Es una mujer de la que está enamorado don Quijote. No es una mujer real. Es solo un ideal. Una idea en su imaginación. Mire lo bien que ha escrito las letras. Sabía escribir todo el tiempo.

—Pues claro que sabe escribir. Sabe hacer cualquier cosa… ¿verdad, David? Sabes hacer cualquier cosa. Eres hijo de tu madre.

Con una gran sonrisa pintada en el rostro y (eso le parece a él) muy pagado de sí mismo, David trepa a la cama y extiende los brazos hacia su madre, que lo abraza. Cierra los ojos y se deja llevar por la felicidad.

—Vamos a volver al colegio —le anuncia al niño—, tú, Inés y yo. Vamos a llevarnos *Don Quijote*. Y le demostraremos al señor León que sabes leer. Una vez lo hayamos hecho, le dirás lo mucho que sientes haber causado todo este lío.

—No voy a volver al colegio. No me hace falta. Ya sé leer y escribir.

—La elección ya no es la escuela del señor León o quedarte en casa, sino la escuela del señor León o la escuela del alambre de espino. Además, el colegio no es solo leer y escribir. También consiste en aprender a llevarse bien con los demás niños y niñas. En convertirse en un animal social.

—En la clase del señor León no hay niñas.

—No. Pero las ves en los recreos y después de clase.

—No me gustan las niñas.

—Es lo que dicen todos los niños. Luego un día de pronto se enamoran y se casan.

—No me voy a casar.

—Es lo que dicen todos.

—Tú no estás casado.

—Cierto, pero yo soy un caso especial. Soy demasiado viejo.

—Puedes casarte con Inés.

—Tengo una relación especial con tu madre, David, una relación que eres demasiado joven para entender. No voy a decir más, solo que no es una relación matrimonial.

—¿Por qué no?

—Porque dentro de todos nosotros hay una voz, a veces llamada la voz del corazón, que nos dice qué sentimientos tenemos por una persona. Y los sentimientos que tengo por Inés se parecen más a la buena voluntad que al amor que lleva al matrimonio

—¿Se va a casar con ella el señor Daga?

—¿Es eso lo que te preocupa? No, dudo que el señor Daga quiera casarse con tu madre. El señor Daga no es de los que se casan. Además, ya está contento con su novia.

—El señor Daga dice que Frannie y él hacen fuegos artificiales, fuegos artificiales bajo la luna. Dice que puedo ir a verlo. ¿Puedo?

—No. Cuando el señor Daga dice fuegos artificiales no se refiere a fuegos artificiales de verdad.

—¡Sí! Tiene un cajón lleno de cohetes. Dice que Inés tiene unos pechos perfectos. Dice que son los pechos más perfectos del mundo. Y que se va a casar con ella por sus pechos y que van a hacer bebés.

—Eso dice, ¿eh? Bueno, Inés tendrá su propia opinión al respecto.

—¿Por qué no quieres que el señor Daga se case con Inés?

—Porque si tu madre quiere casarse podría encontrar un marido mejor.

—¿Quién?

—¿Quién? No lo sé. No conozco a todos los amigos de tu madre. Debe de conocer a muchos hombres en La Residencia.

—Los hombres de La Residencia no le gustan. Dice que son demasiado viejos. ¿Para qué sirven los pechos?

—Las mujeres tienen pechos para poder dar leche a sus bebés.

—¿Hay leche en los pechos de Inés? ¿Tendré leche en mis pechos cuando sea mayor?

—No. Crecerás y te harás un hombre, y los hombres no tienen pechos de verdad. Solo las mujeres dan el pecho. El de los hombres está seco.

—¡Yo quiero tener leche! ¿Por qué no puedo?

—Ya te lo he dicho: los hombres no fabrican leche.

—¿Qué fabrican?

—Sangre. Si un hombre quiere donar algo de su cuerpo, dona sangre. Va al hospital y dona sangre a la gente que está enferma o ha sufrido un accidente.

—¿Para que mejore?

—Exacto.

—Voy a donar sangre. ¿Puedo donar sangre pronto?

—No. Tendrás que esperar hasta que seas mayor y tengas más sangre en el cuerpo. Hay otra cosa que quiero preguntarte: ¿te disgusta ir al colegio porque no tienes un padre normal, como los otros niños, y solo me tienes a mí?

—No.

—¿Estás seguro? Porque la señora Otxoa, aquella mujer del colegio, nos dijo que te preocupaba no tener un padre de verdad.

—No me preocupa. Nada me preocupa.

—Me alegro. Porque los padres no son muy importantes comparados con las madres. Una madre te saca de su cuerpo para traerte al mundo. Te da leche, como te he contado. Te coge en sus brazos y te protege. Mientras que un padre puede ser un poco volandero, como don Quijote, y no estar siempre ahí cuando lo necesitas. Ayuda a hacerte, justo al principio, pero luego sigue su camino. Cuando llegas al mundo, puede haber desaparecido en el horizonte en busca de nuevas aventuras. Por eso hay padrinos, fiables y serios, y tíos. Para que mientras el padre está lejos alguien ocupe su lugar.

—¿Tú eres mi padrino o mi tío?

—Las dos cosas. Puedes llamarme como quieras.

—¿Quién es mi verdadero padre? ¿Cómo se llama?

—No lo sé. *Dios sabe*. Probablemente lo dijese en la carta que llevabas, pero la carta se ha perdido, se la han comido los peces y por mucho que nos lamentemos no la recuperaremos. Ya te he explicado que muchas veces no sabemos quién es el padre. En ocasiones, ni siquiera la madre lo sabe con seguridad. Bueno, ¿estás dispuesto a ir a ver al señor León? ¿A demostrarle lo listo que eres?

26

Esperan pacientemente a la puerta de las oficinas de la escuela, hasta que suena el último timbre y se vacían todas las aulas. Luego el señor León pasa con una cartera en la mano, camino de su casa. Está claro que no se alegra de verles.

—Solo cinco minutos de su tiempo, señor León —suplica—. Queremos mostrarle los progresos que ha hecho David con la lectura. Por favor. David, enséñale al señor León lo bien que sabes leer.

El señor León les indica con un gesto que entren en su clase. David abre *Don Quijote*. «En un lugar de La Mancha, de cuyo nombre no quiero acordarme, vivía un caballero que tenía un rocín flaco...»

El señor León le interrumpe en tono imperioso.

—No estoy dispuesto a escuchar cómo recitas de memoria. —Se dirige a grandes zancadas al otro extremo de la clase, abre un armario y vuelve con un libro que abre delante del niño—. Lee.

—¿Dónde?

—Empieza por el principio.

—«Juan y María van a la playa. Hoy Juan y María van a ir a la playa. Su padre les dice que sus amigos, Pablo y Ramona, pueden acompañarles. Juan y María están muy contentos. Su madre prepara bocadillos para la excursión. Juan...»

—¡Para! —dice el señor León—. ¿Cómo has aprendido a leer en dos semanas?

—Ha dedicado mucho tiempo a *Don Quijote* —interviene él, Simón.

—Deje que hable el niño —responde el señor León—. Si hace dos semanas no sabías leer, ¿cómo es que hoy sí sabes?

El niño se encoge de hombros.

—Es fácil.

—Muy bien, si leer es tan fácil, háblame de lo que has leído. Cuéntame una historia de *Don Quijote*.

—Se cae a un agujero en el suelo y nadie sabe dónde está.

—¿Sí?

—Luego escapa. Con una cuerda.

—¿Y qué más?

—Lo encierran en una jaula y se hace caca encima.

—¿Y por qué hacen eso… por qué lo encierran?

—Porque no creen que sea don Quijote.

—No. Lo encierran porque no hay ningún don Quijote. Es un nombre inventado. Quieren llevarlo a casa para que recupere la razón.

El niño echa una mirada dubitativa a Simón.

—David ha interpretado el libro a su manera —le dice al señor León—. Tiene mucha imaginación.

El señor León no se digna responder.

—Juan y Pablo van a pescar —dice—. Juan pesca cinco peces. Escríbelo en la pizarra: cinco. Pablo pesca tres. Escríbelo debajo: tres. ¿Cuántos peces han pescado entre Pablo y Juan? —El niño se planta delante de la pizarra con los ojos muy apretados, como si escuchara una voz lejana. La tiza no se mueve—. Cuenta. Cuenta: uno-dos-tres-cuatro-cinco. Y ahora cuenta tres más. ¿Cuánto es el total?

El niño mueve la cabeza.

—No los veo —dice en voz baja.

—¿Qué es lo que no ves? No necesitas ver los peces, te basta con los números. Mira los números. Cinco más tres. ¿Cuánto es?

—Esta vez… esta vez… —responde el niño con la misma voz baja y sin vida—, son ocho.

—Bien. Traza una línea debajo del tres, y escribe: ocho. Así que estabas fingiendo cuando dijiste que no sabías contar.

Escribe: «*Conviene que yo diga la verdad*». Escribe «*Conviene*».

Escribiendo de izquierda a derecha, formando las letras despacio pero con claridad, el niño escribe: «*Yo soy la verdad*».

–Ya lo ve –dice el señor León, volviéndose hacia Inés–. A esto es a lo que tuve que enfrentarme día tras día mientras su hijo estuvo en mi clase. Soy de la opinión de que solo puede haber una autoridad en la clase, no dos. ¿No está usted de acuerdo?

–Es un niño excepcional –replica Inés–. ¿Qué clase de escuela es esta que no pueden vérselas con un solo niño excepcional?

–Que un niño se niegue a escuchar al maestro no significa que sea excepcional, solo que es desobediente. Si insiste en que el niño tenga un trato especial, déjelo ir a Punta Arenas. Allí saben cómo tratar a los niños excepcionales.

Inés se pone muy rígida, con los ojos centelleantes.

–¡Mi hijo no irá a Punta Arenas como no sea por encima de mi cadáver –dice–. ¡Ven, cariño!

Con cuidado, el niño deja la tiza en su caja. Sin mirar ni a izquierda ni a derecha, sigue a su madre fuera del aula.

Al llegar a la puerta, Inés se vuelve y lanza un último dardo al señor León:

–¡Usted no es apto para dar clase a niños pequeños!

El señor León se encoge de hombros con indiferencia.

A medida que pasan los días, crece la indignación de Inés. Pasa horas al teléfono hablando con sus hermanos, haciendo y deshaciendo planes para marcharse de Novilla y empezar una nueva vida en otro sitio, lejos del alcance de las autoridades educativas.

Y por lo que a él se refiere, al recordar el episodio, le cuesta no sentirse maltratado. No le gusta el autocrático señor León; coincide con Inés en que no debería estar al cuidado de niños pequeños. Pero ¿por qué se resiste el niño a ser instruido? ¿Es solo un espíritu innato de rebeldía avivado por la madre, o hay otra causa más concreta para la mala relación entre el alumno y el maestro?

Se lleva al niño aparte.

—Sé que el señor León a veces puede ser muy estricto —dice—, y que tú y él no siempre os habéis llevado bien. Estoy intentando entender por qué. ¿Alguna vez te ha dicho algo desagradable que no nos hayas contado?

El niño le mira perplejo.

—No.

—Ya te he dicho que no pretendo culpar a nadie, solo estoy intentando entenderlo. ¿Hay alguna razón por la que no te guste el señor León, aparte del hecho de que sea tan estricto?

—Tiene un ojo de cristal.

—Lo sé. Probablemente lo perdiera en un accidente. Es probable que por eso sea tan susceptible. Pero no convertimos a nadie en nuestro enemigo porque tenga un ojo de cristal.

—¿Por qué dice que no hay ningún don Quijote? Hay uno. Está en el libro. Salva a la gente.

—Cierto, hay un hombre en el libro que se hace llamar don Quijote y que salva a la gente. Pero algunas de las personas a las que salva no quieren que las salven. Están bien tal como están. Se enfadan con don Quijote y le gritan. Le dicen que no sabe lo que hace, y que está perturbando el orden social. Al señor León le gusta el orden, David. Le gusta que en su clase reinen la paz y el orden. Le gusta que el mundo esté ordenado. No tiene nada de malo. El caos puede ser muy inquietante.

—¿Qué es el caos?

—Ya te lo expliqué el otro día. El caos es cuando no hay orden ni leyes a las que aferrarse. El caos son las cosas dando vueltas. No sé describirlo mejor.

—¿Como cuando se abren los números y te caes?

—No, no tiene nada que ver. Los números no se abren. Los números son seguros. Son lo que mantiene unido el universo. Deberías llevarte bien con ellos. Si te llevases bien con los números, ellos serían más amables contigo. Y así no tendrías por qué temer que se abrieran bajo tus pies.

Habla con la mayor seriedad posible y el niño parece darse cuenta.

—¿Por qué estaba peleándose Inés con el señor León?

—No se estaba peleando. Han tenido una discusión, que probablemente lamenten los dos, ahora que han tenido tiempo de reflexionar. Pero eso no es lo mismo que pelearse. Decir palabras gruesas no es pelearse. Hay veces en las que hay que defender a quienes queremos. Tu madre te estaba defendiendo. Es lo que una madre buena y valiente hace por sus hijos: salir en su defensa y protegerlos mientras le quede aliento en el cuerpo. Deberías sentirte orgulloso de tener una madre así.

—Inés no es mi madre.

—Inés es tu madre. Es una madre de verdad. Tu verdadera madre.

—¿Se me van a llevar?

—¿Quiénes se te van a llevar?

—Los de Punta Arenas.

—Punta Arenas es un colegio. Los profesores de Punta Arenas no raptan a los niños. El sistema educativo no funciona así.

—No quiero ir a Punta Arenas. Prométeme que no dejarás que se me lleven.

—Te lo prometo. Ni tu madre ni yo dejaremos que nadie te envíe a Punta Arenas. Ya has visto que cuando se trata de defenderte tu madre es una tigresa. Nadie podrá con ella.

La vista tiene lugar en la sede de la Oficina de Educación de Novilla. Inés y él llegan a la hora indicada. Tras una breve espera, los acompañan a una sala enorme y resonante con filas y filas de asientos vacíos. En un extremo, sobre una tarima, hay dos hombres y una mujer, jueces o examinadores. El señor León ya está esperando. No se saludan.

—¿Son ustedes los padres de David? —pregunta el juez que hay sentado en el centro.

—Yo soy su madre —responde Inés.

—Y yo su padrino —dice él—. No tiene padre.

—¿Ha fallecido el padre?

—Es de padre desconocido.

—¿Con quién de ustedes vive el niño?

—El niño vive con su madre. Su madre y yo no vivimos juntos. No tenemos una relación marital. No obstante, somos una familia. O algo parecido. Los dos adoramos a David. Lo veo casi a diario.

—Tenemos entendido que David asistió a la escuela por primera vez en enero, y que lo asignaron a la clase del señor León. Luego, pasadas unas semanas, les llamaron para hablar con ustedes. ¿Es eso correcto?

—Sí.

—¿Y qué les contó el señor León?

—Nos dijo que David tenía malos resultados académicos, y también que era desobediente. Recomendó que lo sacáramos de la clase.

—Señor León, ¿es eso correcto?

El señor León asiente.

—Le comenté el caso a la señora Otxoa, la psicóloga del colegio. Coincidimos en que convenía trasladar a David a la escuela de Punta Arenas.

El juez mira a su alrededor.

—¿Está presente la señora Otxoa? —Un oficial de justicia le susurra algo al oído. El juez habla—: La señora Otxoa no ha podido venir, pero ha enviado un informe que… —hojea los papeles—, como acaba de decir el señor León, recomienda el traslado a Punta Arenas.

El juez de la izquierda interviene:

—Señor León, ¿podría explicar por qué considera necesario dicho traslado? Parece una medida muy severa enviar a un niño de seis años a Punta Arenas.

—Señora, tengo doce años de experiencia como profesor. En todo ese tiempo no he visto un caso parecido. El niño no es tonto. No tiene ninguna discapacidad. Al contrario, es listo e inteligente. Pero no acepta la autoridad y se niega a aprender. He dedicado muchas horas, a expensas de los demás niños de la clase, a tratar de imbuirle los elementos de la lectura, la escritura y la aritmética. No ha hecho ningún progreso. No ha aprendido nada. O, más bien, ha fingido no aprender nada. Y digo que ha fingido porque de hecho ya sabía leer y escribir cuando vino a la escuela.

—¿Es eso cierto? —pregunta el juez que preside la vista.

—Leer y escribir, sí, de manera intermitente —responde él, Simón—. Tiene días buenos y días malos. En el caso de la aritmética, está experimentando ciertas dificultades, dificultades filosóficas me gusta llamarlas, que retrasan su avance. Es un niño excepcional. Excepcionalmente inteligente y excepcional también en otros sentidos. Ha aprendido a leer él solo leyendo *Don Quijote* en una versión abreviada para niños. Lo he sabido hace muy poco tiempo.

—La cuestión —dice el señor León— no es si el niño sabe leer y escribir, ni quién le haya enseñado, sino si tiene cabida en un colegio normal. No puedo dedicarle tanto tiempo a un niño que se niega a aprender y que interrumpe con su comportamiento las actividades normales de la clase.

—¡Apenas tiene seis años! —estalla Inés—. ¿Qué clase de maestro es usted que no puede controlar a un niño de seis años?

El señor León se pone muy envarado.

—No he dicho que no pueda controlar a su hijo. Lo que no puedo hacer es cumplir con mis obligaciones con los demás niños mientras está en el aula. Su hijo necesita una atención especial que no podemos ofrecerle en un colegio normal. Por eso recomendé Punta Arenas.

Se hace un silencio.

—¿Tiene algo más que decir, señora? —pregunta el juez que preside la vista. Inés mueve enfadada la cabeza—. ¿Señor?

—No.

—En tal caso, he de pedirles que se retiren... usted también, señor León, y que esperen nuestra decisión.

Se retiran a la sala de espera los tres juntos. Inés ni siquiera mira al señor León. Al cabo de un minuto vuelven a llamarlos.

—La decisión de este tribunal —dice el juez— es confirmar la recomendación del señor León, apoyada y secundada por la psicóloga y el director del colegio. David será trasladado a la escuela de Punta Arenas, el traslado se llevará a cabo lo antes posible. Es todo. Gracias por su colaboración.

—Señoría —dice él—, ¿puedo preguntar si tenemos derecho de apelación?

—Pueden ustedes recurrir a los tribunales civiles, por supuesto, están en su derecho. Pero el procedimiento de apelación no puede utilizarse para retrasar la puesta en práctica de la decisión de este tribunal. Es decir, el traslado a Punta Arenas se llevará a cabo tanto si acuden a los tribunales como si no.

—Diego nos recogerá mañana por la tarde —dice Inés—. Está todo arreglado. Solo tiene que zanjar unos asuntos.

—¿Y adónde piensa usted ir?

—¿Cómo quiere que lo sepa? A algún sitio lejos del alcance de esta gente y sus persecuciones.

—¿De verdad va a dejar que una pandilla de burócratas educativos la echen de la ciudad, Inés? ¿Cómo van a vivir usted, Diego y el niño?

—No lo sé. Como gitanos, supongo. ¿Por qué no nos ayuda en lugar de poner objeciones?

—¿Qué son gitanos? —pregunta el niño.

—Vivir como gitanos es solo una forma de hablar —dice él—. Tú y yo fuimos una especie de gitanos mientras estuvimos en el campamento de Belstar. Ser un gitano quiere decir que no tienes una casa de verdad, ni un sitio donde descansar. No es muy divertido.

—¿Tendré que ir al colegio?

—No. Los niños gitanos no van a la escuela.

—Entonces quiero ser un gitano con Inés y con Diego.

Se vuelve hacia Inés.

—Preferiría que lo hubiese hablado conmigo. ¿De verdad pretende vivir a salto de mata y comer bayas mientras escapa de la ley?

—Esto no tiene nada que ver con usted —replica, gélida, Inés—. A usted le da igual que envíen a David a un reformatorio. A mí no.

—Punta Arenas no es un reformatorio.

—Es un estercolero para delincuentes y huérfanos. Mi hijo no va a ir a ese lugar, nunca, nunca, nunca.

—Estoy de acuerdo con usted. David no merece que lo envíen a Punta Arenas. Pero no porque sea un estercolero, sino porque es demasiado joven para que lo separen de sus padres.

—Entonces ¿por qué no se enfrentó a los jueces? Por qué agachó la cabeza y dijo «*Sí, señor, sí señor*». ¿Es que no cree en el niño?

—Pues claro que creo en él. Creo que es excepcional y merece un trato excepcional. Pero esa gente tiene la ley de su parte, y no estamos en posición de desafiar la ley.

—¿Ni siquiera si la ley es mala?

—No es cuestión de bueno o malo, Inés, es una cuestión de poder. Si se escapa, enviarán a la policía a buscarla y la policía la atrapará. Dirán que no es apta para ser madre y le quitarán al niño. Lo enviarán a Punta Arenas y tendrá que pasarse toda la vida litigando para recuperar su custodia.

—Jamás me quitarán a mi hijo. Antes prefiero morir. —Le tiembla el pecho—. ¿Por qué no me ayuda en lugar de ponerse todo el rato de su lado? —Extiende el brazo para calmarla, pero ella lo aparta y se desploma en la cama—. ¡Déjeme en paz! ¡No me toque! Usted no cree de verdad en el niño. No sabe lo que significa creer.

El niño se inclina y le acaricia el pelo. En sus labios hay una sonrisa.

—Chsss… —dice—, chsss…

Se acuesta a su lado; se mete el pulgar en la boca; sus ojos adquieren una mirada ausente y vidriosa; a los pocos minutos se queda dormido.

27

Álvaro reúne a los estibadores.

—Amigos —dice— hay un asunto del que tenemos que hablar. Como recordaréis, nuestro compañero Simón propuso que dejásemos de desestibar la carga a mano y en lugar de eso utilizásemos grúas mecánicas. —Los hombres asienten. Algunos miran hacia él. Eugenio le dedica una sonrisa—. Pues bien, hoy tengo una noticia que daros. Un compañero de carreteras me ha dicho que tienen en el almacén una grúa que lleva meses sin utilizarse. Dice que si queremos tomarla prestada a modo de prueba podemos hacerlo.

»¿Qué hacemos, amigos? ¿Aceptamos su oferta? ¿Comprobamos si, como afirma Simón, una grúa nos cambiará la vida? ¿Quién quiere hablar primero? ¿Tú, Simón?

Le pilla totalmente por sorpresa. Su imaginación está ocupada con Inés y sus planes de fuga; lleva semanas sin pensar ni un momento en grúas, ratas o la economía del transporte de grano; de hecho, ha llegado a depender del trabajo duro y monótono para agotarse y poder dormir profundamente sin soñar con nada.

—No —dice—. Ya he dicho lo que tenía que decir.

—¿Alguien más? —pregunta Álvaro.

Eugenio habla:

—Yo digo que deberíamos probar la grúa. Nuestro amigo Simón tiene buena cabeza. Quién sabe, es posible que tenga razón. A lo mejor deberíamos adaptarnos al ritmo de los tiempos. Si no lo intentamos, no podremos estar seguros.

Se oye un murmullo de asentimiento de los hombres.

—Entonces ¿probamos la grúa? —dice Álvaro—. ¿Le digo a nuestro compañero de carreteras que la traiga?

—Sí —exclama Eugenio, y levanta la mano.

—¡Sí! —dicen a coro los estibadores alzando la mano.

Incluso él, Simón, la levanta. El voto es unánime.

La grúa llega a la mañana siguiente en la caja de un camión. En otro tiempo estuvo pintada de blanco, pero la pintura se ha pelado y el metal está oxidado. Es como si llevara mucho tiempo a la intemperie bajo la lluvia. Además, es más pequeña de lo que esperaba. Se desplaza sobre unos ruidosos raíles de acero. El gruista se sienta en una cabina sobre los raíles y maneja los mandos que hacen rotar el brazo y girar el torno.

Tardan casi una hora en bajar la máquina de la caja del camión. El amigo de carreteras de Álvaro está impaciente por marcharse.

—¿Quién va a manejarla? —pregunta—. Le explicaré por encima cómo funcionan los mandos, luego tengo que irme.

—¡Eugenio! —grita Álvaro—. Tú hablaste a favor de la grúa. ¿Quieres manejarla?

Eugenio mira a su alrededor.

—Si nadie más quiere, lo haré.

—¡Estupendo! Eres nuestro hombre.

Eugenio aprende deprisa. Al cabo de muy poco tiempo está yendo y viniendo con la pequeña grúa a lo largo del muelle y haciendo rotar el brazo de cuyo extremo cuelga alegremente el gancho.

—Le he enseñado lo que he podido —le dice el encargado a Álvaro—. Si tiene cuidado, los primeros días le irá bien.

El brazo de la grúa es justo lo bastante largo para llegar a la cubierta del barco. Los estibadores suben los sacos uno a uno de la bodega igual que antes; pero ahora, en lugar de bajarlos por la pasarela, los sueltan sobre una lona. Cuando la lona está llena por primera vez le dan un grito a Eugenio. El gancho atrapa la lona, el cable de acero se tensa; la lona se alza por encima de la regala de cubierta y, con un ademán, Eugenio desplaza la carga a un lado y abajo describiendo un arco. Los hombres lo vitorean; pero sus vítores se convierten en gritos de alarma cuando la lona choca contra el muelle y empieza a girar y dar sacudidas incontroladas. Los hombres se dispersan, todos menos él, Simón, que está demasiado absorto para ver lo que pasa o es demasiado indolente para moverse. Vislumbra a Eugenio, que le mira desde la cabina, y pronuncia palabras que no acierta a oír. Luego la carga le golpea en el estómago y lo tumba de espaldas. Se apoya en un puntal, tropieza con una soga y cae en el hueco entre el muelle y el casco de acero del mercante. Por un momento se queda allí, tan encajado que le cuesta respirar. Es muy consciente de que bastaría con que el barco se desplazase un solo centímetro para que lo aplastase como a un insecto. Luego la presión se reduce y cae al agua con los pies por delante.

—¡Socorro! —jadea—. ¡Ayudadme!

Un salvavidas de color rojo brillante con bandas blancas chapotea en el agua a su lado. Desde arriba se oye la voz de Álvaro:

—¡Simón! ¡Escucha! Agárrate y te sacaremos.

Se agarra al salvavidas; lo arrastran como a un pez a lo largo del muelle hasta una zona despejada. Otra vez se oye la voz de Álvaro:

—Sujétate con fuerza, ¡vamos a sacarte!

Pero cuando el salvavidas empieza a subir, el dolor se vuelve de pronto demasiado intenso. Se suelta y vuelve a caer al agua. Está cubierto de aceite, en los ojos, en la boca. «¿Así es cómo voy a acabar? —piensa—. ¿Cómo una rata? ¡Qué ignominioso!»

Pero Álvaro está a su lado flotando en el agua, con el pelo pegado al cráneo por el aceite.

—Tranquilo, viejo amigo —dice Álvaro—. Yo te sujeto. —Agradecido, deja de debatirse entre los brazos de Álvaro—. ¡Tirad! —grita Álvaro; y los dos salen abrazados del agua.

Vuelve en sí muy confundido. Está de espaldas mirando al cielo vacío. Hay varias figuras borrosas a su alrededor y un murmullo de conversaciones, pero no logra entender ni una palabra. Cierra los ojos y vuelve a desmayarse.

Despierta al oír el ruido de un golpe sordo, que parece proceder del interior de su cabeza.

—¡Despierta, viejo! —dice una voz. Abre un ojo, ve una cara sudorosa. «Estoy despierto», le gustaría decir, pero se ha quedado sin voz—. ¡Mírame! —dicen los labios gruesos—. ¿Me oyes? Parpadea si me oyes. —Parpadea—. Bien. Voy a ponerte una inyección para el dolor, luego te sacaremos de aquí.

¿Para el dolor? «No me duele nada —quiere decir—. ¿Por qué iba a dolerme?» Pero, sea lo que sea que habla por él, hoy no va a hablar.

Como es miembro del sindicato de estibadores —aunque él no sabía que estuviese afiliado— tiene derecho a una habitación individual en el hospital. Le atiende un equipo de amables enfermeras, con una de las cuales, una mujer llamada Clara de ojos grises y sonrisa tranquila, llega a encariñarse bastante a lo largo de las siguientes semanas.

La opinión general parece ser que ha salido bien librado del accidente. Se ha roto tres costillas. Una astilla de hueso le había perforado un pulmón y fue necesaria una pequeña operación para extirparla (¿le gustaría quedarse con el hueso como recuerdo?, está en un frasquito a su lado). Tiene cortes y magulladuras en la cara y en la parte superior del cuerpo, y ha perdido un poco de piel, pero no hay nada que indique daño cerebral. Unos días bajo observación, unas semanas más tomándose la vida con calma, y debería volver a ser él mismo de siempre. Entretanto, la primera prioridad será controlar el dolor.

Su visitante más asiduo es Eugenio, a quien le remuerde la conciencia por su incompetencia con la grúa. Hace lo que puede por consolar al joven. «¿Cómo ibas a dominar una máquina nueva en tan poco tiempo...?», pero Eugenio no se deja consolar. Cuando sale del sopor, casi siempre es Eugenio quien aparece flotando en su campo de visión, cuidando de él.

Álvaro también va a visitarle, igual que sus otros compañeros de los muelles. Álvaro ha hablado con los médicos y le da la noticia de que, aunque es de esperar que se recupere por completo, sería imprudente que, a su edad, volviese a trabajar de estibador.

—A lo mejor puedo hacerme gruista —sugiere—. No se me dará peor que a Eugenio.

—Si quieres manejar una grúa, tendrás que trasladarte a carreteras —replica Álvaro—. Las grúas son demasiado peligrosas. No tienen futuro en los muelles. Siempre fue una mala idea.

Tiene la esperanza de que Inés vaya a visitarle, pero no lo hace. Teme lo peor: que haya puesto en práctica sus planes de huir con el niño.

Le cuenta a Clara sus preocupaciones.

—Tengo una amiga —dice— a cuyo hijo pequeño aprecio mucho. Por razones en las que no vale la pena entrar, las autoridades educativas han amenazado con quitárselo y enviarlo a una escuela especial. ¿Puedo pedirle un favor? ¿Podría telefonearle y averiguar si ha ocurrido algo?

—Pues claro —dice Clara—. Pero ¿no preferiría hablar con ella usted mismo? Puedo traerle un teléfono a la cama.

Llama a los Bloques. Responde al teléfono un vecino que se va, vuelve y le informa de que Inés no está en casa. Vuelve a llamar más tarde, también sin éxito.

A primera hora de la mañana siguiente, en el innombrable espacio entre el sueño y la vigilia, tiene un sueño o visión. Con extraña claridad ve un carro de dos ruedas que flota en el cielo al pie de su cama. El carro está hecho de marfil o de algún metal repujado de marfil, y tiran de él dos caballos blancos; ninguno de ellos es El Rey. Quien sostiene las riendas en una mano y alza la otra en un ademán majestuoso es el niño, que está desnudo salvo por un taparrabos de algodón.

Para él es un misterio cómo pueden caber el carro y los dos caballos en la pequeña habitación del hospital. El carro parece suspendido en el aire sin ningún esfuerzo por parte de los caballos o el auriga. En lugar de estarse quietos, los caballos se encabritan de vez en cuando o mueven la cabeza con un resoplido. En cuanto al niño, no parece cansarse de levantar el brazo. La mirada que hay pintada en su rostro le resulta familiar: complacencia, y tal vez incluso triunfo.

En un momento dado, el niño le mira directamente. «Lee mis ojos», parece estar diciéndole.

El sueño, o visión, dura dos o tres minutos. Luego desaparece y la habitación vuelve a estar como antes.

Se lo cuenta a Clara.

—¿Cree en la telepatía? —pregunta—. Tengo la sensación de que David intentaba decirme algo.

—¿Y qué era?

—No estoy seguro. Tal vez que su madre y él necesitan ayuda. O puede que no. El mensaje era… ¿cómo decirlo…? Oscuro.

—Bueno, no olvide que el analgésico que le están dando es un opiáceo. Los opiáceos producen sueños. Sueños de opio.

—No era un sueño de opio. Era real.

A partir de entonces rechaza los analgésicos y sufre el dolor consiguiente. De noche es peor. Hasta el menor movimiento le causa una puñalada de dolor como una descarga eléctrica.

No tiene nada con lo que distraerse, nada que leer. En el hospital no hay biblioteca, solo le ofrecen ejemplares viejos de revistas populares (recetas, aficiones, moda femenina). Se queja a Eugenio, que responde llevándole el libro de texto de su curso de filosofía («Sé que eres una persona seria»). Como se temía, el libro es sobre sillas y mesas. Lo deja a un lado.

—Lo siento, esa filosofía no me interesa.

—¿Qué tipo de filosofía te gustaría? —pregunta Eugenio.

—La que te conmueve. La que te cambia la vida.

Eugenio le echa una mirada perpleja.

—¿Es que le ocurre algo a tu vida? —pregunta—. Aparte de las heridas.

—Me falta algo, Eugenio. Sé que no debería ser así, pero lo es. La vida que tengo no me basta. Ojalá alguien, algún salvador, descendiera de los cielos con una varita mágica y dijese: «Mirad, leed este libro y todas vuestras preguntas encontrarán respuesta». O «Mirad, he aquí una vida nueva para vosotros». No sabes de qué te hablo, ¿verdad?

—No. La verdad es que no.

—Da igual. Ya se me pasará. Mañana volveré a ser el mismo de siempre.

El médico le dice que debería hacer planes para cuando le den el alta. ¿Tiene algún sitio donde estar? ¿Alguien que le haga la comida, le cuide y le ayude mientras termina de recuperarse? ¿No querría hablar con un asistente social?

—Nada de asistentes sociales —replica—. Deje que pregunte a mis amigos y vea cómo me puedo arreglar.

Eugenio le ofrece un cuarto en el apartamento que comparte con dos compañeros. A Eugenio no le importaría dormir en el sofá. Le da las gracias, pero declina su oferta.

A petición suya, Álvaro investiga las clínicas privadas. Los Bloques Oeste, le informa, tienen instalaciones que, aunque pensadas para el cuidado de los ancianos, también admiten convalecientes. Le pide a Álvaro que apunte su nombre en la lista de espera.

—Me avergüenza decirlo —responde—, pero ojalá quede pronto una plaza libre.

—Si no se dice con maldad —le tranquiliza Álvaro— es una esperanza admisible.

—¿Admisible? —pregunta.

—Admisible —confirma Álvaro.

De pronto todas sus preocupaciones se disipan. En el pasillo oye el sonido de unas voces jóvenes y animadas. Clara aparece en la puerta.

—Tiene visita —anuncia.

Se aparta, y Fidel y David entran corriendo, seguidos de Álvaro e Inés.

—¡Simón! —grita David—. ¿De verdad te caíste al mar?

El corazón le brinca de alegría. Extiende los brazos con cuidado.

—¡Ven aquí! Sí, tuve un pequeño accidente, me caí al agua, pero apenas me mojé. Mis amigos me sacaron.

El niño trepa a la cama golpeándole y causándole punzadas de dolor. Pero el dolor le da igual. ¡Mi chico querido! ¡Mi tesoro! ¡La luz de mi vida!

El niño se suelta de su abrazo.

—Me escapé —anuncia—. Te dije que me escaparía. Me colé por el alambre de espino.

¿Se escapó? ¿Se coló por el alambre de espino? Simón no sabe qué pensar. ¿De qué habla el niño? ¿Y por qué esa ropa nueva y extraña?: un suéter ajustado de cuello alto, pantalones cortos (muy cortos) y un par de zapatos con unos calcetines que apenas le cubren los tobillos.

—Gracias a todos por venir —dice—. Pero, David, ¿de dónde te has escapado? ¿Te refieres a Punta Arenas? ¿Te llevaron a Punta Arenas? Inés, ¿dejó usted que lo llevasen a Punta Arenas?

—No les dejé. Llegaron cuando estaba fuera, jugando. Se lo llevaron en un coche. ¿Cómo iba a impedírselo?

—Nunca pensé que llegara a suceder algo así. Pero ¿te escapaste, David? Cuéntamelo. Dime cómo te escapaste.

Pero Álvaro interviene.

—Antes de pasar a eso, Simón, ¿podemos hablar de tu traslado? ¿Cuándo crees que podrás andar?

—¿No puede andar? —pregunta el niño—. ¿No puedes andar, Simón?

—Durante un tiempo muy breve voy a necesitar ayuda. Hasta que se me pasen los dolores y las molestias.

—¿Vas a ir en silla de ruedas? ¿Puedo empujarte?

—Sí, puedes empujar la silla de ruedas, siempre que no vayas demasiado deprisa. Y Fidel también.

—La razón por la que lo pregunto es que he vuelto a llamar a la clínica. Les he explicado que contabas con recuperarte por completo y que no necesitarías cuidados especiales. Dicen que, en ese caso, pueden admitirte hoy mismo, siempre que no te importe compartir habitación. ¿Qué te parece? Nos evitaría muchos quebraderos de cabeza.

Compartir una habitación con un viejo. Que ronca por las noches y escupe en el pañuelo. Que se queja de la hija que le ha abandonado. Que rezuma resentimiento contra el recién llegado que está invadiendo su espacio.

—Pues claro que no me importa —dice—. Es un alivio tener un sitio adonde ir. Así nos quitamos todos un peso de los hombros. Gracias, Álvaro, por preocuparte.

—Y todo será a cargo del sindicato, claro —añade Álvaro—. La clínica, las comidas y todo lo que necesites mientras estéis aquí.

—Qué bien.

—En fin, tengo que volver al trabajo. Te dejaré con Inés y los chicos. Seguro que tienen un montón de cosas que contarte.

¿Son imaginaciones suyas o Inés le echa una mirada furtiva a Álvaro cuando se marcha? «¡No me deje sola con este hombre a quien estamos a punto de traicionar! Aparcado en alguna habitación aséptica en los lejanos Bloques Oeste, donde no conoce a nadie. Abandonado para que se pudra. ¡No me deje con él!»

—Siéntese, Inés. David, cuéntame tu historia de principio a fin. No te dejes nada. Hay tiempo de sobra.

—Me escapé —dice el niño—. Te dije que lo haría. Me colé por el alambre de espino.

—Recibí una llamada —dice Inés—. De una desconocida. Me dijo que había encontrado a David vagando sin ropa por la calle.

—¿Sin ropa? ¿Te escapaste sin ropa de Punta Arenas, David? ¿Cuándo fue eso? ¿No intentaron impedírtelo?

—La ropa se me enganchó en el alambre de espino. ¿No te había prometido que escaparía? Puedo escapar de cualquier sitio.

—Y ¿dónde te encontró esa señora, la mujer que telefoneó a Inés?

—Lo encontró en la calle, en la oscuridad, desnudo y helado.

—No estaba helado. Ni desnudo —dice el niño.

—No llevabas ropa —replica Inés—. Lo que significa que estabas desnudo.

—Da igual —interrumpe él, Simón—. ¿Por qué le llamó la mujer, Inés? ¿Por qué no llamó al colegio? Era lo más lógico.

—Odia el colegio. Como todo el mundo —dice el niño.

—¿Tan horrible es ese sitio?

El niño asiente vigorosamente.

Por primera vez, habla Fidel:

—¿Te pegaron?

—No pueden pegarte hasta que tengas catorce años. Cuando los cumples te pueden pegar si desobedeces.

—Cuéntale a Simón lo del pescado.

—Todos los viernes nos obligaban a comer pescado. —El niño se estremece teatralmente—. Odio el pescado. Tiene los ojos como el señor León.

Fidel suelta una risita. Al cabo de un momento los dos niños se ríen de forma incontrolada.

—¿Qué tenía de horrible Punta Arenas, aparte del pescado?

—Nos obligaban a llevar sandalias. Y no dejaban que Inés fuese a visitarme. Decían que no era mi madre. Que yo era huérfano. Un huérfano es alguien que no tiene padre ni madre.

—Tonterías. Inés es tu madre y yo soy tu padrino, y eso es igual que un padre, y a veces mejor. Tu padrino cuida de ti.

—No cuidaste de mí. Dejaste que me llevasen a Punta Arenas.

—Cierto. Fui un mal padrino. Me quedé dormido, cuando debería haber estado vigilando. Pero he aprendido la lección. En el futuro cuidaré mejor de ti.

—¿Pelearás con ellos si vuelven a por mí?

—Sí, haré todo lo que pueda. Pediré prestada una espada. Les diré: «¡Intentad robarme a mi niño y tendréis que véroslas con Simón!».

El niño está radiante de contento.

—Bolívar también —dice—. Bolívar puede cuidarme por las noches. ¿Vas a venir a vivir con nosotros? —Se vuelve hacia su madre—. ¿Puede venir Simón a vivir con nosotros?

—Simón tiene que ir a recuperarse a una clínica. No puede andar. No puede subir escaleras.

—¡Sí que puede! ¿A que puedes andar, Simón?

—Pues claro que sí. Normalmente no puedo por el dolor. Pero por ti puedo hacer cualquier cosa: subir escaleras, montar a caballo, lo que sea. Basta con que digas la palabra.

—¿Qué palabra?

—La palabra mágica. La palabra para curarme.

—¿La conozco?

—Por supuesto. Dila.

—La palabra es… ¡abracadabra!

Él aparta la sábana (por suerte lleva el pijama del hospital) y saca las piernas escuálidas de la cama.

—Necesitaré ayuda, chicos.

Apoyándose en los hombros de Fidel y David, se pone precariamente en pie, da vacilante un primer paso, luego un segundo.

—¿Lo ves? ¡La sabías! Inés, ¿puede acercarme la silla de ruedas? —Se desploma en la silla—. Y ahora vayamos a pasear. Después de pasar tanto tiempo encerrado me apetece ver cómo está el mundo. ¿Quién quiere empujar?

—¿No vas a volver a casa con nosotros? —pregunta el niño.

—Aún no. Cuando recupere las fuerzas.

—¡Pero vamos a ser gitanos! ¡Si te quedas en el hospital no podrás ser un gitano!

Se vuelve hacia Inés.

—¿A qué viene eso? Pensaba que había descartado lo de vivir como gitanos.

Inés se pone muy envarada.

—No puede volver a ese colegio. No lo permitiré. Mis dos hermanos van a venir con nosotros. Nos llevaremos el coche.

—¿Cuatro personas en ese cacharro? ¿Y si se avería? ¿Y dónde se alojarán?

–Da igual. Trabajaremos en lo que podamos. Recogeremos fruta. El señor Daga nos ha prestado dinero.

–¡Daga! ¡Así que él está detrás de esto!

–En cualquier caso, David no va a volver a ese horrible colegio.

–Donde te obligan a llevar sandalias y comer pescado. No me parece tan horrible.

–Hay niños que fuman, beben y llevan navaja. Es un colegio para criminales. Si David vuelve, quedará marcado de por vida.

El niño interrumpe:

–¿Qué quiere decir «marcado de por vida»?

–Es solo una forma de hablar –dice Inés–. Me refiero a que el colegio puede tener malas consecuencias.

–¿Como una herida?

–Sí, como una herida.

–Ya tengo muchas. Me las hice en el alambre de espino. ¿Quieres verlas, Simón?

–Tu madre se refiere a otra cosa. A una herida en el alma. Una de esas heridas que nunca llegan a curarse. ¿Es verdad que los niños del colegio llevan navaja? ¿Seguro que no es solo uno?

–Son muchos. Y tienen una oca con polluelos y uno de los niños pisó un polluelo y se le salieron las tripas de la barriga y yo quería volvérselas a meter, pero el maestro no me dejó, dijo que tenía que dejar morir al polluelo, y yo le dije que quería echarle el aliento, pero no me dejó. Y también teníamos que trabajar en el huerto. Todas las tardes después de clase nos hacían cavar. Odio cavar.

–Cavar es bueno. Si nadie estuviese dispuesto a cavar, no tendríamos cosechas, ni comida. Cavar fortalece. Hace que tengas músculos.

–Se pueden sembrar semillas en papel secante. El maestro nos enseñó. No hace falta cavar.

–Una o dos semillas, sí. Pero si quieres una cosecha de verdad, si quieres cultivar suficiente trigo para hacer pan y dar de comer a la gente, hay que plantar las semillas en el suelo.

—Odio el pan. Es aburrido. Me gusta el helado.

—Lo sé. Pero no se puede vivir de helado, y en cambio sí se puede vivir de pan.

—Se puede vivir de helado. El señor Daga lo hace.

—El señor Daga solo finge vivir de helado. Cuando está solo seguro que come pan igual que todo el mundo. Además, no deberías tomar al señor Daga como modelo.

—El señor Daga me hace regalos. Inés y tú nunca me dais regalos.

—No es verdad, es falso y muy poco amable por tu parte. Inés te quiere y te cuida, y yo también. El señor Daga no te quiere nada.

—¡Sí que me quiere! ¡Quiere que vaya a vivir con él! Se lo dijo a Inés y ella me lo contó.

—Estoy seguro de que ella no lo permitirá. Tienes que estar con tu madre. Es por lo que estamos luchando. El señor Daga te parecerá muy sofisticado y emocionante, pero cuando seas mayor comprenderás que la gente sofisticada y emocionante no tiene por qué ser buena.

—¿Qué quiere decir sofisticado?

—Sofisticado quiere decir llevar aros en las orejas y navaja.

—El señor Daga está enamorado de Inés. Le va a hacer bebés en la barriga.

—¡David! —estalla Inés.

—¡Es cierto! Inés me pidió que no te lo dijera porque te pondrías celoso. ¿Es cierto, Simón? ¿Estás celoso?

—No, claro que no. No es asunto mío. Lo que intento decirte es que el señor Daga no es buena persona. Puede que te invite a su casa y te dé helado, pero en el fondo no le preocupan tus verdaderos intereses.

—¿Cuáles son mis verdaderos intereses?

—En primer lugar, crecer para ser un buen hombre. Como la buena semilla, la semilla que se planta muy hondo y echa raíces fuertes, y luego, cuando llega el momento, sale a la luz y da muchos frutos. Así es como deberías ser. Como don Quijote. Don Quijote rescataba doncellas. Protegía a los pobres de los ricos y poderosos. Tómalo a él como modelo. No al señor Daga. Protege a los pobres. Salva a los oprimidos. Y honra a tu madre.

—¡No! ¡Es ella quien tiene que honrarme a mí! Además, el señor Daga dice que don Quijote está pasado de moda. Dice que ya nadie va a caballo.

—Bueno, si quisieras, te sería muy fácil demostrarle que se equivoca. Monta en tu caballo y blande tu espada. Así el señor Daga se callará. Monta en El Rey.

—El Rey está muerto.

—No. El Rey vive. Lo sabes.

—¿Dónde? —susurra el niño.

De pronto se le llenan los ojos de lágrimas, le tiemblan los labios, apenas puede hablar.

—No lo sé, pero El Rey te está esperando en alguna parte. Si lo buscas, seguro que lo encontrarás.

28

Es el día en que van a darle el alta en el hospital. Se despide de las enfermeras. A Clara le dice: «No olvidaré fácilmente sus cuidados. Quisiera creer que había tras ellos algo más que buena voluntad». Clara no responde, pero por la mirada directa que le lanza, él comprende que tiene razón.

El hospital ha dispuesto una ambulancia y un chófer para llevarlo a su nuevo hogar en los Bloques Oeste; Eugenio se ha ofrecido a acompañarle y asegurarse de que lo dejan bien instalado. No obstante, una vez en la carretera, le pide al chófer que se desvíe para pasar por los Bloques Este.

—No puedo —responde el chófer—. No es mi cometido.

—Por favor —dice—. Tengo que recoger un poco de ropa. Solo serán cinco minutos.

A regañadientes, el chófer acepta.

—Dijiste que estabas teniendo problemas con la escolarización de tu chico —dice Eugenio cuando se desvían hacia el este—. ¿De qué problemas se trata?

—Las autoridades académicas quieren separarlo de nosotros. Por la fuerza, si es necesario. Quieren enviarlo de vuelta a Punta Arenas.

—¡A Punta Arenas! ¿Por qué?

—Porque han construido una escuela especial en Punta Arenas para los niños que se aburren con las historias de Juan y María y lo que hicieron en la playa. Que se aburren y expresan su aburrimiento. Niños que no obedecen las reglas de sumar y restar que les explica el maestro. Las reglas hechas por el hombre. Que dos y dos son cuatro y demás.

—Vaya, hombre. Pero ¿por qué el chico no quiere sumar como le dice el maestro?

—¿Por qué iba a hacerlo, cuando una voz interior le dice que el camino que le indica el maestro no es el verdadero?

—No lo entiendo. Si las reglas son ciertas para ti, para mí y para todo el mundo, ¿por qué no van a serlo para él? ¿Y por qué dices que son reglas hechas por el hombre?

—Porque dos y dos podrían ser tres, cinco o noventa y nueve, si quisiéramos.

—Pero dos y dos suman cuatro. A no ser que atribuyas un significado extraño y especial a la palabra «sumar». Tú mismo puedes contarlo: uno, dos, tres, cuatro. Si dos y dos fuesen tres todo se hundiría en el caos. Nos hallaríamos en otro universo, con otras leyes físicas. En el universo existente, dos y dos son cuatro. Es una regla universal, independiente de nosotros, no hecha por el hombre. Aunque tú y yo dejásemos de existir, dos y dos seguirían siendo cuatro.

—Sí, pero ¿qué dos y qué dos suman cuatro? La mayor parte del tiempo, Eugenio, tengo la sensación de que el niño sencillamente no entiende los números, igual que no los entiende un perro o un gato. Pero de vez en cuando tengo que preguntarme: ¿hay alguien en la Tierra para quien los números sean más reales?

»Cuando estaba en el hospital sin nada que hacer, me esforcé, a modo de ejercicio mental, por ver el mundo a través de los ojos de David. Ponle delante una manzana y ¿qué ve? Una manzana, solo una manzana. Ponle dos y ¿qué ve? Una manzana y una manzana: no dos manzanas. No la misma manzana dos veces, solo una manzana y una manzana. Entonces llega el señor León (el señor León es el maestro) y pregunta: «¿Cuántas manzanas hay, niño?». Y ¿cuál es su respuesta? ¿Qué son «manzanas»? ¿Cuál es el singular del plural «manzanas»? Tres hombres van en coche a los Bloques Este: ¿cuál es el singular del plural «hombres»? ¿Eugenio, Simón o nuestro amigo el chófer, cuyo nombre desconozco? ¿Somos tres o somos uno y uno y uno?

»Levantas los brazos exasperado, y lo entiendo. Dices que uno y uno y uno suman tres, y estoy de acuerdo. Tres hombres en un coche: así de sencillo. Pero David no piensa igual. No da los mismos pasos que damos nosotros al contar: paso uno, paso dos, paso tres. Es como si los números fuesen islas que flotaran en el vasto y negro mar de la nada, y cada vez le pidiesen que cerrara los ojos y se lanzara al vacío. «¿Y si me caigo? —pregunta siempre—. ¿Y si caigo y no paro de caer jamás?» Tumbado en la cama en plena noche, yo mismo podía jurar que estaba cayendo en el mismo hechizo que tiene encandilado al niño. «Y si pasar de uno a dos es tan difícil —me preguntaba—, ¿cómo podré pasar del cero al uno?» De ninguna parte a algún sitio: parecía requerir un milagro cada vez.

—Sin duda el niño tiene mucha imaginación —reflexiona Eugenio—. Islas flotantes. Pero lo superará. Debe de sentirse inseguro. Es evidente que está tenso y que se pone nervioso casi sin motivo. ¿Sabes si hay algún motivo? ¿Se peleaban mucho sus padres?

—¿Sus padres?

—Sus verdaderos padres. ¿Tiene alguna cicatriz, algún trauma del pasado? ¿No? Da igual. Cuando empiece a sentirse más seguro, en cuanto empiece a comprender que el universo, no solo en la esfera de los números, sino en todo, está gobernado por leyes, y que nada ocurre por azar, se calmará y entrará en razón.

—Eso fue lo que dijo la señora Otxoa, la psicóloga de la escuela. Que en cuanto ponga los pies en el suelo y acepte quién es, desaparecerán sus dificultades de aprendizaje.

—Estoy seguro de que tiene razón. Solo hace falta tiempo.

—Tal vez, tal vez. Pero ¿y si somos nosotros quienes nos equivocamos y él tiene razón? ¿Y si entre el uno y el dos no hay ningún puente, sino solo un espacio vacío? ¿Y si nosotros, que damos el paso con tanta confianza, en realidad estamos cayendo por el espacio, pero no lo sabemos porque nos negamos a quitarnos la venda de los ojos?

—Eso es como decir: «¿Y si los locos están cuerdos y los cuerdos están locos?». Espero que no te moleste, Simón, pero es filosofía de colegial. Hay cosas que son verdad sin más. Una manzana es una manzana es una manzana. Una manzana y otra manzana suman dos manzanas. Un Simón y un Eugenio suman dos pasajeros en un coche. A un niño no le cuesta aceptar frases así… al menos a un niño normal. Y no le cuesta porque son ciertas, porque, por así decirlo, nos adaptamos a su verdad desde que nacemos. En cuanto a tener miedo del espacio vacío entre los números, ¿alguna vez le has dicho a David que el número de los números es infinito?

—Más de una. Le he explicado que no hay ningún último número. Los números continúan eternamente. Pero ¿a qué viene eso ahora?

—Hay infinitos buenos y malos, Simón. Ya hemos hablado de los infinitos malos, ¿te acuerdas? Un infinito malo es encontrarte en un sueño dentro de un sueño dentro de otro sueño y así eternamente. O descubrir que la vida es solo el preámbulo a otra vida que es solo el preámbulo etcétera. Pero los números no son así. Los números son un infinito bueno. Y ¿por qué? Pues porque, al ser infinitos en número, llenan todos los espacios del universo, y se apilan unos contra otros como ladrillos. Y así estamos seguros. No hay dónde caer. Explícaselo al chico. Le tranquilizará.

—Lo haré. Aunque no sé por qué creo que no acabará de convencerle.

—No me malinterpretes, amigo mío. No estoy a favor del sistema escolar. Estoy de acuerdo en que es muy rígido y anticuado. Desde mi punto de vista, habría que favorecer un tipo de escolarización más práctico y vocacional. David podría estudiar para ser fontanero o carpintero, por ejemplo. Para eso no hace falta saber muchas matemáticas.

—O para ser estibador.

—O para ser estibador. Es un trabajo totalmente honorable, como ambos sabemos. No, estoy de acuerdo contigo: están siendo injustos con tu chico. No obstante, sus maestros también tienen algo de razón, ¿no te parece? No es solo cuestión de seguir las reglas de la aritmética, sino de aprender a obedecer las normas en general. Inés es una mujer muy amable, pero mima demasiado al chico, cualquiera puede darse cuenta. Si uno le concede a un niño todos los caprichos y no para de repetirle que es especial, si se le deja improvisar sus propias normas sobre la marcha, ¿qué clase de hombre llegará a ser? Tal vez un poco de disciplina en esta etapa de su vida no le haga daño al pequeño David.

Aunque solo tiene buenos sentimientos por Eugenio, aunque le han conmovido su disposición a trabar amistad con un compañero mayor que él y sus muchas amabilidades, aunque no le culpa por el accidente en los muelles −si le hubiesen puesto apresuradamente a él a los mandos de una grúa no le habría ido mejor−, nunca ha conseguido que le sea verdaderamente simpático. Le parece mojigato, estrecho de miras y pagado de sí mismo. Sus críticas a Inés le han irritado, pero aun así contiene su enfado.

−Eugenio, respecto a la educación de los niños hay dos escuelas. Una sostiene que deberíamos moldearlos como si fuesen de barro para formar buenos ciudadanos. La otra dice que solo somos niños una vez y que una infancia feliz pone los cimientos de una vida feliz. Inés cree en esta última escuela; y como es su madre, y los vínculos entre un niño y su madre son sagrados, yo la apoyo. Así que no, no creo que a David le convenga más disciplina en el aula.

Continúan el viaje en silencio.

Al llegar a los Bloques Este, le pide al chófer que espere mientras Eugenio le ayuda a salir de la ambulancia. Entre los dos suben despacio las escaleras. Al llegar al pasillo del segundo piso se encuentran con una imagen desalentadora. A la puerta del apartamento de Inés hay dos personas, un hombre y una mujer con uniformes azules idénticos. La puerta está abierta; dentro se oye el sonido de la voz de Inés, aguda e irritada.

−¡No! −está diciendo−. ¡No, no, no! ¡No tienen derecho!

Al acercarse, ve que lo que impide entrar a los desconocidos es el perro. Bolívar, agazapado en el umbral, con las orejas pegadas al cráneo y enseñando los dientes, gruñe dispuesto a saltar al menor movimiento.

—¡Simón! —le grita Inés—, ¡dígale a esta gente que se vaya! Quieren volver a llevar a David a ese horrible reformatorio. ¡Dígales que no tienen ningún derecho!

Toma aliento profundamente.

—No tienen derechos sobre este niño —dice dirigiéndose a la mujer uniformada, menuda y pulcra como un pájaro, en contraste con su más bien corpulento compañero—. Yo lo traje a Novilla. Soy su tutor. Y, a todos los efectos, su padre. La señora —hace un gesto hacia Inés— es su madre. Ustedes no conocen a nuestro hijo tan bien como nosotros. No es necesario corregirle nada. Solo es un niño sensible que tiene algunas dificultades con el temario escolar… Ve trampas, trampas filosóficas, allí donde no las vería un niño corriente. No pueden castigarle por un desacuerdo filosófico. No pueden apartarlo de su casa y su familia. No lo permitiremos.

Un largo silencio sigue a su discurso. Detrás de su perro guardián, Inés mira a la mujer con beligerancia.

—No lo permitiremos —repite por fin.

—¿Y usted, señor? —pregunta la mujer, dirigiéndose a Eugenio.

—El señor Eugenio es un amigo —interviene él, Simón—. Ha tenido la amabilidad de acompañarme desde el hospital. No tiene nada que ver con este embrollo.

—David es un niño excepcional —dice Eugenio—. Su padre lo adora. Lo he visto con mis propios ojos.

—¡Alambre de espino! —exclama Inés—. ¿Qué clase de delincuentes tienen en su escuela que necesitan alambre de espino para que no se escapen?

—Lo del alambre de espino es un mito —dice la mujer—. Una pura invención. No tengo ni idea de dónde ha salido. En Punta Arenas no hay alambre de espino. Al contrario, tenemos…

—¡Se coló entre el alambre de espino! —interrumpe Inés, alzando otra vez la voz—. ¡Se hizo pedazos la ropa! ¡Y tiene el descaro de decirme que no hay alambre de espino!

—Al contrario, tenemos una política de puertas abiertas —insiste valientemente la mujer—. Nuestros niños son libres de entrar y salir. Ni siquiera hay cerraduras en las puertas. David, di la verdad, ¿hay alambre de espino en Punta Arenas? —Ahora que se fija más de cerca, ve que el niño ha estado presente durante toda la discusión, oculto detrás de su madre, escuchando muy serio con el pulgar en la boca—. ¿De verdad hay alambre de espino? —repite la mujer.

—Sí —dice el niño despacio—. Me colé entre el alambre de espino.

La mujer mueve la cabeza y esboza una sonrisita de incredulidad.

—David —dice en voz baja—, tú sabes, y yo también, que eso es una mentirijilla. En Punta Arenas no hay alambre de espino. Vengan a comprobarlo ustedes mismos. Podemos subir al coche e ir allí ahora mismo. No hay alambre de espino.

—No me hace falta —replica Inés—. Creo a mi niño. Si dice que hay alambre de espino es que es verdad.

—Pero ¿lo es? —dice la mujer, dirigiéndose al niño—. ¿Es alambre de espino de verdad, que podemos ver con los ojos, o solo pueden verlo y tocarlo algunas personas con mucha imaginación?

—Es real. Es de verdad —responde el niño.

Se hace un silencio.

—De modo que en eso radica la cuestión —dice por fin la mujer—. En el alambre de espino. Si puedo demostrarle que no hay alambre de espino, señora, y que el niño se está inventando una historia, ¿le dejará marchar?

—Nunca podrá demostrarlo —dice Inés—. Si el niño dice que hay alambre de espino, yo le creo: hay alambre de espino.

—¿Y usted? —pregunta la mujer.

—Yo también le creo —responde él, Simón.

—¿Y usted, señor?

Eugenio parece incómodo.

—Tendría que verlo por mí mismo —dice por fin—. No puedo decidirme sin verlo.

—Bueno, por lo visto, estamos atascados —dice la mujer—. Señora, deje que le explique. Tiene dos posibilidades: u obedece la ley y nos entrega al niño, o nos veremos obligados a llamar a la policía. ¿Qué va a hacer?

—No se lo llevarán como no sea por encima de mi cadáver —dice Inés. Se vuelve hacia él—. ¡Simón! ¡Haga algo!

Él le devuelve impotente la mirada.

—¿Qué debo hacer?

—No será una separación permanente —dice la mujer—. David puede volver a casa uno de cada dos fines de semana.

Inés guarda un lúgubre silencio.

Simón hace un último intento.

—Señora, por favor, reflexione. Lo que propone hacer destrozará el corazón de una madre. Y ¿para qué? Es un niño que tiene ideas propias nada menos que sobre la aritmética, no sobre la historia, ni la lengua, sino sobre la humilde aritmética, unas ideas de las que probablemente se canse dentro de poco. ¿Qué delito es que un niño diga que dos y dos son tres? ¿Cómo va a alterar eso el orden social? ¡Y, no obstante, pretende usted arrancarlo de sus padres y encerrarlo entre alambre de espino! ¡A un niño de seis años!

—No hay alambre de espino —repite con paciencia la mujer—. Y al niño no lo han enviado a Punta Arenas porque no sepa sumar, sino porque necesita atención especializada. Pablo —dice dirigiéndose a su silencioso compañero—, espere aquí. Me gustaría tener unas palabras en privado con este caballero. —Luego vuelve a dirigirse a él—: Señor, ¿puedo pedirle que venga conmigo?

Eugenio le coge del brazo, pero él lo aparta.

—No es necesario, gracias, siempre que no tenga que correr. Acabo de salir del hospital —le explica a la mujer—. Un accidente laboral. Aún me encuentro un poco débil.

Los dos están solos en el descansillo de la escalera.

—Señor —dice la mujer en voz baja—, por favor, sea comprensivo, no soy una especie de funcionaria implacable. Soy psicóloga de formación. Trabajo con los niños de Punta Arenas. En la corta temporada que David pasó con nosotros, antes de que se escapara, me dediqué a observarlo con atención. Porque, y en eso estoy de acuerdo con usted, me parece muy joven para sacarlo de su casa y me preocupaba que pudiera sentirse solo.

»Lo que vi fue un niño muy dulce, honrado y franco que no teme hablar de sus sentimientos. También vi algo más. Vi con qué rapidez conquistó a los demás niños; sobre todo, a los mayores. Incluso a los más difíciles. No exagero al decir que le adoraban. Querían que fuese su mascota.

—¿Su mascota? El único tipo de mascotas que conozco es un animal al que se le pone una guirnalda y se saca a pasear con una correa. ¿Qué motivo de orgullo hay en ser una mascota?

—Era su niño mimado, el niño mimado por todos. No entienden por qué se escapó. Están destrozados. Preguntan por él a diario. ¿Que por qué le estoy contando esto, señor? Para que entienda que desde el primer momento David se hizo un hueco en nuestra comunidad de Punta Arenas. Punta Arenas no es como un colegio normal, donde un niño pasa unas horas al día recibiendo instrucción y luego vuelve a su casa. En Punta Arenas los profesores, los alumnos y los consejeros están muy unidos. Usted podría preguntar por qué se escapó entonces David. Pues no porque fuese desdichado, se lo aseguro. Sino porque tiene buen corazón y no soportaba pensar que la señora lo echara de menos.

—La señora es su madre —replica él.

La mujer se encoge de hombros.

—Si hubiese esperado unos días podría haber vuelto a casa de visita. ¿No puede usted convencer a su mujer para que lo deje marchar?

—¿Y cómo cree usted que voy a convencerla, señora? Ya la ha visto. ¿Qué fórmula mágica cree que tengo para hacer cambiar de opinión a una mujer así? Para usted la dificultad no estriba en encontrar un modo de separar a David de su madre. Eso puede hacerlo. Sino en que no sabe cómo retenerlo. Una vez decida volver a casa con sus padres, lo hará. No tiene forma de impedirlo.

—Seguirá escapándose mientras crea que su madre lo reclama. Por eso le pido que hable con ella. Convénzala de que es mejor que venga con nosotros. De que es por su bien.

—Nunca convencerá a Inés de que llevarse a su hijo es lo mejor para él.

—Pues al menos convénzala de que lo deje marchar sin lágrimas ni amenazas, sin alterarlo. Porque de un modo u otro tendrá que venir. La ley es la ley.

—Es posible, pero hay consideraciones superiores a obedecer la ley, imperativos superiores.

—Ah, ¿sí? No lo sabía. Gracias, pero a mí me basta con la ley.

29

Los dos funcionarios se han ido. Eugenio se ha ido. El chófer también se ha ido sin cumplir su cometido. Él se ha quedado con Inés y el niño, a salvo, de momento, tras la puerta cerrada de su antiguo apartamento. Bolívar, una vez cumplido su deber, ha vuelto a su sitio delante del radiador, desde donde observa muy serio y espera, con las orejas tiesas, la llegada del siguiente intruso.

—¿Por qué no nos sentamos a hablarlo con calma? —propone.

Inés mueve la cabeza.

—Ya no queda tiempo para hablar. Voy a telefonear a Diego y a pedirle que pase a recogernos.

—¿Para ir a La Residencia?

—No. Nos iremos lejos del alcance de esa gente.

Está claro que no tiene ningún proyecto a largo plazo, ni ningún ingenioso plan de huida. Su corazón está con esa mujer terca y sin sentido del humor, cuya vida de partidos de tenis y cócteles al atardecer él cambió por completo cuando le entregó al niño; cuyo futuro se ha reducido a huir sin rumbo por carreteras secundarias hasta que sus hermanos se aburran o se les acabe el dinero y no tenga más remedio que volver y entregar su preciosa carga.

—David, ¿qué te parecería volver una temporada a Punta Arenas? —dice—. Volver y demostrarles lo listo que eres llegando a ser el primero de la clase. Demostrarles que sabes sumar mejor que nadie, que sabes obedecer las normas y ser un buen chico. Cuando lo hayan visto, te dejarán regresar a casa, te lo prometo. Luego podrás volver a llevar una vida normal, la vida de un niño normal. ¿Quién sabe?, puede que incluso algún día te dediquen una placa en Punta Arenas: «El famoso David estuvo aquí».

—¿Y por qué seré famoso?

—Tendremos que esperar para saberlo. Que seas un mago famoso. O un famoso matemático.

—No. Quiero irme con Diego y con Inés en el coche. Quiero ser un gitano.

Simón se vuelve hacia Inés.

—Le ruego, Inés, que vuelva a pensarlo. No siga adelante con ese plan descabellado. Tiene que haber un modo mejor.

Inés se pone muy erguida.

—¿Ya ha vuelto a cambiar de opinión? ¿Quiere que entregue a mi niño a unos desconocidos...? ¿Que renuncie a la luz de mi vida? ¿Qué clase de madre cree que soy? —A continuación, añade dirigiéndose al niño—: Ve a hacer la maleta.

—Ya la tengo hecha. ¿Puede columpiarme Simón antes de que nos vayamos?

—No estoy seguro de poder columpiar a nadie —responde él, Simón—. No tengo tanta fuerza como antes.

—Solo un poco, por favor.

Bajan al parque infantil. Ha estado lloviendo; el columpio está mojado. Él lo seca con la manga.

—Pero solo un rato —dice.

Tiene que empujarlo con una sola mano; el columpio apenas se mueve. Pero el niño parece feliz.

—Ahora te toca a ti, Simón —dice.

Aliviado, se sienta en el columpio y deja que el niño le empuje.

—¿Tú tenías un padre o un padrino, Simón? —pregunta el niño.

—Estoy casi seguro de que tuve un padre, y de que me empujaba en el columpio igual que tú a mí. Todos tenemos padre, ya te expliqué que es una ley de la naturaleza; por suerte, algunos desaparecen o se pierden.

—¿Te empujaba muy alto tu padre?

—Hasta arriba del todo.

—¿Y te caíste?

—No recuerdo haberme caído nunca.

—¿Qué pasa cuando te caes?

—Depende. Si tienes suerte, te haces solo un chichón. Si tienes mucha, mucha mala suerte, puedes romperte un brazo o una pierna.

—No. ¿Qué pasa cuando te caes?

—No te entiendo. ¿Quieres decir, mientras caes por el aire?

—Sí. ¿Es igual que volar?

—No, ni mucho menos. Volar y caer no son lo mismo. Solo los pájaros vuelan; las personas pesamos demasiado.

—Pero solo por un instante, cuando estás arriba del todo, es igual que volar, ¿no?

—Supongo que sí, si olvidas que estás cayendo. ¿Por qué lo preguntas?

El niño esboza una sonrisa misteriosa.

—Porque…

En la escalera se encuentran a Inés con la cara muy seria.

—Diego ha cambiado de opinión —dice—. No viene. Sabía que pasaría. Dice que cojamos el tren.

—¿Coger un tren? ¿Adónde? ¿Hasta el final de la línea? ¿Qué hará cuando llegue allí, sola con el niño? No. Telefonee a Diego. Dígale que traiga el coche. Yo le sustituiré. No tengo ni idea de adónde iremos, pero les acompañaré.

—No querrá. No nos dejará el coche.

—No es suyo. Es de los tres. Dígale que ya lo ha disfrutado suficiente, ahora le toca a usted.

Una hora después aparece Diego, malhumorado, con ganas de discutir. Pero Inés corta en seco sus quejas. Vestida con unas botas y un abrigo, Simón nunca la ha visto portarse de forma tan imperiosa. Mientras Diego se queda aparte con las manos en los bolsillos, ella sube una pesada maleta al techo del coche y la ata. Cuando el niño llega arrastrando su caja llena de objetos encontrados, mueve la cabeza con firmeza.

—Tres cosas nada más —dice—. Cosas pequeñas. Elige. —El niño escoge un mecanismo roto de reloj, una piedra con una veta blanca, un grillo muerto en un frasco de cristal y un esternón blanqueado de gaviota. Sin decir nada, ella coge el hueso con dos dedos y lo tira—. Ahora ve a echar todo lo demás al cubo de la basura. —El niño la mira enmudecido—. Los gitanos no llevan museos consigo —explica ella.

Por fin terminan de cargar el coche. Él, Simón, sube ágilmente al asiento trasero, seguido del niño y de Bolívar, que se instala a sus pies. A toda velocidad, Diego toma la carretera que lleva a La Residencia, donde se apea sin decir palabra, cierra de un portazo y se aleja a grandes zancadas.

—¿Por qué está tan enfadado Diego? —pregunta el niño.

—Está acostumbrado a ser el príncipe —dice Inés—. Y a salirse siempre con la suya.

—¿Y ahora el príncipe soy yo?

—Sí.

—¿Y tú eres la reina y Simón el rey? ¿Somos una familia?

Inés y Simón intercambian una mirada.

—Una especie de familia —dice él—. En español no hay una palabra que defina exactamente lo que somos, así que nos llamaremos así: la familia de David.

El niño se arrellana en su asiento, con gesto satisfecho.

Conduciendo despacio —cada vez que cambia de marcha nota una punzada de dolor—, deja atrás La Residencia y se encamina hacia la carretera del norte.

—¿Adónde vamos? —pregunta el niño.

—Al norte. ¿Se te ocurre una idea mejor?

—No, pero no quiero vivir en una tienda, como en aquel otro sitio.

—¿Belstar? La verdad es que no es mala idea. Podemos ir a Belstar y coger un barco para volver a nuestra antigua vida. Así terminarían nuestras preocupaciones.

—¡No! ¡No quiero una vida antigua, quiero una vida nueva!

—Es una broma, chico. El capitán del puerto de Belstar no permite que nadie vuelva a su antigua vida. Es muy estricto. No hay vuelta atrás. Así que tenemos que elegir entre una vida nueva o la que tenemos. ¿Alguna sugerencia, Inés, sobre dónde encontrar una nueva vida? ¿No? Pues sigamos y ya veremos qué es lo que pasa.

Llegan a la carretera del norte y la siguen, primero por los barrios industriales de Novilla y luego por unas descuidadas tierras de cultivo. La carretera se interna en las montañas trazando curvas.

—Quiero hacer caca —anuncia el niño.

—¿No puedes esperar? —dice Inés.

—No.

Resulta que no tienen papel higiénico. ¿Qué más habrá olvidado llevar Inés en su precipitación por marcharse?

—¿Llevamos *Don Quijote* en el coche? —pregunta él. David asiente—. ¿Estás dispuesto a sacrificar una página? —El niño niega con la cabeza—. Pues tendrás que llevar el culo sucio como un gitano.

—Puede usar un pañuelo —dice Inés muy envarada.

Se detienen; luego prosiguen su viaje. Está empezando a gustarle el coche de Diego. No es gran cosa y la conducción no es muy cómoda, pero el motor parece fiable y potente.

Desde las alturas descienden a una región ondulada de monte bajo con casas desperdigadas aquí y allá, muy distinta de las extensiones arenosas al sur de la ciudad. El suyo es el único coche en la carretera.

Llegan a un pueblo llamado Laguna Verde (¿por qué?: no hay ningún lago), donde llenan el depósito. Pasa una hora, recorren cincuenta kilómetros antes de llegar al pueblo siguiente.

—Se está haciendo tarde —dice él—. Deberíamos buscar un sitio donde pasar la noche.

Bajan por la calle principal. No ven ningún hotel. Se detienen en la gasolinera.

—¿Dónde está el alojamiento más cercano? —pregunta al empleado.

El hombre se rasca la cabeza.

—Si quieren un hotel, tendrán que ir a Novilla.

—Venimos de allí.

—Pues no sé —dice el empleado—. Normalmente, la gente acampa.

Vuelven a la carretera, en la creciente oscuridad.

—¿Vamos a ser gitanos esta noche? —pregunta el niño.

—Los gitanos tienen caravanas —replica él—. Nosotros no tenemos caravana, solo este coche cargado hasta los topes.

—Los gitanos duermen debajo de un seto —objeta el niño.

—Muy bien. Avísame la próxima vez que veas un seto.

No tienen mapa. Simón no tiene ni idea de lo que van a encontrar en la carretera. Continúan viajando en silencio.

Echa un vistazo por encima del hombro. El niño se ha dormido con los brazos en torno al cuello de Bolívar. Mira al perro a los ojos. «Cuida de él», dice, aunque sin pronunciar palabra. Los gélidos ojos ambarinos le devuelven la mirada sin parpadear.

Sabe que no le gusta al perro. Pero es posible que no le guste nadie; puede que no esté entre las posibilidades de su corazón. En cualquier caso, ¿qué importancia tiene que pueda querer o apreciar a alguien comparado con que sea fiel?

—Se ha quedado dormido —le dice a Inés en voz baja. Luego añade—: Siento haber tenido que ser yo quien la acompañe. Habría preferido usted a su hermano, ¿no?

Inés se encoge de hombros.

—Siempre he sabido que acabaría traicionándome. Debe de ser la persona más egoísta del mundo. —Es la primera vez que critica a uno de sus hermanos en su presencia, y la primera que se pone de su lado—. Viviendo en La Residencia uno se vuelve muy egoísta —continúa.

Él espera que añada algo, sobre La Residencia o sobre sus hermanos, pero ya ha dicho bastante.

—Nunca me he atrevido a preguntárselo —dice—. ¿Por qué aceptó usted al niño? El día que nos conocimos, tuve la impresión de que le desagradábamos.

–Fue demasiado repentino, me pilló de sorpresa. Salió usted de la nada.

–Todos los grandes dones salen de la nada. Debería usted saberlo.

¿Es cierto? ¿Todos los grandes dones salen de la nada? ¿Qué le ha impulsado a decir eso?

–¿De verdad cree –pregunta Inés (y él no puede sino reparar en los sentimientos que traslucen sus palabras)– que no quería tener un hijo propio? ¿Cómo cree que era pasar todo el tiempo encerrada en La Residencia?

Ahora puede dar un nombre a esos sentimientos: amargura.

–No tengo ni idea. Nunca he entendido en qué consiste La Residencia ni cómo fue usted a parar allí. –Ella no oye lo que dice, o no cree que valga la pena responder–. Inés –dice–, deje que se lo pregunte por última vez: ¿está usted segura de que es esto lo que quiere, huir de la vida que conoce, y todo porque el niño no acaba de congeniar con su maestro? –Ella guarda silencio–. Usted no está hecha para pasarse la vida huyendo –insiste–. Ni yo tampoco. En cuanto al niño, podrá ser un fugitivo de momento. Antes o después, cuando crezca, tendrá que reconciliarse con la sociedad. –Los labios de ella se tensan. Contempla, furiosa, la oscuridad–. Pero sea cual sea su decisión, puede estar segura –hace una pausa, resistiéndose a las palabras que pugnan por salir– de que la seguiré hasta el fin del mundo.

–No quiero que acabe como mis hermanos –dice Inés en voz tan baja que él tiene que hacer un esfuerzo por escucharla–. No quiero que sea un funcionario o un maestro como ese señor León. Quiero que aproveche su vida.

–Estoy seguro de que lo hará. Es un niño excepcional, con un futuro excepcional. Los dos lo sabemos.

Los faros iluminan un cartel a un lado de la carretera: «*Cabañas 5 km*». Poco después, encuentran otro: «*Cabañas 1 km*».

Las cabañas en cuestión están apartadas de la carretera, en medio de la oscuridad. Encuentran la recepción; se apean del coche y llaman a la puerta. Les abre una mujer en camisón con una linterna. Les informa de que hace tres días que les han cortado la luz. No hay electricidad y por tanto tampoco cabañas que alquilar.

Inés interviene.

—Llevamos un niño en el coche. Estamos exhaustos. No podemos seguir conduciendo toda la noche. ¿No tiene usted unas velas?

Él vuelve al coche y zarandea un poco al niño.

—Hora de despertar, cariño.

Con un único y fluido movimiento, el perro se levanta y baja del coche, sus hombros musculosos lo apartan a un lado como una ramita de hierba.

El niño, soñoliento, se frota los ojos.

—¿Ya hemos llegado?

—No, todavía no. Hemos parado para pasar la noche.

Iluminándose con la linterna, la mujer les lleva hasta la cabaña más cercana. Está escasamente amueblada, pero tiene dos camas.

—Nos la quedamos —dice Inés—. ¿Hay algún sitio donde podamos comer?

—Las cabañas no tienen derecho a pensión —responde la mujer—. Ahí tienen un infiernillo de gas. —Mueve la linterna en dirección al infiernillo—. ¿No han traído comida?

—Llevamos una barra de pan y un poco de zumo para el niño —dice Inés—. No tuvimos tiempo de ir a comprar. ¿No puede usted vendernos comida? Unas chuletas o unas salchichas. Pescado, no. Al niño no le gusta. Y un poco de fruta. Y unas sobras para el perro.

—¡Fruta! —exclama la mujer—. Hace mucho que no vemos fruta. Pero, bueno, veamos qué puedo encontrar.

Las dos mujeres se marchan y los dejan en la oscuridad.

—Sí que me gusta el pescado —dice el niño—, no me gusta si tiene ojos.

Inés vuelve con una lata de alubias, una lata con una etiqueta que dice salchichas de cóctel en salmuera, un limón, una vela y cerillas.

–¿Y Bolívar? –pregunta el niño.

–Bolívar tendrá que comer pan.

–Puede comerse mis salchichas –dice el niño–. Las odio.

Dan cuenta de la frugal comida a la luz de las velas, sentados en la cama uno al lado del otro.

–Lávate los dientes y a dormir –dice Inés.

–No tengo sueño –dice el niño–. ¿Podemos jugar a algo? ¿A Verdad o Reto?

Es su turno de plantarse.

–Gracias, David, pero ya he tenido suficiente reto por hoy. Necesito descansar.

–¿Puedo abrir el regalo del señor Daga?

–¿Qué regalo?

–El señor Daga me hizo un regalo. Dijo que podía abrirlo en tiempo de necesidad. Y ahora es tiempo de necesidad.

–El señor Daga le dio un regalo para que se lo trajese –explica Inés esquivando su mirada.

–Es tiempo de necesidad, ¿puedo abrirlo?

–No es un verdadero tiempo de necesidad, eso aún está por llegar –responde él–, pero sí, ábrelo.

El niño corre al coche y vuelve con una caja de cartón que rompe para abrirla. Dentro hay una túnica de satén negra. La saca y la despliega. No es una túnica, sino una capa.

–Hay una nota –dice Inés–. Léela.

El niño acerca el papel a la vela y lee: «He aquí la capa mágica de la invisibilidad. Quienquiera que la lleve recorrerá el mundo sin que nadie lo vea».

–¡Os lo dije! –grita bailando de emoción–. ¡Os dije que el señor Daga sabía magia! –Se envuelve en la capa, que le queda demasiado grande–. ¿Me ves, Simón? ¿Soy invisible?

–No. Aún no. No has leído toda la nota. Escucha: «Instrucciones. Para conseguir la invisibilidad, hay que ponerse la capa delante de un espejo, luego quemar los polvos mágicos y pronunciar el conjuro secreto. Tras lo cual el cuerpo terrenal se desvanecerá en el interior del espejo y dejará tras él solo el espíritu intangible».

Se vuelve hacia Inés.

—¿Qué opina usted, Inés? ¿Dejamos que nuestro joven amigo se ponga la capa de la invisibilidad y pronuncie el conjuro secreto? ¿Y si se desvanece en el interior del espejo y no vuelve nunca?

—Puedes ponerte la capa mañana —dice Inés—. Ahora es muy tarde.

—¡No! —exclama el niño—. ¡Voy a ponérmela ahora! ¿Dónde están los polvos mágicos? —Busca en la caja y saca un frasco de vidrio—. ¿Son estos, Simón?

Simón abre el frasco y olisquea el polvo plateado. No huele a nada.

En la pared de la cabaña hay un espejo de cuerpo entero, cubierto de cagadas de mosca. Pone al niño delante del espejo, le abrocha la capa al cuello. Cae en gruesos pliegues sobre sus pies.

—Toma. Sujeta la vela con una mano. Sostén los polvos mágicos con la otra. ¿Listo para pronunciar el conjuro? —El niño asiente—. Muy bien. Espolvorea los polvos sobre la llama de la vela y di las palabras mágicas.

—¡Abracadabra! —exclama el niño mientras esparce los polvos, que caen el suelo como una lluvia diminuta—. ¿Ya soy invisible?

—Aún no. Echa más polvos.

El niño mete la llama en el frasco. Se produce una enorme erupción de luz, luego la oscuridad total. Inés suelta un grito; él mismo retrocede, cegado. El perro se pone a ladrar como un poseso.

—¿Me veis? —se oye decir al niño en voz baja e insegura—. ¿Soy invisible? —Ninguno responde—. No veo —dice el niño—. Sálvame, Simón. —Avanza a tientas hacia el niño, lo levanta del suelo y aparta la capa a un lado de una patada—. No veo —insiste el niño—. Me duele la mano. ¿Estoy muerto?

—No, claro que no. Ni estás muerto ni eres invisible. —Busca a tientas en el suelo, encuentra la vela, la enciende—. Enséñame la mano. No veo que le pase nada.

–Me duele. –El niño se chupa los dedos.

–Debes de haberte quemado. Iré a ver si la señora sigue despierta. A lo mejor puede darnos un poco de mantequilla para calmar el escozor.

Le da el niño a Inés. Ella lo abraza y lo besa, lo acuesta en la cama y le canta suavemente.

–Está oscuro –dice el niño–. No veo nada. ¿Estoy dentro del espejo?

–No, cariño –responde Inés–. No estás dentro del espejo, estás con tu madre y todo va a salir bien. –Se vuelve hacia Simón–. ¡Vaya a buscar a un médico! –le espeta con voz sibilante.

–Debe de haber sido polvo de magnesio –dice él–. No entiendo cómo su amigo Daga ha podido hacerle un regalo tan peligroso a un niño. Pero, claro –se deja llevar por el rencor–, hay mucho que no entiendo de su amistad con ese hombre. Y, por favor, dígale al perro que se calle… Esos ladridos desquiciados me ponen enfermo.

–¡Deje de quejarse! ¡Haga algo! ¡El señor Daga no es de su incumbencia! ¡Váyase!

Sale de la cabina y sigue el sendero iluminado por la luna hasta la oficina de la señora. «Igual que una pareja que llevase casada mucho tiempo –piensa–. ¡Nunca nos hemos acostado, ni siquiera nos hemos besado, pero discutimos como si llevásemos años casados!»

30

El niño duerme profundamente, pero cuando despierta queda claro que su vista sigue afectada. Describe rayos de luz verde que atraviesan su campo de visión y cascadas de estrellas. En lugar de estar asustado, parece extasiado por dichos fenómenos.

Simón llama a la puerta de la señora Robles.

—Anoche tuvimos un accidente —le explica—. Nuestro hijo necesita que lo vea un médico. ¿Dónde está el hospital más cercano?

—En Novilla. Podemos llamar a una ambulancia, pero tendría que venir de Novilla. Será más rápido si lo lleva usted.

—Novilla está muy lejos. ¿No hay ningún médico cerca?

—Hay un dispensario en Nueva Esperanza, a unos sesenta kilómetros. Le buscaré sus señas. Pobre niño. ¿Qué le ha pasado?

—Estaba jugando con material inflamable. Se encendió y el resplandor le cegó. Pensamos que recobraría la vista por la mañana, pero no.

La señora Robles cloquea compasiva.

—Deje que vaya a verlo —dice.

Encuentran a Inés ansiosa por marcharse. El niño está sentado en la cama con la capa negra, los ojos cerrados y una sonrisa extasiada pintada en el rostro.

—La señora Robles dice que hay un médico a una hora en coche de aquí —anuncia él.

La señora Robles se arrodilla con dificultad delante del niño.

—Cariño, tu padre dice que no ves. ¿Es cierto? ¿No me ves?

El niño abre los ojos.

—Sí —dice—. Tiene estrellas en el pelo. Si cierro los ojos —los cierra—, puedo volar. Y ver el mundo entero.

—Es maravilloso poder ver el mundo entero —responde la señora Robles—. ¿Ves a mi hermana? Vive en Margueles, cerca de Novilla. Se llama Rita. Se parece a mí, pero es más joven y más guapa.

El niño frunce el ceño, concentrado.

—No —dice por fin—. La mano me escuece demasiado.

—Anoche se quemó los dedos —explica él, Simón—. Fui a pedirle un poco de mantequilla para ponérsela en la quemadura, pero era tarde y no quise despertarla.

—Iré a buscar un poco. ¿Han probado a lavarle los ojos con agua con sal?

—Es una ceguera como la que se produce al mirar al sol. La sal no le ayudará. Inés, ¿podemos irnos? Señora, ¿cuánto le debemos?

—Cinco reales por la cabaña y dos por los víveres de anoche. ¿Quieren un poco de café antes de marcharse?

—Gracias, pero no tenemos tiempo.

Coge al niño de la mano, pero él se suelta.

—No quiero ir —dice—. Quiero quedarme aquí.

—No podemos quedarnos. Tiene que verte un médico y la señora Robles tiene que limpiar la cabaña para los siguientes visitantes.

El niño se cruza de brazos y se niega a moverse.

—Te diré una cosa —dice la señora Robles—. Ve al médico y a la vuelta tú y tus padres podéis alojaros aquí otra vez.

—No son mis padres y no volveremos. Vamos en busca de una nueva vida. ¿Quiere venir con nosotros en busca de una nueva vida?

—¿Yo? No creo, cariño. Eres muy amable al invitarme, pero tengo muchas cosas que hacer y además cuando voy en coche me mareo. ¿Dónde vais a encontrar esa vida nueva?

—En Estell… En Estrellita del Norte.

La señora Robles mueve la cabeza dubitativa.

—No creo que encontréis una vida nueva muy interesante en Estrellita. Tengo amigos que se mudaron allí, y dicen que es el sitio más aburrido del mundo.

Inés interviene:

—Vamos —le ordena al niño—. Si no vienes, tendré que cargar contigo. Voy a contar hasta tres. Uno. Dos. Tres.

Sin decir una palabra el niño se pone en pie y, levantando el dobladillo de la capa, se encamina con dificultad hacia el coche. Hace un mohín y ocupa su sitio en el asiento trasero. El perro sube tras él con agilidad.

—Aquí está la mantequilla —dice la señora Robles—. Úntatela en los dedos y envuélvelos en un pañuelo. Enseguida se te curará la quemadura. También te he traído unas gafas oscuras que mi marido ya no usa. Póntelas hasta que mejoren tus ojos.

Le pone las gafas al niño. Son demasiado grandes, pero él no se las quita.

Se despiden con un gesto y toman la carretera del norte.

—No deberías decirle a la gente que no somos tus padres —observa—. En primer lugar, no es cierto. En segundo, podrían pensar que te estamos secuestrando.

—Me da igual. No me gusta Inés. No me gustas tú. Solo me gustan los hermanos. Quiero tener hermanos.

—Hoy estás de mal humor —dice Inés.

El niño no le hace caso. A través de las gafas oscuras de la señora mira fijamente al sol, que se alza en la distancia por encima de la línea de montañas azuladas.

Ven un indicador en la carretera: «*Estrellita del Norte 475 kilómetros, Nueva Esperanza 50 kilómetros*». Junto al indicador hay un autoestopista, un joven con un poncho de color verde oliva y una mochila a sus pies, parece muy solitario en el paisaje vacío. Él reduce la velocidad.

—¿Qué hace? —dice Inés—. No tenemos tiempo de recoger a desconocidos.

—¿Recoger a quién? —pregunta el niño.

Por el espejo retrovisor, Simón ve al autoestopista que corre hacia el coche. Sintiéndose culpable, acelera.

—¿Recoger a quién? —insiste el niño—. ¿De quién estáis hablando?

—De un hombre que pedía que le acercáramos a alguna parte —responde Inés—. No tenemos sitio en el coche. Ni tiempo. Debemos llevarte a que te vea un médico.

—¡No! ¡Si no paráis, saltaré en marcha!

Abre la portezuela de su lado.

Él, Simón, frena en seco y apaga el motor.

—¡No vuelvas a hacer eso jamás! ¡Puedes caer y matarte!

—¡No me importa! ¡Quiero ir a la otra vida! ¡No quiero estar con Inés y contigo!

Se produce un silencio de perplejidad. Inés mira fijamente la carretera.

—No sabes lo que estás diciendo —susurra.

Un crujido de pasos, y una cara barbuda aparece junto a la ventanilla del conductor.

—¡Gracias! —jadea el desconocido. Abre la puerta de atrás—. ¡Hola, jovencito! —dice, luego se queda inmóvil cuando el perro tumbado en el asiento al lado del niño levanta la cabeza y suelta un sordo gruñido—. ¡Qué perro tan grande! —dice—. ¿Cómo se llama?

—Bolívar. Es un alsaciano. ¡Calla, Bolívar!

El niño rodea el cuello del perro con los brazos y forcejea para bajarlo del asiento. A regañadientes, el perro se tumba en el suelo a sus pies. El desconocido ocupa su lugar; el coche se llena de pronto del olor acre de la ropa sucia. Inés baja su ventanilla.

—Bolívar —dice el joven—. Qué nombre tan raro. ¿Y cómo te llamas tú?

—No tengo nombre. Todavía tengo que encontrarlo.

—Pues te llamaré señor Anónimo —responde el joven—. Encantado de conocerle, señor Anónimo. Yo soy Juan. —Le tiende una mano, pero el niño no le hace caso—. ¿Por qué llevas una capa?

—Es mágica. Me hace invisible. Soy invisible.

Simón interviene.

—David ha tenido un accidente y lo llevamos al médico. Me temo que solo podremos acercarle a usted a Nueva Esperanza.

—Muy bien.

—Me he quemado la mano —explica el niño—. Vamos a por una medicina.

—¿Te escuece?

—Sí.

—Me gustan tus gafas. Ojalá tuviese unas.

—Puedes quedártelas.

Después de un viaje de madrugada en la fría caja de un camión cargado de madera, su pasajero se alegra del calor y la comodidad del coche. Por su conversación descubren que es impresor y va de camino a Estrellita, donde tiene unos amigos, y donde, si los rumores son ciertos, hay trabajo de sobra.

Al llegar al desvío de Nueva Esperanza, Simón se detiene para que se apee su pasajero.

—¿Hemos llegado ya al médico? —pregunta el niño.

—Aún no. Aquí es donde nos despedimos de nuestro amigo. Va a continuar su viaje al norte.

—¡No! ¡Tiene que quedarse con nosotros!

Simón se vuelve hacia Juan.

—Podemos dejarle aquí o puede entrar en el pueblo con nosotros. Como prefiera.

—Iré con ustedes.

Encuentran el dispensario sin problemas. La enfermera les informa de que el doctor García ha salido a hacer una visita, aunque si quieren pueden esperar.

—Iré a buscar algo para el desayuno.

—No te vayas —dice el niño—. Te perderás.

—No me perderé —responde Juan. Tiene la mano en la manija de la puerta.

—¡Quédate, te lo ordeno! —chilla el niño.

—¡David! —Él, Simón, regaña al niño—. ¿Qué mosca te ha picado esta mañana? ¡No se habla así a un desconocido!

—No es un desconocido. Y no me llames David.

—¿Cómo debo llamarte entonces?

—Por mi verdadero nombre.

—¿Y cuál es?

El niño guarda silencio.

Simón se vuelve hacia Juan.

—Vaya a dar una vuelta, si quiere. Podemos encontrarnos aquí.

—No, creo que me quedaré —dice Juan.

Aparece el médico, un hombre bajo y robusto, enérgico y una espesa melena canosa. Los mira con fingida sorpresa.

—¡Caramba, si hasta han traído un perro! ¿Qué puedo hacer por ustedes?

—Me he quemado la mano —dice el niño—. La señora me puso mantequilla, pero todavía me escuece.

—Déjame ver… Sí, sí… Debe de ser doloroso. Pasen a la consulta y veremos qué se puede hacer.

—Doctor, no hemos venido aquí por lo de la mano —dice Inés—. Anoche tuvimos un accidente con un fuego y ahora mi hijo no ve bien. ¿Querría examinarle la vista?

—¡No! —grita el niño, poniéndose en pie para enfrentarse a Inés. El perro también se levanta, cruza la habitación y se coloca al lado del niño—. No hago más que deciros que veo bien, lo que pasa es que vosotros no me veis a mí por la capa mágica de la invisibilidad. Me hace invisible.

—¿Puedo echar un vistazo? —dice el doctor García—. ¿Me dejará tu protector?

El niño sujeta al perro por el collar.

El médico le levanta al niño las gafas oscuras de la nariz.

—¿Me ves? —pregunta.

—Es usted muy, muy pequeño, como una hormiga, y está moviendo los brazos y diciendo: «¿Me ves?».

—¡Ajá!, ya empiezo a entenderlo. Eres invisible y no podemos verte. Pero también tienes una mano quemada que no es invisible. ¿Pasamos a la consulta y dejas que te eche un vistazo a la mano… tu parte visible?

—Bueno.

—¿Voy yo también? –pregunta Inés.

—Dentro de un momento –dice el médico–. Antes, este jovencito y yo tenemos que hablar en privado.

—Bolívar tiene que venir conmigo –dice el niño.

—Bolívar puede venir siempre que se porte bien –responde el médico.

—¿Qué le ha ocurrido en realidad a su hijo? –pregunta Juan cuando se quedan solos.

—Se llama David. Estaba jugando con magnesio, se incendió y el fogonazo le cegó.

—Él dice que no se llama David.

—Dice muchas cosas. Tiene una imaginación muy fértil. David es el nombre que le pusieron en Belstar. Si quiere llamarse de otro modo, que lo haga.

—¿Vinieron por Belstar? Yo también.

—Entonces sabrá cómo funciona el sistema. Los nombres que tenemos ahora son los que nos pusieron allí, pero también podrían habernos puesto números. Números, nombres… son igual de arbitrarios, aleatorios y sin importancia.

—En realidad, no hay números aleatorios –replica Juan–. Si me dicen «Piensa en un número al azar», respondo «96513», porque es el primer número que me viene a la cabeza, pero en realidad no es aleatorio, es mi número de la Asistencia, o mi antiguo número de teléfono o algo parecido. Siempre hay una razón detrás de cualquier número.

—¡Así que es usted otro místico de los números! Debería abrir un colegio con David. Usted puede explicar las causas secretas de los números y él cómo pasar de un número a otro sin caer por un volcán. Por supuesto, no hay números aleatorios «a los ojos de Dios». Pero no vivimos a los ojos de Dios. En el mundo en que vivimos hay números, nombres y sucesos azarosos, como que te recoja por azar un coche donde viajan un hombre, una mujer y un niño llamado David. Y un perro. ¿Cuál era, según usted, la causa secreta de ese suceso?

Antes de que Juan pueda responder a su diatriba, se abre la puerta de la consulta.

—Pasen, por favor —dice el doctor García.

Inés y él entran. Juan duda, pero la voz joven y clara del niño se alza desde dentro:

—Es mi hermano, también él tiene que venir.

El niño está sentado al borde de la camilla del médico con una sonrisa de serena confianza en los labios y las gafas oscuras sobre la cabeza.

—Nuestro joven amigo y yo hemos tenido una larga conversación —dice el doctor García—. Me ha explicado por qué es invisible para nosotros y yo le he explicado por qué le parecemos insectos moviendo las antenas en el aire mientras él vuela muy alto por encima de nuestras cabezas. Le he dicho que preferiríamos que nos viera como somos en realidad, no como insectos, y me ha respondido que cuando vuelva a ser visible le gustaría que le viésemos como es en realidad. ¿Te parece un buen resumen de nuestra conversación, jovencito? —El niño asiente—. Nuestro joven amigo dice también que usted —mira a Simón con gesto elocuente— no es su verdadero padre, y que usted —se vuelve hacia Inés— no es su verdadera madre. No les pido que se defiendan. Tengo familia y sé que los niños dicen cosas absurdas. Aun así, ¿hay algo que quieran contarme?

—Soy su verdadera madre —responde Inés— y le hemos salvado de ir a un reformatorio donde lo hubiesen convertido en un criminal.

Después de decir lo que tenía que decir, aprieta los labios y mira con gesto desafiante.

—¿Y los ojos, doctor? —pregunta él, Simón.

—A sus ojos no les pasa nada. He hecho un examen físico y le he comprobado la vista. Cómo órganos de visión, sus ojos son totalmente normales. En cuanto a la mano, le he puesto una venda. La quemadura no es grave, mejorará en un día o dos. Y ahora dejen que les pregunte: ¿debería preocuparme la historia que me ha contado este jovencito?

Simón mira a Inés.

—Debería usted hacer caso a lo que diga el niño. Si dice que quiere separarse de nosotros y volver a Novilla, devuélvalo a Novilla. Es su paciente, está a su cuidado. —Se vuelve hacia el niño—. ¿Es lo que quieres, David?

El niño no responde, pero le hace un gesto para que se acerque. Tapándose con la mano, el niño le susurra al oído.

—Doctor, David me informa de que no quiere volver a Novilla, aunque desea saber si vendrá usted con nosotros.

—¿Ir adónde?

—Al norte, a Estrellita.

—A la nueva vida —dice el niño.

—¿Y qué hay de los pacientes, aquí en Esperanza, que dependen de mí? ¿Quién cuidará de ellos si los dejo aquí solo para ir a cuidarte?

—No hace falta que me cuide.

El doctor García le echa a Simón una mirada perpleja. Simón toma aliento profundamente.

—David le está sugiriendo que deje su trabajo y venga con nosotros al norte a empezar una nueva vida. Sería por su propio bien. No por él.

El doctor García se levanta.

—¡Ah, ya lo entiendo! Es muy generoso por tu parte incluirme en tus planes, jovencito. Pero aquí en Esperanza tengo una vida plena y feliz. No necesito que me salven de nada, gracias.

Otra vez están en el coche, camino del norte. El niño parece muy animado, se ha olvidado del escozor de la mano. Parlotea con Juan y forcejea con Bolívar en el asiento trasero. Juan lo hace también, pese al temor que le inspira el perro, que todavía tiene que acostumbrarse a él.

—¿Te ha caído bien el doctor García? —pregunta él, Simón.

—No está mal —dice el niño—. Tiene pelos en los dedos como el hombre lobo.

—¿Por qué querías que viniera con nosotros a Estrellita?

—Porque…

—No puedes invitar a venir a todos los desconocidos que encontremos —dice Inés.

—¿Por qué no?

—Porque no hay sitio en el coche.

—Sí que hay. Bolívar puede sentarse en mis rodillas, ¿a que sí, Bolívar? —Hace una pausa—. ¿Qué vamos a hacer cuando lleguemos a Estrellita?

—Aún queda un largo camino hasta llegar a Estrellita. Ten paciencia.

—Sí, pero ¿qué vamos a hacer cuando lleguemos?

—Buscaremos el Centro de Reubicación y nos presentaremos en el mostrador, Inés, tú y yo y…

—Y Juan. No has dicho Juan y Bolívar.

—Inés, tú, Juan, Bolívar y yo, y diremos: «Buenos días, somos recién llegados y estamos buscando un sitio donde quedarnos».

—¿Y?

—Ya está. «Estamos buscando un sitio donde quedarnos, para empezar nuestra nueva vida.»